Christel Siede | Quartett im Regen

Christel Siede *Quartett im Regen*

Roman

Die Bibliografische Information der Deutschen Bibliothek

Die Deutsche Bibliothek verzeichnet diese Publikation in der Deutschen Nationalbibliografie; detaillierte bibliografische Daten sind im Internet unter www.d-nb.de abrufbar.

Einbandillustration: © Christel Siede
Herstellung und Verlag: BoD - Books on Demand, Norderstedt
© 2016 Christel Siede
ISBN 978-3-7412-9155-5

Den Mitmenschen Freude zu machen, ist doch das Beste, was man auf dieser Welt tun kann.

Peter Rosegger

Margret Groß

Wenn mich jemand fragen sollte, wie es so gewesen ist – nun ja, ihr Lieben, mir ist es jeden Tag besser gegangen. Selbst nach meiner Hüftoperation habe ich keinerlei Probleme. Hier werde ich prima und nett behandelt. Alle – Ärzte, Schwestern, Pfleger, Physiotherapeuten und, und, und ... – haben mir zu jeder Tageszeit lieb geholfen. Wisst ihr, ich bin mehr als zufrieden, ruhig, fühle mich entspannt – meine Heilung schreitet voran. Könnt ihr meine Freude verstehen?

Meine nette, durch einen Unfall bös ramponierte Mitpatientin sieht wie ich alles durch die rosarote Brille. Gut, es gibt Momente, in denen wir zwei keine langen und intensiven Gespräche führen, mit unseren Schwierigkeiten müssen wir doch hin und wieder klar Schiff machen. Oh Mann, diese Psyche!

Wenige Tage nach meiner Operation habe ich zusammen mit meiner Physiotherapeutin auf dem Stationsflur erleben können, wie unterschiedlich Patienten auf ihre Beschwerden und Behandlungen reagieren: lässig, euphorisch, misstrauisch, stumm leidend, klagend ...

Ich habe früher selbst als Krankenschwester in verschiedenen Kliniken gearbeitet, meistens auf chirurgischen Stationen. Ob ich wohl damals anders reagiert habe als heute, nun als Patientin? Gibt es da Unterschiede? Doch, doch, doch! Als ich noch Patienten betreut habe, die selbst Ärzte, Schwestern oder Pfleger gewesen sind, sind es die ungeduldigsten Nörgler gewesen. Bin ich auch ein Besserwisser? Ich denke nicht. Mein Kontakt zum Klinikpersonal ist doch freundlich und liebenswürdig.

Wie schnell doch die zwei Wochen auf dieser Station vorübergegangen sind ... Wölfi schleppt nun bereits meinen Koffer, mein Mann als Kofferträger im wahrsten Sinne des Wortes. Was packt man bloß alles ein? Aber in Reha-Kliniken braucht man eben mehr Klamotten und Kram als im Krankenhaus. Da steht sie nun auch noch, meine Reisetasche, prall gefüllt mit Sportsachen – ich will ja schließlich chic aussehen.

Ojemine, mein armer Ehemann! Schon wieder muss er wie vor zwei Jahren alleine zu Hause bleiben. Doch unsere beiden erwachsenen Kinder werden ihren Vater tatkräftig unterstützen – zumindest haben sie das vor. Unser hilfsbereiter Christian und unsere sozial eingestellte Sabine vergessen ihren Vater ganz bestimmt nicht. Schauen wir in andere Familien, so ist das nicht selbstverständlich.

Nach meinen gut verlaufenen Operationen bin ich einfach nur glücklich und frohen Mutes – nach all den Jahren endlich keine bohrenden Schmerzen mehr. Ich habe die richtigen Entscheidungen getroffen.

In einem Tag, noch nicht einmal vierundzwanzig Stunden, reisen wir. Wölfi fährt mit mir, seiner Prinzessin, ein paar Stunden im Auto bis in das schöne Städtchen Bad Driburg. Nun muss ich mich von meinen lieben Ärzten und Schwestern verabschieden. Auch meine Mitpatientin wird zusammen mit mir entlassen. Sie muss ebenfalls zur Reha, aber leider nicht nach Bad Driburg, sondern weit, weit weg. Zum Abschied schwören wir uns beide, dass wir uns irgendwann wieder treffen wollen. Aber jetzt sollen wir beide die nächsten Wochen gezielt mit den Therapeuten arbeiten. Ich freue mich darauf.

Dagmar Dreyfuß

Nein, ist diese Reha-Klinik groß, da kann man sich ja verlaufen. Ich fühle mich mutterseelenallein, wie isoliert. Dieses Bad Driburg ist doch ziemlich weit weg von Köln. Daheim kann ich mich wenigstens hin und wieder mit meiner Freundin treffen. Da kann ich einfach nur reden, Freude haben ... aber leider auch öfter heulen.

Mist, es läuft seit Jahren alles nur Kacke. Warum ist Alex, mein Mann, nun schon seit zwei Jahren arbeitslos? Dass Firmen schon mal pleitegehen, wissen wir ja, aber warum findet mein Mann keine neue Stelle? Er hat als Meister in seinem Betrieb gearbeitet – kompetent, eifrig und kontaktfreudig. Wie oft haben seine Kollegen Probleme und Ärger gehabt, er hat ihnen zu jeder Zeit geholfen. Und heute? Verbissen ist er und maßlos enttäuscht von allem.

In den ersten Wochen seiner Arbeitslosigkeit ist Alex noch voller Hoffnung gewesen, bei seinen Fähigkeiten müsste es doch ein Leichtes sein, wieder eine schöne Arbeit zu finden. Und wie ernüchtert ist er jetzt, seiner Illusionen beraubt.

Und ich? Ich schaffe es nicht länger, ihn aufzumuntern, ja, er lehnt meine Mühen ab. Selbst wenn wir mal wirklich eine wohlige Nähe genießen könnten, wie denn und wann? Er verschwindet kurz nach fünf Uhr morgens aus dem Haus und kutschiert sein Taxi eine Ewigkeit, viele, viele Stunden lang. Wie oft ist es passiert, dass er bis in die Nacht hinein gefahren ist. Meinen Mann kann ich oft nur per Handy erreichen.

Meine Probleme werden immer größer. Alex, warum

hilfst du mir nicht? Du hast dich so schrecklich verändert. Außer Taxi fahren machst du gar nichts mehr. Wie froh bin ich gewesen, als du diesen Nebenjob bekommen hast, aber heute? Ich hasse deine Arbeit inzwischen. Es ist zwar gut, dass dadurch etwas Geld ins Haus kommt, doch das langt nicht, an allen Ecken und Enden fehlt Geld für die Familie und das Haus. Kummer, Unruhe, schlaflose Nächte wegen unserer Geldsorgen.

Alex, ich schaffe es nicht mehr. Kennst du überhaupt noch unsere Kinder? Weißt du eigentlich, wie scheußlich sich eine vierzehnjährige Tochter in der Pubertät entwickeln kann? Sarah ist von sich und ihrem Verhalten sehr überzeugt. Und was ist mit Amelie? Mit ihren zwölf Jahren ist sie natürlich von der älteren Schwester schwer begeistert und ahmt ihr Verhalten nach. Schlimme, schlimme Situationen. Nur unser kleiner Oliver merkt, dass es mir schlecht geht und ich große Schwierigkeiten habe. Wenn ich es mal wieder dicke habe, kommt er zu mir und tröstet mich liebevoll. Ein Zehnjähriger!

Sind unsere Kinder eigentlich noch glücklich und zufrieden? Können sie es sein? Unsere Töchter haben sich von uns zurückgezogen, ein inniges Zusammensein hat es schon länger nicht mehr gegeben. Sorgen und Ärger fressen mich auf. Mein Bauch tut weh, und Kopfschmerzen habe ich bereits ständig. Ich sollte eigentlich nicht mehr grübeln, aber die Probleme kann man auch nicht so einfach wegschieben.

Könnten denn unsere Unannehmlichkeiten nicht über Nacht verschwinden? Gibt es nicht irgendwo eine gute Fee und wir hätten drei Wünsche frei?

Alex hat mich mit seinem Taxi nach Bad Driburg in

die Reha gebracht. Eine schöne und große Klinik. Bei der Anmeldung hat er mir noch geholfen und dann meine Koffer und Taschen in mein Zimmer, mein neues Reich auf Zeit, gebracht. Aber schon muss er wieder zurück nach Köln, Geld verdienen. Immer das verdammte Geld!

Allein überlege ich, was mich hier erwarten wird. Ob es einen netten Stationsarzt gibt? Ob er mir gut helfen kann? Wann wird die Aufnahmeuntersuchung gemacht? Scheußlich, mein Bauch tut schon wieder fies weh, genau wie in dem Kölner Krankenhaus. Die Station, auf der ich gewesen bin, ist nicht schön gewesen, doch mein Arzt, der mich freundlich und eifrig behandelte, hat mir Geborgenheit und Hilfe gegeben. Dieser Mann hat es ganz schnell organisiert, dass ich in die Reha nach Bad Driburg kommen und hier weiterbehandelt werden kann.

Bei meinen fürchterlichen Bauch- und Magenschmerzen hat mir zunächst unser Hausarzt geholfen, doch er ist nach kurzer Zeit mit seinem Latein am Ende gewesen, also überwies er mich ins Krankenhaus. Wenn ich so darüber nachdenke, ist es der Stationsarzt in dieser Klinik gewesen, der sich ernsthafte Gedanken gemacht hat, wie er mir helfen könnte. Jeden Tag hat er mir Neues erzählt, warum Magen und Bauch so rebellierten, was sich aber in absehbarer Zeit auch bessern könnte. Er hat sich viel Zeit genommen, mit mir zu reden, mir auf den Zahn zu fühlen und mich buchstäblich auszuquetschen. Und das ist für mich befreiend gewesen!

Was hat er nur für eine Geduld mit mir gehabt. Er ist aufrichtig, aber auch herausfordernd gewesen. Ich habe ihm alles über mich und meine Familie erzählt ... So alles von der Seele reden, wie schön! Zwischendurch habe ich schon mal gelächelt, meistens aber sind mir die Tränen nur so geflossen. Oh Mann, das hat alles trotzdem gut getan. Endlich jemand, der sich um mich bemüht hat.

Mein Krankenhausarzt hat für alles Verständnis gehabt, was bei uns so läuft: Probleme, Sorgen, Ärger, Ängste. Bauch und Magen müssen darauf irgendwann reagieren. Dr. Jansen ist sich sehr sicher und schwört Stein und Bein: Wenn die Seele krank ist, wird auch der Körper krank.

Schön, ich versuche nun tatsächlich zu verstehen, warum ich krank geworden bin. Ich habe sicher eine marode Psyche – das habe ich verstanden. Diese widerliche körperliche Störung könnte beseitigt werden, wenn die seelischen Ursachen beseitigt würden. Aber wie kann ich unsere familiären Probleme beiseite schieben?

Ich möchte wieder glücklich leben, ohne Sorgen, Angstgefühle und Beklemmungen. Wann werde ich wieder zufrieden sein? Nächstes Jahr? Noch später? Verdammter Mist, mein Bauch tut schon wieder fies weh!

Jutta Hoffmann

Wie fürsorglich mein Pit ist ... Selbst unsere Zwillinge können echt eifrig sein. Da bin ich doch richtig gerührt. Unsere Duo-Töchter können sogar Koffer packen. Sieh an, auch Zwölfjährige beherrschen diese Technik. Ich bleibe ganz, ganz ruhig und lasse mich verwöhnen. Alle meine Sachen sind bereits im Auto verstaut.

Meine sehr nette Mitpatientin in unserem Krankenzimmer hat einen Riesenspaß gehabt, das tatkräftige Herumfuhrwerken zu beobachten. Sie staunt schon, dass meine Töchter so hilfsbereit sind. Und das bei beginnender Pubertät! Sie hat auch Töchter, daher kann sie gut mitreden. Als wir beide alleine sind, die drei bringen meine Sachen gerade weg, meint sie doch grinsend, unsere Zwillinge seien zwar sehr reizend in ihrer gewinnenden Art, allerdings auch auf ihren Vorteil bedacht. Ja, liebe schnuckelige Lea und Jana, diese Beobachtung ist treffend. Für einen Tag die Schule schwänzen und mich gemeinsam nach Bad Driburg in meine Reha-Klinik bringen, das ist euer Ziel, einen Tag mal nicht pauken müssen. Ich muss schmunzeln.

Pit organisiert für mich ganz selbstverständlich einen Rollstuhl, brauche ich doch dann nicht mühsam zu humpeln. Ich kann mich gemütlich in diesen, wie Jana es formuliert, Porsche auf zwei großen und zwei kleinen Rädern setzen. Nach der längeren Abschiedszeremonie sitze ich schön eingepackt in unserem Auto. Pit fährt souverän und vorsichtig, denkt dabei bestimmt an mein frisch operiertes Knie, das nicht zu sehr durchgerüttelt werden darf – das wäre ziemlich schmerzhaft.

Obwohl die drei gearbeitet haben, um mich zu schonen, und ich nichts getan habe, bin ich doch total erledigt. Mit einundvierzig Jahren müsste man eine solche OP doch wegstecken können, warum fühle ich mich dann so angeschlagen? Ich bin wirklich dankbar dafür, dass Pit meine Problemchen registriert und mir die so wichtige heilende Ruhe gegeben hat. Nun kann ich in aller Ruhe mit unseren allerbesten Töchtern quatschen und die Fahrt in Muße genießen, dabei die klopfenden Knieschmerzen ignorieren.

Wir sind inzwischen auf der viel befahrenen Autobahn, der Motor freut sich, mal so richtig schön ausgefahren zu werden. Pit albert mit Lea und Jana eine Zeit lang, dann amüsieren sie sich mit Wortspielereien. Manche sind nicht so berauschend, andere sehr witzig, und ich stimme in ihr Gelächter ein. Das nennt man erholsamen Familienspaß.

Es ist wieder Pit, der unseren Mädels eine Reihe von Aufgaben gibt, die mathematisches Denken erfordern und gut überlegt sein wollen. Nun ist es wieder ruhiger, die drei dürfen ohne mich grübeln, ich denke wieder an mich.

Mein ramponiertes Knie meckert immer noch. Ach, wäre das schön, jetzt wie im Krankenhaus die Beine hochlegen zu können. Ich muss mein Knie mal ganz unauffällig anfassen. Das Gelenk wird zusehends dicker und heiß. Gott sei Dank neigt sich die Fahrt dem Ende zu. Wenn die Operationsfolgen abgeklungen sind, ob ich dann wieder meinen Sport treiben kann? Ist der geliebte Skiurlaub wieder möglich? Bin ich doch beim Skilaufen blöd gestürzt und habe dabei mein Knie übel verletzt. Das ist noch gar nicht so lange her. Ob ich wohl wieder Fahrrad fahren kann? Diesmal ist noch der heftige Fahrradunfall hinzugekommen und hat meinem Knie den Rest gegeben. Und nun? Mein Chirurg ist ein Optimist, aber ich habe mit meinem Dingsbums-Knie so meine Zweifel.

Ach was, Jutta, denke besser an was Schönes. Was werde ich wohl in der Reha erfahren? Dabei werde ich bestimmt viele Mitleidende und auch viele gute Quälgeister, sprich Therapeuten und Ärzte, kennen lernen. Insbesondere denke ich da an die Krankengymnasten. Diese Physiotherapeuten können sich an uns Patienten so richtig austoben. Das ist auch im Krankenhaus schon so gewesen. Oh, oh, oh, in der Reha werden die Behandlungen unter Garantie noch häufiger und intensiver vorgenommen. Dagegen werden die Mediziner bestimmt ganz harmlos sein. Aber was soll's, uns Patienten soll ja geholfen werden, und schließlich gehen wir ja auch freiwillig hin. Ich freue mich schon darauf, in dieser Zeit Kontakt zu vielen neuen Menschen und Mitkämpfern knüpfen zu können.

Lea und Jana sind nicht wirklich begeistert, dass ich mehrere Wochen lang von zuhause weg sein werde. Auf der anderen Seite sind sie ganz entzückt, dass Oma und Opa für sie sorgen werden. Aber ehrlich, Pit wird sich sicher auch darüber freuen, ist er doch dadurch erheblich entlastet. Also brauche ich mir um Pit und die Kinder keine Sorgen zu machen. Ein jeder hilft, wie er kann, so komme ich zu meiner wichtigen Ruhe. Danke an alle!

Petra Klein

Verdummich nochmal, finde ich meinen Herzdoktor noch gut? Seine Hoheit mit seinen Ermahnungen und Drohungen? Aber da ist er falsch gewickelt, damit kann er mich nicht einschüchtern. Ich schlucke doch brav seine Giftpillen. Und dann Drohungen wegen dem bisschen Herzinfarkt? Nein, ich habe keinerlei Lust, mein Leben zu ändern. Was sollte ich überhaupt ändern? Ich bin kein hektischer und erst recht kein gehetzter Typ. Der Herzdoktor soll einfach nur meine Pumpe behandeln. Er mag ein guter Kardiologe sein, aber kein Psychologe.

Ich, gerade ich, sollte mehr positives Denken zeigen? Typisch Schulmediziner! Ich bin lebensfroh und gerne auf dieser Welt. Er behauptet, dass ich hier im Krankenhaus eine fahrige »Zappelpetra« sei. Da fehlen mir die Worte – ich habe keine Probleme.

Wenn man beruflich selbstständig ist, muss man beweglich sein und mit den Kunden Kontakt halten. Wart mal ab, mein Doktorchen, kannst ruhig mal zum Haareschneiden zu mir kommen, da hätte ich wirklich einen Riesenspaß. Da würdest du schon merken, dass ich weder unruhig noch nervös bin. Die Patienten sollten doch die Ärzte formen und nicht umgekehrt, oder?

Andererseits kann ich eigentlich über mein Doktorchen nicht meckern – er ist ständig aktiv. Vor kurzem ist er in meine Krankenkemenate gekommen, hat sich mir gegenüber hingesetzt und meine Hände gehalten und nett mit mir geplaudert. Meine Krankenakte liegt derweil unberührt auf dem Tisch. Kein Wort über meine neuen Untersuchungsergebnisse wie EKG und Blutbild.

Ich bin gleich skeptisch – er hatte doch sonst immer die Krankenblätter in den Händen.

Aber sieh mal an, ein Arzt kann auch menschlich sein. Seine Worte klingen sanft und einfühlsam, nicht so streng wie sonst. Er spricht allgemein, über Gott und die Welt. Da kann ich mitreden. Die Themen werden konkreter – erst über Deutschland, dann über Duisburg, meine Heimatstadt, und zuletzt über mich. Das hat er schon fein ausgeklügelt. Aber ohne Frage, bis dahin ist es ein sehr schönes Zwiegespräch. Ich merke natürlich sofort, dass mein Doktorchen mich beobachtet, registriert, wie sich meine Muskeln anspannen. Mein Gesichtsausdrück ist bestimmt nicht misstrauisch, aber ich nehme doch eine »Habachtstellung« ein. Er soll bloß keine sentimentale Rede halten!

Aber sieh an, er plaudert wie vorher ganz sympathisch weiter. Wenn ich es mir so überlege, muss ich ihn nur ganz kurz ungläubig angesehen haben. Aber er ist offensichtlich kein guter Beobachter. Wie schön ist es, sich ganz locker über mich und meine Erkrankung auszulassen und zu überlegen, warum es einen – korrekt: meinen – Herzinfarkt gegeben hat. Ich höre intensiv zu, als er ganz locker meint, dass ich zwar vom Alter her – fünfundfünfzig Jahre – eventuell ein höheres Risiko haben könnte, wegen verstopfter Venen und so, denn meine Adern sind naturgemäß nicht mehr jugendlich frisch und elastisch. Doch es gibt fast keine Ablagerungen und von da könnte meine Erkrankung höchstwahrscheinlich nicht herrühren.

Sieh an! Natürlich muss ich nachhaken, um eine Erklärung zu erhalten. Und schon sind wir bei dem Gesprächsschwerpunkt – die Psyche. Das Doktorchen spricht weiter im partnerschaftlichen Tonfall, lässt mich dabei nicht aus den Augen. Sehr verärgert reagiert er, als nach kurzem Anklopfen eine Putzi ins Zimmer kommt. Die arme Frau, sie wird vom Doktorchen regelrecht rausgeschmissen. Das ist auch gut so, denn es geht schließlich um mich und nicht um sie.

Es ist wieder ruhig, selbst meine Mitpatientin liegt mucksmäuschenstill in ihrem Bett und hört aufmerksam zu. Auch sie hat einen Herzinfarkt erlitten. Die Venen an ihrem Herzen waren verstopft, es mussten Bypässe gelegt werden. Bei mir ist das nicht nötig gewesen.

Aber warum habe ich trotzdem diese Attacken bekommen? Diese Frage hat man mir schnell beantwortet: Meine belastete Psyche ist schuld. Wenn ich es mir so recht überlege, hat mir mein Doktorchen diesen üblen Grund einleuchtend dargelegt. Er wird sicher recht haben. Auf meine Art und Weise habe ich – meistens – das letzte Wort. Jetzt muss ich zum zweiten Mal ruhig bleiben.

Verdammt, mein Doktorchen lässt nicht nur EKG, Blutuntersuchungen, CT und, und, und … machen und fasst die Ergebnisse zusammen, sondern stellt erfreulicherweise weitere Überlegungen an. Ich denke an das letzte Jahr, in dem ich erhebliche Beschwerden im Brustbereich gehabt habe, offenbar bereits erste Anzeichen meiner Herzprobleme. Die Bestätigung habe ich heute bekommen. Mein damaliger Internist und Kardiologe meinte nach allen negativen Feststellungen, dass nur ein Psychiater mir helfen könnte. So einfach geht das aber nicht! Bei diesen Schulmedizinern sträuben sich mir die Haare.

Hätte ein Psychiater die Möglichkeiten gehabt, mich vor dem Infarkt zu bewahren? Das ist nur eine müde

Frage. Ich will mich nicht schon wieder zum Thema Ärzte und Schulmediziner auslassen. Am Beispiel meines todkranken Mannes habe ich das über Jahre miterleben müssen. Ärzte, Krankenhaus, Ärzte ... ohne Pause. Eine furchtbare Belastung für uns beide. So schlimm, dass ich selbst krank geworden bin, sogar ziemlich bös. Wenn ich an diese Zeit zurückdenke, ist es nur schlimm und übel gewesen. Wenige Tage nach meiner Operation ist mein Mann gestorben. In dieser Zeit und davor, als mein Mann noch lebte und ich auch nicht mehr gesund gewesen bin, da hätten wir einen Psychologen gebraucht. Aber keiner hat Zeit gehabt.

Mein Doktorchen hat meine Geschichte verstanden. Vielleicht hat er ja recht, wenn er sagt, dass ich mich ein wenig ändern müsse, um innerlich zur Ruhe zu kommen. Deshalb sollte ich möglichst weit weg von zuhause und meinem Geschäft in eine gute Reha-Klinik gehen.

Ja, ich glaube, ich habe es begriffen, für eine Zeit Abstand gewinnen zu müssen. Meine beste Freundin und Kollegin ist ja Gott sei Dank bereit, mir mit allem zu helfen. Sie wird mich nach Bad Driburg bringen und mein Friseurgeschäft gerne weiterführen. Noch mehr kann ich sicher nicht erwarten. Und selbst ein Schulmediziner, mein Doktorchen, kann durchaus auch mal gut sein.

*Bad Driburg, Reha Caspar-Heinrich-Klinik,
Dienstag, 1. März*

Kapitel 1

Der letzte Februartag zeigte sich noch eher regnerisch, der neue Monat hatte allem Anschein nach andere Stärken. Der 1. März deutete auf ein Bilderbuchwetter hin, bei klarem Himmel durfte man mit strahlendem Sonnenschein rechnen. Am frühen Morgen gab es zunächst orakelhafte Nebelbänke in diesem schönen kleinen Städtchen. Der schaurig schöne Moment hielt sich nur kurz, die Sonne besaß schon Stärke, löste den Nebel auf, und die frische, klare Luft erwärmte sich schnell. Nur die bewaldeten sanften Hügel umwaberten noch einzelne Nebelschwaden, als ob sie etwas verbergen wollten.

Das reizvolle Städtchen mit seinem weitläufigen, ideenreich angelegten Kurpark und der Reihe von Kur- und Reha-Kliniken dominierte über die anderen Kurstädte in dieser Gegend. Zu den vielen Kliniken gehörte auch die moderne Caspar-Heinrich-Klinik, der ein hervorragender Ruf vorauseilte und die majestätisch in der freien Landschaft thronte.

Die friedvolle Nacht, die den erschöpften Patienten nach den anstrengenden Behandlungen Erholung gebracht hatte, war vorüber. Am neuen Tag standen wieder jede Menge Therapien an, die Ruhepause hatte neue Energien freigesetzt. Die Patienten akzeptierten natürlich die ärztlich verordneten Behandlungen, dienten sie doch zu ihrer körperlichen Wiederherstellung und nährten die

Hoffnung, ohne Schmerzen weiterleben zu können.

Jeden Tag am frühen Morgen setzte die Betriebsamkeit ein im großzügigen und freundlich gestalteten Eingangsbereich. Ärzte, Physiotherapeuten und ein Team von Hilfskräften eilten zu ihren Einsatzbereichen, um die Vorbereitungen für den Tag zu treffen, Mitarbeitergespräche zu führen und die Funktionsbereiche startklar zu machen.

Patienten humpelten oder waren an Stöcken unterwegs zu ihren Therapien, andere gingen zu ihrem Arzt zu den regelmäßigen Besprechungen und Untersuchungen. Bei dem herrlichen Wetter strömten die Patienten, die ihre Behandlungen bereits hinter sich oder größere Pausen zwischen ihren Anwendungen hatten, nach draußen, um sich zu sonnen oder einfach nur die schöne Luft zu genießen. Neugierig sahen sie sich die Neuankömmlinge an, die an diesem Vormittag eintrudelten. Und neugierig schauten diese zurück, um sich die »alten Hasen« näher zu betrachten, die sich in dieser Umgebung schon auskannten. In ihren Gesichtern spiegelte sich die Hoffnung, dass ihnen hier in dieser Klinik geholfen werden konnte, aber auch Skepsis und Zweifel.

Dagmars Gesicht stach heraus. Sie konnte es kaum erwarten, nach so vielen Wochen endlich eine Perspektive zu haben, wenigstens einen winzig kleinen Lichtblick in ihre seelische Dunkelheit zu bekommen. Sie stand am Fenster ihres neuen, behaglichen Zimmers und schaute gedankenverloren in die grüne Umgebung. Nun war sie ganz allein, Alex hatte kaum Zeit gehabt, ihr aber das Gepäck selbstverständlich ins Zimmer gebracht – das Taxifahren wartete bereits.

Sie hatten sich kurz, aber liebevoll verabschiedet. Daggi

hatte vergeblich mit den Tränen gekämpft und ein bisschen geschluchzt. Alex hatte ihr kosend über den Kopf gestrichen. Wie lange wartete sie schon auf eine warme Umarmung? Sie sah ihn aus großen und feuchten Augen an – ob ihr wohl geholfen werden könnte? Er küsste ihr sanft die letzten Tränen aus den Augen fort. »Daggi, Schatz, sei nicht so traurig. Ich versuche ernsthaft, alles wieder ins Lot zu bringen, damit es endlich wieder so wird, wie es einmal gewesen ist. Ich will kämpfen – für dich und unsere Kinder!«

Das war zu viel für Daggi, jetzt brachen sich die Tränen vollends Bahn. Mit geweiteten Augen sah sie ihren Mann an. »Aber, Alex ...« Er verschloss ihren Mund mit seinen Lippen. »Weißt du, Daggi«, sagte er leise, als sie sich wieder beruhigt hatte, »es war Oliver, der vorgestern ausnahmsweise mal wieder mit mir gesprochen hat. Unser kleiner, großer Sohn war so mutig, mich auf meinen Mist aufmerksam zu machen und mich zu animieren, mich endlich mal um ihn und seine Schwestern zu kümmern. Du, Schatz, es war so toll, wie er mir seine Vorwürfe nur so um die Ohren haute. Ich müsste nach der langen Zeit aufwachen und an meine Familie denken. Wie ein kleiner Junge so ernsthaft mit dieser schwierigen Situation umgehen kann! Seine Worte waren zwar kindlich, aber eindeutig. Keine Ahnung, wie ich ihn in diesem Moment angeschaut habe. Der mutige Oli umarmte mich noch, klopfte mir auf den Rücken und knutschte mich vor lauter Glückseligkeit ab. Freudentränen liefen ihm übers Gesicht und tropften mir über die Nase. Ich musste mich schwer beherrschen, sonst hätte ich gleich mitgeheult. Unser kleiner, kluger Junge wagte es, mich wach zu rütteln. Ein zehnjähriger Junge!

Und ich? Ein Versager!«

Er kraulte gedankenverloren seinen verkrampften Nacken. »Ich weiß zwar noch nicht, Daggi, was ich machen kann, aber ich werde kämpfen, etwas Neues suchen, werde nicht mehr schweigsam sein und wie gelähmt. Irgendeine Arbeit werde ich bestimmt finden.« Sanft nahm er Daggis Kopf in seine Hände. »Daggi, Entschuldigung für alles Negative der letzten beiden Jahre. Das war wirklich eine sehr traurige Zeit. Nun werden wir uns ändern, werden positiv denken und nur Gutes tun. Hilfst du mir? Zu zweit werden wir das bestimmt schaffen …«

Das war für Dagmar eine überraschende Neuigkeit. Aber das konnte doch nie und nimmer klappen. Wie sollte sich Alex ändern? Konnte er sich überhaupt ändern? Ja, und dann die Kinder … Ihr mutiger Oli vielleicht, aber ihre unausstehlichen Töchter? Ob Alex das generell in den Griff kriegen konnte? Tief grübelnd stand sie vor ihrem großen Zimmerfenster, ihre Gedanken waren noch bei Alex und Oliver. Wie schön, was da zu Hause zwischen den beiden geschehen war. Ihre Gedanken glitten wieder ins Positive. Und sie überlegte: Wenn Alex sich bessern wollte, könnte sie sich in dieser Klinik doch ebenfalls ändern, nicht mehr traurig sein, und ihr blöder Bauch könnte sich auch erholen.

›Wie groß doch eine Reha-Klinik ist‹, dachte sie, ›ganz anders als ein Krankenhaus. Hoffentlich verlaufe ich mich hier nicht. Viele Etagen, Unmengen von Zimmern, jede Menge Menschen, alle möglichen Mitpatienten. Die haben sicher alle irgendein Handicap wie ich. Noch muss ich in meinem Zimmer bleiben und auf den Anruf warten, wann ich zu meinem zuständigen Arzt kommen kann, um die Aufnahmeuntersuchung hinter mich zu bringen. Also muss ich warten, warten …‹

Sie schaute weiter nach draußen, über ihren schönen, kleinen Balkon hinweg. Sie hätte sich die toll geformten Parkanlagen ansehen können, aber sie registrierte nichts. Sah auch nicht die großzügigen Strauchrabatten und die Beete mit den riesengroßen Rhododendren, voll mit dikken Knospen. Am Rande der Beete und rechts und links der Eingangswege blühte bereits eine Unmenge von farbenprächtigen Frühlingsblumen.

Ob Alex sich wirklich ändern kann? So, wie er früher war? Ich wage noch nicht davon zu träumen. Träumt Alex von einer Wende zum Positiven? Nach all der Zeit? Ich würde mich ja riesig freuen, aber … Verflixt, ich kann meine Sorgen und Ängste nicht so einfach beiseiteschieben.

Unbewusst und wie unter Zwang hielt sie ihren Bauch, die Schmerzen wurden wieder stärker. In aller Ruhe setzte sie sich in einen der gemütlichen kleinen Sessel, die Spannung in ihrem Magenbereich entkrampfte sich langsam. Ach, Alex, warum warst du während der Fahrt so schweigsam? Musstest du Olis Predigt erst sacken lassen? Oder warst du nur so verschlossen wie bisher? Einsilbig, kurz angebunden, reserviert? Mit dir reden? Wann? Wie? Und überhaupt! Und nun, Alex, bist du auf einmal ganz anders? Ach, wäre das schön! Hmm …

Hatte er sich auf der Fahrt eigentlich die schöne Landschaft Ostwestfalens angesehen? Oder grübelte er stundenlang über die »Wende«? Nein, er hatte diese idyllische Landschaft auch verinnerlicht. Wie hässlich sahen aber in der malerischen Natur die zahlreichen Windräder aus. Wie konnte man nur diese wunderschöne Landschaft so verschandeln?

Daggi war sich sicher, dass es viel besser geeignetere Landstriche geben müsste, wo aus der Natur Strom gewonnen werden könnte. Dort, wo ständig Wind wehte. Zum Beispiel vor der Nordseeküste, das täte niemandem weh. In dieser Frage waren Alex und sie sich einig, dort könnte Strom ohne Umweltzerstörung und Belastung von Mensch und Tier erzeugt werden. Die schönen Landschaften sollten nicht entstellt und verunstaltet werden.

Sie regte sich bei dieser Thematik immer wieder auf. Ihre Bauchschmerzen wurden dadurch nicht unbedingt besser, obwohl sie sich ganz entspannt hingesetzt hatte. Dazu ließ ihre Übelkeit wie schon so oft nicht nach. Apropos Bauchprobleme – in diesem Moment kam die Erinnerung an das heimatliche Krankenhaus in Köln zurück. Was hatte ihr der liebe Stationsarzt gesagt, was sie tun sollte, wenn die Probleme mal wieder überhand nahmen und sie vor lauter Schmerzen nur noch depressive Gedanken hatte? Ja, richtig, sie sollte an die vielen guten Gespräche mit ihm denken, die ihr Besserung geschenkt hatten, und an diesen Satz … wie ging der noch mal? Ach ja: Du sollst dich der Sonne zuwenden und nicht dem Schatten.

›Das muss ich nun auch tun – bloß nicht immer wieder Trübsal blasen‹, dachte sie.

In diesem Moment klingelte das Telefon.

»Voila, mein Schatz, die anstrengende und nervige Anfahrt ist zu Ende. Wie du siehst, stehen wir direkt vor dem Haupteingang deiner Caspar-Heinrich-Klinik. Na, du erinnerst dich ganz bestimmt an diese Klinik.« Wölfi streichelte sanft Margrets Wange und küsste sie zärtlich.

»Aber sicher doch, Wölfi, mein Blick in die Vergangenheit ist immer noch perfekt. Vor zwei Jahren nach meiner ersten Hüftoperation hatte ich an die Nachbehandlung hier in diesem Hause nur gute und warme Erinnerungen. Ich war glücklich bei der persönlichen, intensiven Betreuung. Ich bin mir ziemlich sicher, dass es diesmal genauso gut laufen wird wie damals. Du, ich freue mich richtig.«

Wölfi drückte seiner Frau einen Kuss auf die Stirn, und sie spürte diese vertraute, geborgene Wärme, die sie so unbedingt brauchte. Sie beide waren fest verbunden, ihre Liebe gab ihnen die schönste Geborgenheit und Sicherheit auf dieser gefahrvollen Welt. Es waren Empfindungen wie ein ewiger Lebensfrühling.

Lächelnd streichelte Margret ihren Mann. »Weißt du, so schlimm war die Fahrt gar nicht, ich und meine Hüften leben noch. Und das Gerüttel war zu ertragen. Aber du fährst ja auch gut Auto, fast so gut wie ich. Ich zeige es dir, wenn ich wieder hinter das Steuer darf.« Ihr provozierendes Lächeln sagte genug, Wölfi musste, wie so oft, darüber lächeln.

»Komm, Schatz, ich helfe dir aus dieser Karre raus. Wir sollten dich jetzt zügig anmelden. Es sieht so aus, dass in dieser Mittagszeit viele neue Patienten kommen. Ansonsten müssten wir wohl oder übel länger an der Anmeldung warten. Und das lange Stehen wäre bestimmt nicht so gut für dich.« Er öffnete die Beifahrertür, gab seiner Frau die beiden Stöcke und ließ sie vorsichtig aussteigen. Das Gepäck konnte warten.

Die großzügige automatische Haupteingangstür öffnete sich, warme Luft strömte den beiden entgegen. Die lange Sonneneinstrahlung hatte dafür gesorgt; da half auch nicht der Sonnenschutz an der großen Fensterfront.

Margret wandte sich den Damen an der Information zu. »Na so was, siehst du auch, was ich sehe, Wölfi? Wie schön! Das sind doch die beiden Damen, die uns auch beim letzten Mal empfangen haben.«

»Ja, wenn ich mich recht erinnere, haben uns diese Damen sehr freundlich behandelt.«

Er nahm Margret einen Stock ab, damit sie die für die Anmeldung erforderlichen Unterlagen aus ihrer Tasche nehmen konnte, die mit einem ziemlichen Gewicht über ihrer Schulter hing.

»Hallo, guten Tag, ich bin …« Weiter kam sie nicht, denn lächelnd unterbrach sie Frau Haller.

»Sicher doch, ich kenne Sie noch von Ihrem letzten Aufenthalt bei uns. Sie sind doch Frau Groß. Wie geht es Ihnen denn? Sind Sie wieder operiert worden? Moment, war das jetzt bei Ihnen Hüfte oder Knie?«

Margret war überrascht – bei den vielen Patienten, die kamen und gingen, kannte diese nette Frau sie noch.

»Ja, Frau Haller, vor zwei Wochen wurde an meiner anderen Hüfte rumgeschnibbelt, nicht am Knie. Aber auch das hatte sich wieder wirklich gelohnt. Mir geht es heute, auch wenn die OP noch nicht lange her ist, einfach klasse. Ich bin meinem Operateur sehr dankbar, er hat spitzenmäßig gearbeitet. Und ich freue mich nun auf die Zeit bei Ihnen.« Mit diesen Worten überreichte sie Frau Haller die mitgebrachten Unterlagen.

Wölfi begrüßte die Damen ebenso freundlich und

nahm seine Frau in den Arm. »Ist Ihre Klinik immer noch so gut besucht wie vor zwei Jahren?« Er war schon erstaunt über die vielen Menschen, die kamen und gingen. Quirlig wie ein Ameisenhaufen – nur nicht so schnell. Aber es war ja eine Reha-Klinik und kein Sport-Zentrum.

»Ja, unsere Klinik hat das Glück – wir sind voll belegt und haben wirklich gut zu tun, Gott sei Dank. In anderen Kliniken sieht es gar nicht rosig aus, sie kämpfen mit den Auswirkungen der Gesundheitsreformen. Damit haben wir, toi, toi, toi, bisher kein Problem. Aber wer weiß, ob den Politikern nicht noch mehr Reformen einfallen. Ärger, Enttäuschungen und Scherereien mit den politischen Beschlüssen haben wir doch alle – Kliniken, Ärzte, Mitarbeiter, aber leider auch die Patienten. Überall muss drastisch gespart werden. Das neue System kann man gar nicht gut finden.«

Die Leute in unmittelbarer Nähe, die Frau Hallers Worte hören konnten, nickten zustimmend. Margrets Formalitäten waren schnell erledigt und das lockere, aber vielsagende Gespräch neigte sich dem Ende zu. »Ich wünsche Ihnen einen guten und erfolgreichen Aufenthalt hier bei uns. Und vor allem, erholen Sie sich gut.« Mit diesen Worten wandte sich Frau Haller dem nächsten ankommenden Patienten zu.

Zur selben Zeit half ihre Kollegin einer anderen neuen Patientin, die sich offensichtlich fremd in dieser neuen Umgebung vorkam. Weitere Menschen, die sich auch anmelden wollten, warteten geduldig.

»Ich heiße Petra Klein, und hier ist mein Papierkram. Bitte schön.« Die neue Patientin legte ihre Unterlagen auf den Anmeldetresen.

Margret und Wölfi prusteten laut los. Herzhaft lachend gingen sie in Richtung Aufzug, vor dem sie noch warten mussten. Petra Klein konnte sich keinen Reim darauf machen. Was konnte denn wohl so lustig an ihrem Namen sein? Sie verstand das nicht, und das konnte sie auf den Tod nicht leiden. Vor dem Aufzug trafen sie sich wieder.

Margret erklärte, aus welchem Grund sie so lachen mussten.

»Entschuldigen Sie bitte, Frau Klein, da muss ich Ihnen sicher etwas erklären. Das mit unseren Namen ist witzig, Sie heißen Klein, wie wir bei der Anmeldung gehört haben, und wir Groß. Ein schöner Zufall? Da werden wir zur gleichen Zeit aufgenommen, aber seltsamerweise haben die beiden Damen am Empfang beim Nennen unserer Namen überhaupt nicht reagiert. Sie scheinen doch etwas gestresst zu sein bei den vielen Neuaufnahmen.«

Petra Klein und ihre Freundin Anne, die sie begleitete, lachten jetzt auch. »Ist das nur ein schöner Zufall oder ein Wink des Schicksals? Warten wir es ab. Na, bravo«, meinte Petra Klein, »da ist die Reha-Zeit für uns sicher gerettet, bei Groß und Klein kann ja nur was Gutes rauskommen.« Herzlich begrüßten sich die vier mit Handschlag, wobei Margret feststellte: »Na, offenbar gehören Sie auch nicht zur Gruppe ›Sauertopf‹. Hab ich recht?« Petra Klein und Anne grinsten verschmitzt.

Wölfi gefiel die Situation. »Frau Klein, es ist einfach nur schön, freundliche und nette Menschen zu treffen, die, wie ich meine, auf der gleichen Wellenlänge liegen. Meine Frau und Sie werden ganz bestimmt gut miteinander auskommen.«

Der Aufzug war endlich im Erdgeschoss angekommen, und die Türen öffneten sich. Heraus strömten fast ausschließlich Patienten, zu erkennen an ihren T-Shirts, Sporthosen und Sportschuhen. Eine junge Frau erregte Margrets Interesse. Sie schaute sich die Frau nur einige Sekunden an, aber das reichte ihr bereits, sich ein Urteil zu bilden – echt leidend und schüchtern.

Während sich der Aufzug in Bewegung setzte, dachte Margret über ihre Beobachtung nach. Menschen zu beobachten, war eine ihrer Lieblingsbeschäftigungen. Auch wenn sie die Mitpatientin nur kurz gesehen hatte, war sie sich sicher, dass diese Frau erhebliche Probleme hatte.

Der Aufzug wurde von Etage zu Etage leerer, die müden Patienten verschwanden in ihre Zimmer. Petra und Anne beobachteten interessiert all das für sie Neue. Petra war mit der Aufzugsituation sehr zufrieden. »Sieh an, da brauche ich ja keine Angst zu haben, alleine im Aufzug fahren zu müssen. Hier scheint ja echte Action angesagt zu sein. Schön, schön, schon wieder was Gutes für mich.«

Sie sprach Margret an. »Sie wollen auch nach ganz oben?«

Margret nickte. »Dann wohnen Sie auch im obersten Stockwerk?«

»Ich glaube schon«, antwortete Petra und schaute vorsichtshalber noch mal in ihre Unterlagen. »Ja, oberstes Stockwerk. Hoffentlich bekommen wir da keine Höhenangst«, fügte sie zwinkernd hinzu.

Die Aufzugtür öffnete sich, alle verließen die Kabine und schauten sich nach ihren Zimmernummern um.

Margret ging zum Schwesternzimmer, das genau gegenüber dem Aufzug lag, sah zwar keine Krankenschwester, hörte aber jemanden im Nebenraum. Die Schwester hatte eine Menge Material einzuräumen und war ins Schwitzen geraten, was besonders ihrer Frisur geschadet hatte. Also stand sie vor einem kleinen Spiegel und versuchte wieder Ordnung in ihre Haarpracht zu bringen.

Margret hatte Schwester Bärbel, die auch schon vor zwei Jahren auf dieser Station gearbeitet hatte und an die sie eine wirklich gute Erinnerung hatte, sogleich erkannt.

Schwester Bärbel konnte sich zwar gut an Gesichter erinnern, aber die Namen ... Sie schaute schnell auf den Plan mit den Neuankömmlingen, der vor ihr auf dem Schreibtisch lag, und schon war wieder alles klar. »Hallo, Frau Groß! Schön, dass Sie wieder bei uns sind. Dann werden wir mal das Kind wie beim letzten Mal schon schaukeln, nicht wahr?«

Über diese flotte Begrüßung mussten alle lachen, besonders Petra gefiel Bärbels Art.

Die Schwester nahm ihre Unterlagen zur Hand und ging voraus, um den Frauen ihre Zimmer zu zeigen. Nach nur wenigen Schritten blieb sie stehen.

»Bitte schön, Frau Groß, hier ist Ihr Wohnbereich und gleich nebenan darf Frau Klein es sich die nächsten Wochen gemütlich machen.« Schwester Bärbel schaute sich vergnügt um. »Das ist ja ein Ding, dass Groß und Klein ihre Unterkunft direkt nebeneinander haben. Na dann, viel Vergnügen!«

Flott und fröhlich öffnete sie die beiden Wohnbereiche und reichte den beiden neuen Patientinnen die Türschlüssel. Da sich Margret bereits gut auskannte, brauchte sie ihr nichts mehr zu zeigen, erklärte Petra aber ihre Räumlichkeiten und wie die technischen

Einrichtungen funktionierten. Außerdem erläuterte sie, was, wann, wo und wie zu erledigen war und worauf sie achten sollte. Petra und Anne waren schließlich alleine, die Flurtür geschlossen.

Wölfi war richtig unternehmungslustig und holte in kurzer Zeit ihre Koffer und Taschen ins Zimmer. Sogleich packte er Margrets Reiseutensilien aus und verstaute alles in den Schränken.

»Du machst das so nett und lieb, Wölfi«, bedankte sich Margret. Sie war doch ein wenig erschossen von der langen Anreise und blass um die Nase. Sie hatte sich abgekämpft auf einen Stuhl gesetzt und war froh, dass auf dem Schreibtisch eine Flasche Mineralwasser als Willkommenstrunk bereitstand, so konnte sie sich schon mal ein wenig erfrischen.

»Darf ich dir auch ein Wässerchen geben, Wölfi?« Sie wartete seine Antwort gar nicht erst ab, sondern schenkte ihm auch ein Glas ein und reichte es ihm.

»Oh, das schmeckt ja richtig gut«, meinte er, »das gute Driburger Mineralwasser, lecker und gesund.« Er hielt sein Glas hoch. »Wohl bekomms!«

In diesem Moment kam die fröhlich flötende Schwester Bärbel zu ihnen, die Tür war die ganze Zeit offen geblieben. »Hallo, da bin ich wieder, aber Ihnen brauche ich ja nicht mehr viel zu erzählen. Großartige Veränderungen haben sich in den letzten beiden Jahren nicht ergeben, zumindest nicht auf dieser Etage.«

Die Formalien waren schnell erledigt, aber Margret hatte noch einen besonderen Wunsch.

»Könnten Sie mir bitte noch ein Keilkissen besorgen, liebe Bärbel? Meine Hüften meckern noch beim normalen

Sitzen auf dem Stuhl. Noch unangenehmer ist es für mich, auf einem weichen Sessel oder einer weichen Couch sitzen zu müssen.«

»Liebe Frau Groß«, Schwester Bärbel hob warnend den Zeigefinger, »das ist nicht nur unangenehm, sondern sogar echt gefährlich. Furchtbar wäre es, wenn Sie sich die frisch operierten Hüften dabei auskugeln würden.« Ihre mitleidsvolle Mimik sagte schon genug. »Das darf nicht passieren! Ich hole eben schnell das Keilkissen. Sie wissen aber auch noch, dass alle Sitzmöbel ausreichend hart sind? Nicht zu hart, sondern richtig angenehm. Also nix Problemo.« Sprachs, drehte sich um und war schon verschwunden.

Margret stützte sich vorsichtig mit beiden Händen auf den Stuhllehnen ab und achtete peinlichst darauf, ganz gerade aufzustehen. »So ist sie nun mal, die liebe Bärbel«, sagte sie und sah Wölfi lächelnd an. Sie nahm ihre Stöcke, ging einige Schritte mit »gebremstem Schaum«, wie sie scherzhaft zu sagen pflegte, und setzte sich auf die einladende, lange Fensterbank, die direkt auf einem breiten Heizkörper angebracht war.

Wölfi beobachtete seine Frau und war froh, dass sie sich wieder hingesetzt hatte – es sah im Moment schon sehr beschwerlich aus.

Margret drehte sich um und schaute zum Fenster hinaus. Da gab es ja doch was Neues, bei dem schönen Wetter waren die ersten Golfspieler zu sehen. »Oh, das Gelände sieht richtig toll aus. Kannst du dich auch noch erinnern, als wir vor zwei Jahren durchs Grüne spazieren gingen und den frisch angelegten Golfplatz anschauen konnten? Ist das nicht einfach schön geworden?«

Wölfi stellte sich neben seine Frau und schaute ebenfalls zum Fenster hinaus. »Du siehst so sehnsüchtig nach draußen. Wenn es dir einigermaßen gut geht, dann gehen wir selbstverständlich wieder spazieren, wenn ich dich besuche. Bestelle dann aber bitte schönes Wetter.« Zärtlich streichelte er über ihre Haare.

In diesem Moment ging die Tür auf und Schwester Bärbel stürmte schnaufend auf sie zu. Mit einer Hand wedelte sie mit dem unentbehrlichen Keilkissen und einem Zettel mit dem Arzttermin zur Aufnahmeuntersuchung durch die Luft. »Entschuldigung, dass es etwas länger gedauert hat, aber ich musste dafür extra nach unten in unser Lager. Hier oben hatte ich leider keins mehr, tja, das machen die vielen Hüftpatienten. Bitte schön. Sonst alles in Ordnung, Frau Groß?« Sie ordnete wie so oft ihre Bluse, die bei ihrer Aktion hochgerutscht war. »Fürs Erste sind wir jetzt ja klar, dann könnten Sie ja schon mal ein leckeres Mittagessen genießen. Aber um halb drei gehen Sie bitte zum Chef, okay? Ich lasse Sie jetzt allein, aber Sie kennen ja bereits unsere gemütliche Essstube, sprich den Speisesaal. Für die Rückfahrt können sich ja Ihr Mann und Frau Kleins Freundin in unserem Café im Erdgeschoss verpflegen, wenn Sie möchten.« Sie tätschelte leicht Margrets Arm und mit einem »Guten Hunger! Bis später!« war sie auch schon wieder entschwunden.

Eine junge Frau kam zögerlich und ziemlich unsicher aus dem Aufzug und suchte im Erdgeschoss den Speisesaal. Dagmar Dreyfuß spürte keinerlei Hunger oder Essensgelüste, sie hatte mal wieder leichte Magenschmerzen und blöde Übelkeitsgefühle. Sie kam von ihrem Stationsarzt, den sie als wahrlich nett und ansprechend empfand, ähnlich ihrem Doktor Jansen im Kölner Krankenhaus. Es hatte länger gedauert, als sie angenommen hatte. Nach der obligatorischen Untersuchung und ihren Gesprächen hatte er ihr empfohlen, nur ein leichtes Essen zu sich zu nehmen, damit sich ihr lädierter Magen erholen könne. Allerdings könne Schonkost alleine bei ihren Problemen nicht helfen. Da gehöre weit mehr dazu.

Hoffentlich hat er recht, grübelte sie. Dr. Lange, der Stationsarzt, hatte ihr noch den Weg zum Speisesaal erklärt. Aber die vielen Menschen, die kamen und gingen, hatten sie verunsichert. Wo musste sie denn jetzt hin? Rechts oder links? Aber schließlich hatte Daggi trotz der Hindernisse doch ihr Ziel erreicht.

Sie blieb am Eingang des Esssaals stehen und blickte sich suchend um. Wie es wohl weitergehen würde? Aber da kam bereits eine freundlich lächelnde Frau auf sie zu, begrüßte sie nett und fragte nach ihrem Namen. Nach diesem Empfang zeigte sie Daggi ihren Platz an einem der Tische. Anschließend gingen sie zusammen an das verführerisch duftende Büfett mit einer großen Vielfalt an Speisen. Trotzdem bekam sie keinen Appetit; sie bat um eine ganz leichte Schonkost, wie ihr Arzt es verordnet hatte. Die Bedienung brachte ihr das Essen schnell an ihren Platz.

Daggi, als neue Patientin in dieser Klinik, setzte sich schüchtern an ihren Platz und stellte sich ihren Tischnachbarn vor. Die drei Mitpatienten begrüßten sie freundlich; das sollte doch ein guter Start in dieser Klinik werden? Daggi schwieg meistens und antwortete nur auf

Fragen. Von ihrem ersten Essen, das wirklich gut aussah und köstlich duftete, nahm sie nur einen kleinen Bissen, trank dafür reichlich das gute Driburger Mineralwasser.

Sie stand nach kurzer Zeit auf, stellte sich hinter ihren Stuhl, die Hände auf der Rückenlehne abgestützt, verabschiedete sich mit ein paar schlichten, nichtssagenden Worten von ihren Tischnachbarn und verschwand, diesmal ohne zu suchen, in ihr Zimmer. Sie schluckte ihre Magentabletten und legte sich auf ihr gemütliches Bett. Aber trotz der angenehmen Wärme fror sie, ja, sie spürte eine innere Kälte. Sie nahm sich eine wärmende Wolldecke vom Fußende des Bettes und legte sie sich über, hochgezogen bis zum Hals; an Mittagsschlaf aber war nicht zu denken. Vielmehr ließ sie sich in Ruhe und ohne Ablenkung das besonders lange und intensive Gespräch mit ihrem Arzt durch den Kopf gehen.

Die Wärme tat ihr gut, ein Gefühl der Zufriedenheit stellte sich ein. Ach wie schön, der Bauch tat gar nicht mehr so weh. Ob das neue Medikament bereits geholfen hatte? Aber das wäre wohl zu viel verlangt gewesen, in kürzester Zeit die Schmerzen zu vertreiben. Oder konnten solch eindringliche Gespräche tatsächlich bereits helfen? Der Kölner Arzt konnte ebenso intensiv auf sie einwirken wie der Stationsarzt hier in der Klinik. Nun hatte sie von zwei Seiten die Bestätigung, dass Tabletten nicht immer halfen.

Wie war das noch heute Vormittag mit Dr. Lange? Ich glaube, das werde ich nie vergessen. Meine lustige Krankenschwester Karin brachte mich in die – wie sie so schön formulierte – »gute Stube« des Herrn Doktor. Und wie freundlich er mich begrüßte. »Bitte schön, liebe Frau

Dreyfuß, nehmen Sie doch Platz.« Charmant rückte er mir einen Stuhl vor seinem Schreibtisch zurecht. Er setzte sich mir gegenüber in seinen Bürostuhl.

Schwester Karin hatte sich ohne Kommentar aus dem Arztzimmer zurückgezogen. Nun waren wir alleine, und auch kein Telefonklingeln störte. Auf den ersten Blick machte er einen guten Eindruck auf mich, aber so richtig kannte ich ihn ja noch nicht. Er schaute mich offen an und schien sich ein Bild von mir machen zu wollen. Er bemerkte auch meine verkrampfte Sitzhaltung und meine feuchte Hand beim Händeschütteln. All das dauerte nur ein paar Sekunden, dann sprach er beruhigend auf mich ein.

Ergebnis: Ich hatte keine feuchten Hände mehr und saß auch nicht mehr verkrampft auf der Stuhlkante. Wie ich dabei aussah, war uninteressant, wichtig war nur, dass meine blöde Unsicherheit wegging. Keine Gehemmtheit, keine Ungewissheit mehr! Ob er mir tatsächlich helfen kann? Hoffentlich!

Ich glaube, ich habe Glück, er scheint ein guter Arzt zu sein. Und er hatte sich schon schlau gemacht und alles intensiv gelesen, was mein Kölner Arzt ihm berichtet hat. Eigentlich kannte er mich bereits durch diese Lektüre und wusste, wo meine Probleme liegen.

Er sah mich warmherzig an, so brauchte ich meine ›Sich-in-der-Gewalt-haben‹-Haltung nicht einzunehmen. Es kam nun alles zusammen, Ernsthaftigkeit, Konzentration, freies Lächeln, aber auch Tränen. Ich fand durchaus, dass sein gezeigtes Mitgefühl echt war. Wie verkraftet er wohl die Unzahl von Problemen seiner Patienten? Ob er selbst darunter leidet?

Nach der körperlichen Untersuchung saß ich wieder ihm gegenüber auf meinem Platz und zupfte meine Frisur zurecht, meine langen Haare waren durch das Ausziehen ein wenig in Unordnung geraten. Nun war ich richtig gespannt, was auf mich zukommen würde. Und er erklärte mir alles ganz ausführlich.

»So«, meinte er munter, »dann wollen wir mal sehen, was wir Ihnen Gutes tun können, welche Therapien den größten Erfolg versprechen.« Er lächelte mich an und fragte: »Was halten Sie von medizinischen Bädern, mit Rosmarin zum Beispiel? Kennen Sie das gut riechende Kraut? Das hilft bestens gegen einen meckernden Magen und Darm, das lindert garantiert Ihre Schmerzen und hilft auch noch bei Kreislaufbeschwerden. Sehen Sie, dann haben Sie sogar eine tolle Doppelwirkung mit keinerlei Nebenwirkungen. Viele Menschen haben vergessen, dass uns die Natur bei allen möglichen Beschwerden helfen kann.«

Sieh an, ein Schulmediziner arbeitet auch mit Mutter Natur. Jahrelang habe ich chemisch hergestellte Mittel geschluckt, ohne große Wirkung, aber mit verschiedenen Nebenwirkungen – ich kenne die Gefahren der Chemie. Körper und Seele sollen nun hauptsächlich mit Naturmitteln behandelt werden. Zu meiner Beruhigung und zum besseren Einschlafen werden mir Johanniskraut- und Melisse-Dragees verordnet. Zitronenmelisse riecht sehr aromatisch.

Ich bin neugierig, was mir sonst noch so alles verordnet wird. Außer diesen Bädern soll ich noch Einzel- und Gruppengymnastik machen. Ob ich das schaffe? Egal, dann gibt es auf jeden Fall neue Erfahrungen. Und in meinem Leben bin ich noch nie massiert worden, aber hier. In den nächsten Tagen werden Armbäder gemacht, und Wassertreten ist angesagt. Hatte nicht der alte Herr Kneipp damit gute Erfahrungen gesammelt? Na, dann.

Dagmar öffnete ihre Augen.

Ich bekomme Termine bei einem Psychologen, mit dem ich über meine persönlichen Probleme reden soll. Das sollte mir bald helfen. Mein Kölner Arzt hat die gleiche Einstellung. Beide Ärzte haben mir prophezeit, dass sich meine Situation nicht bessern wird, solange meine Seele nicht wieder intakt ist. Sie behaupteten sogar, meine Gedanken und meine Psyche müssten in Harmonie sein, sonst würde ich mich langsam, aber sicher zugrunde richten.

Sie schloss ihre Augen wieder.

Bei mir waren Körper und Seele schon lange aus dem Gleichgewicht geraten, mit schmerzhaften Folgen. Es wurde schlimmer und schlimmer, aber bisher konnte ich nichts daran ändern. Heute weiß ich, was sich hinter einer psychosomatischen Erkrankung verbirgt.

Vielleicht kann mir ja der Psychologe helfen, ach, er *wird* mir ganz sicher helfen. Die Gespräche werden mir bestimmt gut tun. Die Gespräche mit den beiden Doktoren waren schon sehr nützlich. Und mit meinem Psychologen wird dann endlich der Riesenstein von meiner Seele gerollt werden. Endlich, endlich, endlich keine Magenschmerzen, keine Übelkeit und kein Bauchweh mehr.

Daggi sprach laut und klar mehrere Male das Wort ›endlich‹, aber allmählich immer leiser, bis nur noch ein unklares Murmeln zu hören war. Sie war eingeschlafen, mit einem gelösten Lächeln auf dem Gesicht.

Petra Klein und Margret Groß bekamen einen schönen Tisch zugewiesen. Das Mittagessen war das reinste Vergnügen. Am Tisch waren sie auch nicht alleine – ein charmanter Mann leistete ihnen Gesellschaft. Ganz ordentlich stellte er sich mit ein paar freundlichen Worten vor: »Angenehm, Alkau«, und plauderte drauflos. Kurz darauf entschuldigte er sich, er müsse gehen, da seine nächste Therapie wartete. Der eine ging, die andere kam.

Gekommen war die nächste Tischnachbarin, Jutta Hoffmann, auch eine neue Patientin, mit Ehemann und Zwillingstöchtern. Die Zwölfjährigen munter und fidel, vor allem aber neugierig. Herr Hoffmann sah reichlich erschossen aus, die Töchter hatten ihn auf der Anfahrt stundenlang genervt mit Tausenden von Fragen.

Jutta Hoffmann hatte sich von alledem nicht anstecken lassen, dachte an ihren Krankenhausaufenthalt mit allem, was dazugehörte. Sie war mit sich im Reinen, nur schmerzte ihr dickes Knie permanent, das bös strapazierte Gelenk …

Schwester Bärbel kam hinzu und sah sie mitleidig an.

»Sie Ärmste, im Krankenhaus ging es Ihnen bestimmt besser.« Sie wusste bereits, dass Jutta Knieprobleme hatte. Sie erledigte rasch die notwendigsten Formalitäten. Mit einer Hand zeigte sie ihr den Weg in den Essbereich und stellte ihr Frau Keil, eine Mitarbeiterin, vor, die den Hoffmanns alles Weitere erklären sollte. Und schon war die Stationsschwester wieder entschwunden, weitere Neuankömmlinge warteten.

Mit freundlichem Lächeln begrüßte Frau Keil die neu Angereisten und zeigte Jutta Hoffmann ihren Tischplatz.

»Hier ist Ihr Stuhl, und das bleibt auch Ihr Stuhl während Ihres Aufenthaltes in dieser Klinik. Und dann darf ich Ihnen gleich die weiteren Tischnachbarinnen vorstellen? Frau Klein und Frau Groß, die ebenfalls heute angekommen sind. Aber nun setzen Sie sich bloß schnell hin, so, wie Sie aussehen, müssen Sie sich unbedingt ausruhen.« Sie half Jutta Hoffmann beim Hinsetzen und stellte ihre Stöcke dort ab, wo bereits Margrets standen.

Frau Keil, Küchen- und Servierhilfe, blieb bei ihnen, um sofort helfen oder Wünsche erfüllen zu können. Herr Hoffmann und die Mädels gingen zurück ins Café im Erdgeschoss, wo bereits Margrets Ehemann Wölfi und Petras Freundin Anne saßen. Die Cafeteria war mehr als gut besucht, alle waren froh, sich an einen schönen Tisch setzen zu können. Und so konnten sie sich alle kennen lernen, erklären, wer zu wem gehöre, und herausfinden, dass Ehefrauen und Freundin gemeinsam zu den Mahlzeiten an einem Tisch saßen.

Sie waren begeistert, wie liebevoll die Stationsschwester Bärbel mit den Patientinnen umging, und hatten sich vorgenommen, bevor sie abreisen würden, für Schwester Bärbel im Café eine Kleinigkeit als Dankeschön zu besorgen.

Die Verabschiedung von den Frauen war ziemlich emotional. Auch wenn Männer, Kinder und Freundin zu Besuch kommen wollten, fühlten sich Margret, Petra und Jutta doch im Moment ziemlich alleingelassen. Aber was sollte es, auch der Klinikaufenthalt würde gemeistert werden. Die drei Frauen wollten das Beste daraus machen.

Anne sollte die nächsten Wochen stellvertretende Chefin in Petras Friseursalon sein, das dürfte schon klappen, wie in der Vergangenheit auch schon. Und

Wölfi? Er war ein neunundfünfzigjähriger selbstständiger Zahntechnikermeister. Um seinen Betrieb brauchte er sich keine Gedanken zu machen, seine langjährigen Mitarbeiter wussten auch ohne ihn zu arbeiten. Mit Anne saß er noch im Café, etwas später kamen noch Pit, Juttas Ehemann, und die Zwillinge dazu. Sie verabredeten, ihren neuen Kontakt zu pflegen, natürlich in Bad Driburg. Mit dem neuen Grüppchen könnte es bestimmt eine schöne Zeit werden.

Die gewisse Unruhe im Esssaal war vorbei. Einige neugierige Patienten hatten genug gesehen und gehört, es gab nichts Interessantes mehr, also aßen sie nur noch schnell ihren Nachtisch, bevor sie wieder zur nächsten Behandlung mussten.

Die drei Frauen, Margret, Petra und Jutta, hatten sofort lockeren Kontakt, sie lagen auf der gleichen Wellenlänge. Auch wenn die drei sich gerade erst kennen gelernt hatten, fanden sie sich doch auf Anhieb sehr sympathisch.

Frau Keil hatte Essen und Getränke gebracht, so konnten sie zu dritt die Speisen genießen. Wie lecker und appetitlich sahen doch schon die Salate aus, und das Süppchen schmeckte super. Nach der Nachspeise ergriff Petra das Wort.

»Kopf hoch«, sagte sie aufmunternd, »wir drei werden sicher das Beste aus unserer Situation machen.«

»Ja, danke«, stimmte Jutta zu, wobei sie mal wieder verstohlen mit einem Taschentuch ihre feuchten Augen abtupfte, aber ihr Lächeln überspielte es. »Ja, unbedingt! Wir wollen es uns richtig gut gehen lassen.«

»Jawoll, das machen wir«, antworteten Margret und

Petra wie aus einem Mund. Spontan hielten sie sich über dem Tisch die Hände und versprachen sich, alles gemeinsam zu meistern.

Dass es in diesen Wochen nicht nur Spaß und Freude geben und was sonst noch auf sie zukommen sollte, konnten sie in diesem Moment noch nicht ahnen.

*Bad Driburg, Reha Caspar-Heinrich-Klinik,
Mittwoch, 2. März*

Kapitel 2

Alle neuen Patienten, auch Margret, Petra, Jutta und Daggi, hatten am gestrigen Tag ihre Aufnahmeuntersuchungen und Gesundheitschecks erledigt, nun sollten am heutigen Tag die besonderen Begutachtungen gemacht und Analysen vorgenommen werden. Jutta und Margret waren bei Dr. Dormacher, Petra bei der engagierten Oberärztin Dr. Bea Stein und Daggi bei Dr. Lange. Die indiviuelle Patienten-Arzt-Beziehung sollte über die gesamte Reha-Zeit erhalten bleiben.

Der Mittwoch war noch jung, das Wetter zeigte sich wie am Vortag von seiner besten Seite, ein Bilderbuchwetter – Sonne pur bei allerdings noch frischen Temperaturen am frühen Morgen.

Die erste Nacht für die neuen Patienten in dieser Klinik. Ob sie gut geschlafen hatten? Hatten sie mit Genuss in ihren neuen eigenen Badezimmern geduscht? Wie viele Leute stürmten bereits das Frühstücksbuffett? Die Frühaufsteher – bestimmt nicht freiwillig – waren bereits da, die frischen Körnerbrötchen und das Brot verbreiteten einen appetitanregenden, noch ofenwarmen Geruch. Der Duft frisch gebrühten Kaffees schwebte im Raum.

Die erwachten Lebensgeister ließen ihrem Mitteilungsbedürfnis freien Lauf. So auch Margrets Mitpatient, Herr Alkau.

»Wissen Sie, meine Damen«, er wandte sich auch

an Petra, die wie Jutta gerade an den Tisch gekommen war, »mein Nachname ›Alkau‹ ist mein Künstlername.« Er nahm sein Schinkenbrötchen zur Hand, belegt mit Tomätchen und Basilikum, und biss herzhaft hinein.

Die Damen stutzten, natürlich nicht über sein aromatisch duftendes Brötchen, und die schlagfertige Petra wollte natürlich sofort mehr wissen.

»Sind Sie denn Schauspieler? Aber nein, den Namen kannte ich bis eben ja überhaupt nicht. Gut, ich kann natürlich nicht jeden Schauspieler kennen«, fügte sie lächelnd hinzu.

Margret war nun ebenfalls neugierig und hakte nach.

»Dann klären Sie uns doch mal auf, was Sie denn damit ausdrücken wollen.«

»Na gut, aber lachen Sie mich bitte nicht aus, okay? Also, meine lieben Eltern – ruhen sie in Frieden – müssen sich über meine Geburt unheimlich gefreut haben, so dass sie vor lauter Freude zunächst keinen geeigneten Vornamen für mich gefunden haben, der zum Nachnamen passte. Sie müssen wissen, dass es sich bei diesem um einen Doppelnamen handelt. Hören Sie gut zu: Altenhofer-Kaufmann.«

»Ach, du Schreck«, platzte Petra heraus, »jetzt verstehe ich, Ihr Doppelname wurde gekürzt. Stimmt's?« Nun mussten alle lachen.

»Richtig, Frau Klein. Meine früheren Mitschüler fanden diese Abkürzung einfach witzig. Auch mein damaliger Mathelehrer – mein Gott, ist das schon lange her – fand meinen Doppel-Nachnamen gar nicht praktisch. Bis er meine Vornamen und auch noch den Nachnamen ausgesprochen hatte, war die Unterrichtsstunde fast vorbei. Ich gebe zu, das ist natürlich etwas übertrieben, aber immerhin …« Nach so viel Reden aß er erst einmal den Rest des Brötchens auf.

Margret reagierte auf sein verstecktes Schmunzeln.

»Warum Vornamen? Waren die auch so lang?«

»Na, klar doch. Meine Vornamen reduzierten sich auf Max.«

»Von Maximilian-und-noch-was?«, fragte Jutta, die ihre Marmelade so lecker fand, dass sie sie gleich mit dem Teelöffel aus dem Glas genoss.

Herr Alkau schmunzelte.

»Hab ich nicht gerade gesagt, dass sich meine Eltern nicht über meinen Vornamen einigen konnten? Amtlich heiße ich – schön zuhören – Martin Arthur Xaver Altenhofer-Kaufmann.« Ein breites Grinsen ging über sein Gesicht, seine Hände ruhten auf der Tischkante.

»Tja, tja, tja«, meinte Petra belustigt, »nun kapiere ich auch, was Sie mit ›Künstlernamen‹ meinten. Die ersten Buchstaben der drei Vornamen ergeben Max, das ist gebongt! Herr Max Alkau. Sie mit Ihrem Kunstnamen.«

Wie schön war es doch, am frühen Morgen beim Frühstück schon so herzhaft lachen zu können.

Herr Alkau stand auf, schob seinen Stuhl ordentlich unter den Tisch und schnappte sich seinen Sportbeutel, den er über die Stuhllehne gehängt hatte.

»Ich wünsche den Damen ein paar schöne Stunden, man sieht sich. Ich muss mich beeilen, das Bewegungsbad ruft – Gymnastik im Wasser.« Mit forschem Schritt verließ er den Frühstücksraum.

»Ich glaube, an unserem Tisch werden wir noch so manchen Spaß kriegen«, sagte Margret. Sie war gerade bereit, die nächste Tasse Kaffee zu trinken, als Schwester Bärbel zielstrebig auf die Frauen zukam. In der einen Hand flatterten mehrere Blätter Papier.

»Bitte, meine Damen, Sie sind nun alle drei gefragt, solch interessante Frauen. Also, heute habe ich Ihnen Ihre ersten Termine mitgebracht, ab morgen wissen Sie ja, wo Sie alle Ihre Hausnachrichten finden können. Ich hatte es Ihnen bereits gestern näher erklärt. Schauen Sie deshalb jeden Tag in Ihre Postfächer, ob es neue Informationen gibt.«

Die Schwester gab den Frauen die gedruckten ›Laufzettel‹ in die Hand und fügte hinzu: »Hier auf diesen Blättchen ist alles vermerkt, was Sie von heute an bis morgen früh so alles machen sollen. Morgen Vormittag dann also bitte in den Postfächern nachsehen, Sie werden eine Übersicht über die Behandlungen in den nächsten Tagen finden. So, das ist das Aktuellste für heute. Und morgen dürfen Sie …«

Petra lächelte still vor sich hin und schaffte es, keine Silbe zu sagen, mit Schweigen hatte sie ansonsten so ihre Probleme. Also antwortete die brave Jutta.

»Ist doch alles klar!«, sagte sie, nachdem sie ihren Terminplan gelesen hatte. Sie schaute Schwester Bärbel an. »Also, los! Was sollen wir denn machen, welcher Quälgeist will uns haben?«

Auch Margret unterbrach Schwester Bärbel, nachdem sie den letzten Bissen ihres Brötchens verspeist hatte. »Sie brauchen gar nichts weiter zu erklären, wo wir alle hinmüssen. Wir haben unsere Terminpläne, und ich kenne alle Wege in diesem Haus …«

»Aber …«, Schwester Bärbel wollte doch den neuen

Patientinnen den Weg erst noch erklären.

»Ist schon gut, ich helfe den anderen. In Ordnung?« Margret hatte einfach Spaß und schnitt ihr erneut das Wort ab.

Jutta und Petra hatten alles verstanden und gingen neben Margret her. Die Krankenschwester hatte den Eindruck, dass es den Frauen hier gut gehen würde, sie würden sich schon vergnügen. Es war ihr immer wieder eine große Freude, wenn sich die Menschen bei ihr auf dieser Station wohl fühlten. Patienten, die nach ernsthaften Erkrankungen und Operationen aus dem Krankenhaus kamen und in den Reha-Kliniken weiterbehandelt werden mussten, hatten doch mehr oder weniger Erschwernisse und oft auch noch nagende Schmerzen. Einen preiswerten Urlaub für Pseudo-Patienten, was vor einigen Jahren noch durchaus möglich gewesen war, konnte es heute nicht mehr geben. Ja, auch das war eine Folge der Gesundheitsreformen.

Schwester Bärbel ging voraus, und die drei Frauen folgten ihr in aller Ruhe in Richtung Aufzug. »Guten Erfolg«, wünschte sie den dreien noch und verschwand in ihren Laborbereich, um die verordneten Medikamente und Spritzen, die sogenannten Bauchpiekser, vorzubereiten. Zum einen für Patienten, deren Operationen nur kurz zurücklagen, oder für Kranke, die noch überwiegend im Bett bleiben mussten. Der rote Saft in den Adern sollte gesund sein und munter fließen.

Margret, Petra und Jutta hatten eine relativ erfreuliche erste Nacht in der Klinik verbracht. Sie hatten weder raderkastendolle Schmerzen noch litten sie unter schlimmen Schlafstörungen. Daggi aber gehörte nicht zu den Glücklichen. Sie konnte nur ganz schlecht einschlafen und wenn es ihr doch irgendwann gelang, konnte sie nur oberflächlich schlafen, duselte nur ein wenig und wachte deshalb immer wieder auf. Erst am frühen Morgen fiel sie in einen Tiefschlaf, ihre Grübeleien hatten nicht mehr die Oberhand. Das Aufwachen war somit recht problematisch für sie. Um pünktlich zu sein, musste sie sich in der letzten Zeit von ihrem Wecker wecken lassen. Und wenn das mal nicht funktionieren sollte, würde sie am frühen Morgen erbarmungslos von den Krankenschwestern geweckt.

An diesem Morgen war es ganz schrecklich, der Wecker piepste unaufhörlich, das Aufwachen war äußerst unangenehm. Sie erschreckte und hatte einen Brummschädel, der sicher von dem wenigen Schlaf herrührte. Schlimmer jedoch waren ihre teuflischen Magenschmerzen, der gesamte Bauchraum rebellierte.

In weiser Voraussicht hatte sie, bevor sie ins Bett ging, ihre Schmerztabletten und ein Glas Wasser bereitgestellt. So konnte sie die Medizin bereits vor dem Frühstück schlucken. Sie wollte noch ein paar Minuten im warmen Bett bleiben, sich ein wenig von dem stundenlangen Wachbleiben erholen, wobei sie wie gewohnt intensiv über ihre Situation grübelte. Kein Gedanke an ihren kleinen, aber positiven Start, den ihr neuer Arzt angestoßen hatte, sie war wieder in ihr negatives Denken verstrickt. Ebenfalls kein Gedanke mehr an die warnenden Worte von Dr. Jansen in Köln und seine eindringlichen Ratschläge. Ihre scheußliche Depression, dazu die bohrenden Schmerzen, hatten wieder einmal die Oberhand gewonnen.

Sie musste unbedingt auf andere Gedanken kommen,

an etwas Gutes denken. Und so dachte sie an den vergangenen Abend, als Alex sie angerufen hatte. Es war bereits zu vorgerückter Stunde, als ihr Telefon unerbittlich und durchdringend klingelte. Sie lag zwar schon länger im Bett, eigentlich war sie furchtbar müde, wurde nicht warm, konnte so auch nicht einschlafen und erschrak heftig. Er hatte ihr ja versprochen, noch anzurufen, aber er musste länger als vorgesehen Taxi fahren – sie brauchten das Geld auch dringend, um ihre Schulden abzuzahlen.

Das Telefonat dauerte nicht sehr lange, es wurden nur wenige Sätze gewechselt, aber doch liebe und warmherzige von Alex. Und er sagte doch tatsächlich zum guten Schluss: »Daggi, ich liebe dich!«

Ihre Beschwerden gingen langsam zurück, sie fühlte sich deutlich wohler. Hatten nun ihre Medikamente geholfen oder war es eher das gute Gespräch mit Alex?

Endlich war sie bereit aufzustehen, ging gleich zum Fenster, um den erwachenden Morgen zu betrachten. Der Mond war nur noch schwach zu erkennen, die Sonne begann das Zepter zu übernehmen. Sie sah auch die zahlreichen, liebevoll gepflegten Rabatten mit den großen Rhododendron-Büschen. Sie konnte sogar einige Patienten erkennen, die den frühen Morgen aus freien Stücken zu Fitnessläufen nutzten – offensichtlich keine Langschläfer.

Die warme Dusche tat ihr gut, die praktische, sportliche Kleidung war rasch angezogen, sie öffnete die Flurtür und ging den langen Gang hinunter in Richtung Schwesternzimmer. Hier kannte sie sich bereits aus. Dort angekommen, warteten schon einige Patienten. Schwester Karin und ihre Kollegin waren emsig bei der Arbeit.

Bei zwei älteren Herren wurde Blut abgenommen, einer konnte sein Blut nicht sehen, er wurde bleich und musste beruhigt werden. Andere waren fertig und gingen schnurstracks zum Frühstück. Endlich, endlich gab es wieder was zu essen … Mit Dagmar warteten noch zwei weitere Patienten, bei denen besonders viel Blut abgezapft werden sollte.

Die Wartezeit ging erfreulich schnell vorbei, Schwester Karin rief bereits den nächsten Patienten herein. »Ach, hallöchen, Frau Dreyfuß.« Ihr waren Daggis seelische Flauten bekannt, und so kümmerte sie sich intensiver um sie als um andere Patienten – sie brauchte Hilfe und Beistand. »Na, wie war die erste Nacht in unserem schnuckeligen Haus?« Sie sah natürlich sofort, dass Daggi schlecht geschlafen hatte.

Sie legte freundschaftlich eine Hand auf Dagmars Schulter. Daggi reagierte sehr dankbar auf diese nette Begrüßung, musste der Schwester allerdings beichten, dass sie nicht so prickelnd gut geschlafen hatte. Sogar das stimulierende Duschbad von eben, das ihr ansonsten immer geholfen hatte, konnte diesmal nur wenig bewirken. Sie sah wie gerädert aus.

»Sie armes Hühnchen«, bedauerte sie die Schwester, »aber jetzt sorgen wir erst mal für unsere Vampire im Keller.« Bei Patienten, denen bei der Blutabnahme schlecht wurde, würde sie ihre Blutsauger-Story selbstverständlich nicht zum Besten geben, doch sie wusste, wie sie Daggi erheitern konnte. »Ich werde Ihnen gleich etwas von Ihrem guten, roten Saft abzapfen, danach dürfen Sie einen prima Morgenimbiss im Speisesaal genießen. Aber bitte wirklich frühstücken, Ihr Meckermagen braucht das und beruhigt sich dann schnell.«

Dagmar schaute sie ungläubig an. Die Wirkung ihrer Magenpille ließ bereits nach. Und dann sollte sie auch noch fröhlich frühstücken?

»Das ist oft so bei Menschen, die Magenprobleme haben. Hier heißt die Devise ›Wenig essen, aber öfter‹. Sie sollten sich daran halten.« Schwester Karin streichelte noch einmal über Daggis Schulter und sprach in sehr ernstem Ton zu ihr. Dann legte sie Dagmars Blutröhrchen zur Seite und fügte mit neckischem Lächeln hinzu: »Ich denke, unsere Blutsauger im Keller sind heute besonders glücklich.«

»Oh«, Dagmar drückte einen Mulltupfer auf die Einstichstelle in ihrer Armbeuge, »spukt es denn etwa in dieser Klinik? Wenn ja, dann haben die Draculas ja einen idealen Platz gefunden.«

Blut zu sehen, stellte für Dagmar kein Problem dar wie für viele andere Menschen. Dagmar war Chemielaborantin und kannte somit viele Stoffe, die nicht ganz angenehm aussahen oder rochen.

Schwester Karin ging es wie ihrer Kollegin Bärbel, sie war mit sich zufrieden, sah doch Dagmar im Moment nicht mehr so bekümmert aus wie vorher. Sie rief ihrer Patientin noch nach: »Denken Sie auch an Ihre diversen anderen Untersuchungen! Nicht vergessen! Aber erst frühstücken, dann das andere!«

»Bitte schön, hier an beiden Seiten des Flures sind die Untersuchungszimmer, die Herrschaftsbereiche der Chef- und Oberärzte mit ihren fleißigen Vorzimmerdamen.« Margret zeigte mit ihrem Stock den Flur entlang. Durch den Flur ging es um die Ecke zum ziemlich großen Bewegungsbad. Sie hatte bereits vorher die verschiedenen Behandlungsräume gezeigt und das großräumige sporttherapeutische Zentrum, wo zum Beispiel die computergesteuerte Ganganalyse und Gangschule praktiziert wurde. Eingerichtet wie ein Sportstudio mit den vielen Geräten standen sie den Patienten auch in der Freizeit zum Üben zur Verfügung.

Endlich standen die drei vor den großen Fenstern, durch die man einen guten Blick in das Bewegungsbad werfen konnte.

»Oh, Mensch, da sind ja richtig fleißige Menschen im Wasser«, staunte Petra. Durch eine große Glasscheibe konnte man vom Flur aus beobachten, was sich gerade im Wasser abspielte. »Aha, sieh mal an«, musste auch Jutta anmerken, die überrascht war, was für Übungen gemacht wurden.

Petra stieß Jutta sanft an. »Sehen Sie mal, einer – wohl eine Physiotherapeutin – gibt den Ton an und alle anderen müssen ihren Anweisungen folgen.« Sie freute sich über ihre eigene Bemerkung. Und um die anderen zu belustigen, kommentierte sie weiter. »Die armen Patienten, die müssen echt arbeiten. Und die Therapeuten? Das ist ja das Gemeine, die stehen ja bloß am Beckenrand und machen nur vor, welche Übungen nachgemacht werden sollen.« Petra grinste breit. »Aber wir Armen müssen bestimmt auch ins Wasser und schlimm arbeiten.«

»Unter Garantie«, bestätigte Margret lachend. »Gehen wir weiter? Es gibt noch jede Menge zu besichtigen.«

Petra schaute unterdessen verstohlen auf ihre Armbanduhr, ihr Termin stand kurz bevor. Genau genommen war in diesem Hause alles bestens ausgeschildert.

»Bitte, bitte, bitte, ich habe jetzt gar nicht mehr viel Zeit. Die Leutchen hier sollte man nicht gleich durch Unpünktlichkeit verärgern.« Sie hibbelte herum wie ein kleines Mädchen.

Sie nahm ihren Laufzettel zur Hand. »Hier steht's, in wenigen Minuten muss ich zum EKG.« Sie schüttelte den Kopf. »Zum Ende meines Krankenhausaufenthaltes wurde das doch bereits gemacht, warum nun schon wieder? Meine Unterlagen sind meines Wissens hierher geschickt worden. Tse, tse, tse«, witzelte sie.

»Die machen sich hier ihr eigenes Bild vom Patienten«, erklärte Margret und nahm die beiden anderen mit, denn bei allen sollten die gleichen Untersuchungen gemacht werden. »Wir gehen jetzt da hin, der Rest folgt. Hurtig, hurtig!«

Wie Petra nun mal so war, musste sie diese Vorlage selbstverständlich sofort aufgreifen. »Sagen Sie bloß, Sie können sich ›hurtig‹ bewegen mit Ihren angeknacksten Beinen und den Stöcken?«

»Na gut, flott ist vielleicht etwas übertrieben, sagen wir besser, so gut es geht«, bestätigte Margret Petras Skepsis und lachte sich eins.

Und so waren alle drei pünktlich an Ort und Stelle, durften aber noch warten, denn vor ihnen waren noch einige andere Patienten dran. Also saßen sie ganz brav auf den Wartestühlen direkt neben der Eingangstür zum EKG-Raum. Diese Untersuchung ging ziemlich schnell, Tür auf – Tür zu. Die meisten Wartenden waren schweigsam, ob sie nun standen oder saßen. Nachdem Petra sich alle aufmerksam angeguckt hatte, war sie in ihrem

Element – sie redete nun mal gerne über Hinz und Kunz – und schwatzte drauflos.

Als sie Luft holen musste, nutzte Margret die Gelegenheit, um auch zu Wort zu kommen. »Schauen Sie doch unauffällig mal den Gang entlang, da kommt unsere Mitpatientin, die wir doch schon gestern gesehen haben, als wir gerade den Aufzug betreten wollten. Sie sieht wirklich traurig aus, wie gestern. Auf meinen ersten Blick hin fand ich, diese junge Frau sah – wie soll ich es sagen – eher verzweifelt aus. Es kann sein, dass es ihr körperlich nicht gut geht, aber das kann es nicht allein sein. Ich möchte wetten, sie ist in einer Situation, in der sie sich selbst nicht mehr helfen kann. Sie sieht bedrückt, schlimmer noch, mutlos aus.«

»Da könnten Sie durchaus recht haben«, stimmte ihr Petra zu, die sich auch noch an die gestrige Begegnung erinnern konnte, »aber psst! Sie kommt direkt auf uns zu.« Sie verstummten.

Die Tür zum EKG-Raum ging erneut auf, ein Patient hatte die Prozedur hinter sich und durfte gehen. Der nächste Patient, ein älterer Herr, der neben Jutta saß, humpelte langsam in den EKG-Raum, eine Schwester half ihm auf den Untersuchungsstuhl, dann schloss sich die Tür wieder.

Die ausgelaugte Dagmar war heilfroh, dass sie sich auf den gerade frei gewordenen Platz neben Jutta setzen konnte – alle anderen Plätze waren besetzt. Petra, Margret und Jutta schwiegen weiter, alle drei warfen aber diskret einen Blick auf Dagmar. Die ängstliche und unsichere Daggi sah sich nur flüchtig um und grüßte verhalten mit einem angedeuteten Nicken.

Und wie abgesprochen sagten Margret, Petra und Jutta

wie aus einem Munde: »Hallo, guten Morgen.« Sie mussten über ihren dreifachen Gruß lachen. Dann wurde es wieder ruhiger, jeder hing seinen eigenen Gedanken nach. Petra und Jutta wussten aus Margrets Beobachtungen, dass Dagmar Schwierigkeiten haben musste. In welcher Bredouille oder was für einem Schlamassel mochte sie wohl stecken? Einer jungen Frau sollte man eigentlich ihre Störungen äußerlich nicht gleich so deutlich ansehen, meinte die beobachtende Margret.

Eigentlich machte sie einen sympathischen Eindruck, überlegte Margret. Vielleicht könnte sie ja zu ihrem Trio stoßen, und daraus könnte ein nettes Quartett werden. Es könnte ganz bestimmt auch interessant werden, jede Menge Gedanken auszutauschen, und die junge Frau wäre vielleicht dankbar, nicht alleine zu sein. Margret musste immer wieder Daggis trauriges Gesicht ansehen.

Während Margret noch über die Situation grübelte, lächelten Petra und Jutta Daggi einladend zu. Margret, aus ihren Gedanken aufgetaucht, sprach Daggi schließlich offen an.

»Sind Sie wie wir«, sie zeigte auf sich und Petra und Jutta, »auch ganz neu in dieser Klinik? Sie schauen sich so unsicher und fragend um. Habe ich recht?«

»Ja, das stimmt. Immer diese schlimme Sucherei ...« Das Lächeln der jungen Frau war etwas gequält und verlegen.

Freilich bemerkte Margret Daggis Unsicherheit und wollte sie trösten.

»Wissen Sie, ich habe einen riesengroßen Vorteil, denn in diesem Hause bin ich nun schon zum zweiten Mal. Ich kenne hier Gott sei Dank alles. Beim ersten Mal musste ich auch auf die Suche gehen und mich durchfragen. Natürlich gibt es jede Menge Hinweise, aber ich konnte mich erst gar nicht so richtig orientieren.« Sie lachte und sah um sich. »Also, ich habe hier genug Überblick und kann Ihnen gerne helfen. Das geht dann für Sie doch einfacher, aber nur, wenn Sie wollen.« Margret überlegte kurz und fuhr spontan fort. »Und es wäre noch unkomplizierter, wenn wir uns alle vier mit Du anreden würden.« Sie zeigte auf Petra und Jutta und auf sich selbst. »Ich heiße Margret.«

»Oh, ich hätte überhaupt nicht gedacht, hier so schnell mit jemandem bekannt zu werden«, staunte Daggi, »schon gar nicht mit gleich drei Frauen und noch mit dem Angebot, sich zu duzen. Ich bin die Daggi. Danke! Danke, jetzt bin ich hier in dieser Klinik nicht mehr alleine.« Ihr Freudenlächeln war ehrlich. Und Jutta nahm ihr Smartphone aus dem Beutel und fotografierte Margret und insbesondere Daggi.

Auch Petra und Jutta waren von Margrets Duz-Vorschlag überrascht und sprachlos. Sie hielten sich bei Margrets Äußerungen etwas zurück, sie waren regelrecht gespannt, wie diese Geschichte weitergehen würde. Nicht überrascht waren sie, wie Margret mit Daggi taktisch geschickt einen näheren Kontakt hergestellt hatte. Sie kannten Margret zwar noch nicht sehr lange, doch hatten sie sofort ihre Stärke bemerkt, rasch einen angenehmen Kontakt mit anderen Menschen aufzubauen. Für beide Frauen war dies ganz selbstverständlich.

Und die scheue Daggi fühlte wie Petra und Jutta und freute sich über den für sie so wichtigen Brückenschlag.

Sie reichten sich die Hände und schworen sich ein

auf tolle gemeinsame Wochen. Doch von einer weiteren Plauderei wurden sie abgehalten, der nächste Patient wurde zum EKG gebeten. Margret ließ Petra vor.

»Gehen Sie, äh, Pardon, geh du doch schon mal rein, du musst danach ja noch zum Ultraschall. Also, hopp, nichts wie rein!«

Petra stand brav auf, wenn auch ein bisschen steif, tippte sich mit dem Zeigefinger an die Stirn und meinte: »Aye-aye, Käpt'n, einverstanden.« Sie schwankte zu der offenstehenden Tür und hatte natürlich noch eine letzte Bemerkung, die sie loswerden musste. »Eh, man ist doch nicht mehr die Jüngste.«

Und weg war sie.

*Bad Driburg, Reha Caspar-Heinrich-Klinik,
Donnerstag, 3. März*

Kapitel 3

Der erste Tag in der Klinik war für alle vier Damen doch reichlich anstrengend gewesen, selbst für Margret. Sie musste zugeben, dass jede Menge Termine, Untersuchungen, Gespräche und erste Therapien für die neuen Patienten einfach strapaziös waren.

Die erschöpfte Daggi legte sich nach dem Abendessen, kurzer ›Pflege für die Nacht‹ und dem Telefonat mit Alex ins Bett und war überraschend schnell eingeschlafen. Spät war es noch gar nicht. War der Tag zu anstrengend gewesen oder war sie nur so glücklich, neue Menschen näher kennen zu lernen und vielleicht freundschaftlichen Kontakt aufzubauen? Ach, wäre das schön und entspannend. Das wunderschöne Abendrot hatte sie nicht mehr genießen können.

Die drei anderen Frauen hingegen bestaunten das Naturschauspiel aus dem fünften Stock – zwei höher als Daggis Etage. Welches Farbenspiel das Abendrot über die Natur brachte! Sie waren vom großen Esstisch aufgestanden, hatten sich vor das riesige Panoramafenster gestellt und freuten sich an den warmen, leuchtenden Farben der untergehenden Sonne.

Die begeisterte Margret deutete mit dem Zeigefinger auf den schräg gegenüber liegenden Berghang, wo sich die uralte Iburg wie ein verwunschenes Märchenschloss rotgolden in der späten Abendsonne majestätisch über die

Stadt erhob. Lange beobachteten die Frauen das fantastische Farbenschauspiel, bis die Nacht hereinbrach und einen anstrengenden Tag in der Reha-Klinik verabschiedete. In der Dunkelheit waren die hell erleuchteten Fenster des Restaurants auf der Iburg gut zu erkennen.

»Hoffentlich können wir uns das in den nächsten Tagen noch öfter anschauen«, schwärmte Jutta, und Petra klopfte Margret leicht auf die Schulter. Sollte das ein kleines ›Danke schön‹ sein?

Müde, aber froh und glücklich gingen sie auf ihre Zimmer. Ob sie nach den Anstrengungen des Tages wohl alle gut schlafen konnten? Sie konnten es, aber ihre Wecker schreckten sie am frühen Morgen brutal aus dem Schlaf. Es dauerte, bis sie den Abstellknopf fanden. Zeitiges Aufstehen war angesagt, da die Therapien schon früh am Tage begannen.

»Einen wunderschönen guten Morgen alle miteinander«, begrüßte eine fröhliche und ausgeschlafene Margret ihre Mitpatienten, die bereits frühstückten und ihren Gruß lächelnd erwiderten.

Die aktive Petra saß bereits am Esstisch und kaute mit großem Appetit, während Jutta und Margret mit ihren Stöcken vor den Theken standen und auf Hilfe warteten. Frau Keil und eine flotte Kollegin halfen jedem Patienten, vor allem bei Sonderwünschen. Die Speisenauswahl war riesig, es war ein Genuss, sich mit dem besten Essen versorgen zu lassen. Doch leider, leider, viel Zeit hatten alle nicht, Termine, Termine, Termine … Der gestrige Tag war schon stressig genug gewesen. Wie würde es wohl heute werden?!

Daggi war bereits bei ihrem lieben Doktor, Margret, Petra

und Jutta warteten nach den allgemeinen Untersuchungen noch auf ihre speziellen Aufnahmeuntersuchungen.

Margret hatte Glück, sie brauchte nur wenige Minuten zu warten. Jutta allerdings musste sich wesentlich länger gedulden. Die nette Sekretärin des Chefarztes, Dr. Dormacher, lächelte die beiden Damen an.

»Bitte, Frau Groß, der Chef wartet schon auf Sie. Schön, dass Sie wieder bei uns sind.«

Frau Merko war stets aufmerksam und freundlich zu den Patienten. Bei ihrem lieben Lächeln und der gewinnenden Art fühlte Jutta sich auch gleich gut aufgehoben.

Margret sah Frau Merko mit leuchtenden Augen an. »Hallihallo, Frau Merko, ich war schon voller Vorfreude auf Ihre Klinik und Bad Driburg. Mein erster Aufenthalt bei Ihnen in der Klinik und diesem kleinen Städtchen – einfach sympathisch.«

Frau Merko freute sich über Margrets nette Worte und legte ihr freundschaftlich eine Hand auf die Schulter, während Margret Jutta ansah. »Weißt du, Jutta, wir dürfen hier unsere Seele schön baumeln lassen ...«

»Ja, wenn wir dafür genug Zeit haben sollten.« Über ihren trockenen Humor amüsierten sich die beiden Frauen köstlich.

Die Tür zum Chef stand offen, der letzte Patient war bereits zufrieden gegangen, sein aktueller Gesundheitscheck war erledigt. Frau Merko stand hinter ihrem Schreibtisch und winkte Margret zu, ins Allerheiligste zu gehen. Dr. Dormacher erwartete sie bereits.

Petra war währenddessen bereits ins Arztzimmer von Frau Dr. Bea Stein gerufen worden. Die Oberärztin saß hinter ihrem Schreibtisch auf einem ergonomisch geformten Bürostuhl und studierte Petras Arztberichte. Das gab Petra die Gelegenheit, ihre neue Doktorin eingehend zu begutachten. Sie sah attraktiv aus mit ihrem schönen, aber dezenten Make up. Und während die Ärztin die Befunde durchsah, hatte sie Zeit, sich den Raum näher anzusehen. Ihr liebevoll, praktisch und ordentlich eingerichtetes Frisörgeschäft fand sie prima, aber das Arztzimmer war auch nicht schlecht eingerichtet.

Frau Dr. Stein hatte die Lektüre ziemlich schnell beendet und legte die Unterlagen zur Seite. Den ersten Eindruck von ihrer neuen Patientin hatte sie bereits notiert. Sie sah Petra Klein aus ihrem internistischen Blickwinkel aufmerksam an und fragte sie freundlich, ob ihre Anfahrt zur Klinik auch angenehm verlaufen sei. Mit diesem allgemein gehaltenen Einstieg wollte sie ihren Patienten die Scheu vor ihrem neuen Arzt nehmen und den ersten Kontakt herstellen.

Petra, die normalerweise, auch aufgrund ihres Berufes, überhaupt keine Schwierigkeiten im Umgang mit anderen Menschen hatte, fühlte sich zunächst etwas aus dem Konzept gebracht, war gehemmt und für ihre Verhältnisse ziemlich zurückhaltend. Sollte sie doch ein wenig gestört sein wegen ihrer Erkrankung? Der freundliche und ganz normale Gesprächseinstieg kam ihr jedoch entgegen, wenigstens wurde sie nicht mit Fachausdrücken zugeschüttet, die sie sowieso nicht verstanden hätte. Ja, sie war der klugen Ärztin sogar dankbar für die warmen Worte. Und das war der Start für sie, ganz unbefangen zu plaudern, so, wie ihr der Schnabel gewachsen war.

Frau Dr. Stein stellte ihr dann eine Vielzahl von Fragen. Es war klar, dass Petra nicht nur über ihre jetzigen akuten

Beschwerden nach dem Herzinfarkt sprechen sollte, sondern insbesondere über ihre schlimme Krebserkrankung – Brustkrebs, Mamma-Karzinom – und darüber, was und wie operiert wurde und welche Behandlungen bereits durchgeführt worden waren.

Zur Anamnese, der Krankheitsvorgeschichte, gehörten auch das familiäre Umfeld und die ganz persönlichen Einstellungen wie Freude, Ängste, Sorgen und Ärger, was die Ärztin intensiv abfragte. Es interessierte sie auch, wann und woran ihr Ehemann gestorben war und wie sie diese für sie diese Situation überstanden hatte. Als ebenso wichtig sah sie es an zu erfahren, wie Petras persönliche Einstellung zu sich selbst und zu ihren Beschwerden war. Und letztlich wollte sie die Mentalität ihrer neuen Patientin genauer erforschen.

Alle diese gesammelten Informationen legte die Oberärztin den zu verordnenden Behandlungen zugrunde und erklärte Petra auch, welche Anwendung für sie gezielt infrage kommen würde, zum einen zur körperlichen Stabilisierung, zum anderen aber auch, ganz wichtig, zur Beruhigung ihrer Psyche. Die vorgesehenen Maßnahmen zur Wiederherstellung der Gesundheit bezogen sich nicht nur auf den Herzinfarkt und die Krebserkrankung, durch die Petra ziemlich angeknackst war, sondern galten auch den verdrängten Problemen und Belastungen, die die Ärztin mit ihren Fragen aus Petra herausgekitzelt hatte. Und was war Petras größtes Problem: körperliches Handicap oder eher seelische Blockaden?

Nach diesem ausführlichen Frage- und Antwortspiel folgte die körperliche Untersuchung, die verhältnismäßig schnell erledigt war. Petra war doch sehr erstaunt, wie viel Zeit sich die Oberärztin für sie genommen hatte. Noch erstaunter war sie über die Vielzahl der verordneten Behandlungen, die gleich am folgenden Tag beginnen sollten.

Petra hatte weiß Gott ohne Pause jede Menge Untersuchungen und Gespräche über sich ergehen lassen müssen und freut sich, mit ihren Therapien aktiv werden zu können. Außer Massagen kannte sie sonst keine der vorgesehenen Anwendungen und war daher sehr neugierig, was da auf sie zukommen würde. Nach dem Frühstück freute sie sich schon auf ein sanftes, streichelndes und damit auch blutsenkendes CO_2-Bad. Ihre Ärztin erklärte ihr die Wirkung – und die strapazierte Petra wollte es mit allen Sinnen genießen. Dabei half ihr Frau Trazzo, die zuständige Therapeutin, mit Witz und Spaß.

Ja, ja, liebe Petra, meinte sie zu sich selbst, später darfst du bestimmt mit einer Reihe von Mitkämpfern beim Herz-Kreislauf-Training mitmachen. Gib dich gar nicht erst der Illusion hin, dass der Sinn deines Aufenthaltes hier darin besteht, faul in der Badewanne zu liegen.

Petra war nicht alleine, als sie am frühen Morgen zu ihren Behandlungen ging. Auch Daggi, Jutta und Margret hatten volles Programm. Daggi war zu einem Einzelgespräch zur gezielten Ernährung für Magen und Darm eingeladen. Anschließend sah sie vor ihrem autogenen Training eine Mitpatientin, deren seltsame und eigentümliche Sprache sie verwirrte. Sie murmelte vor sich hin, sah Daggi an oder durch sie hindurch und war nicht ansprechbar. Ihr Gesicht machte zunächst einen freundlichen Eindruck, der sich aber kurz darauf sonderbar veränderte; sie war dem Heulen nahe. Und plötzlich, ohne jeden

Übergang, sprach sie ganz klar, aber so leise, dass Daggi sie gerade noch verstehen konnte. Allerdings waren es nur die schrecklichsten Schimpfwörter. Daggi riss ihre Augen weit auf und verließ fluchtartig die Räumlichkeiten. Nein, nein, das brauchte sie nun überhaupt nicht! Ihr blieb es schleierhaft, was die Frau gemeint hatte. Das gewünschte autogene Training schaffte sie nicht. Sie grübelte. Sollte es bei dieser gestörten Frau ähnlich sein wie bei Alex und ihr? Mein Gott!

Mit jeder Menge Vergnügen konnten Jutta, Margret und vier weitere Mitpatienten die Übungen im Bewegungsbad genießen. Einem jungen Mann, dem Physiotherapeuten Marko Sehmann, gelang es, sie trotz schwerer und anstrengender Arbeit im angenehm warmen Bewegungsbad aufzuheitern.

Als sie anschließend im großen Umkleideraum saßen, sich abtrockneten und anzogen, war Jutta immer noch begeistert von ihrem ersten Bewegungsbad.

»Mensch, Margret, war das Spitze, ich freue mich schon auf das nächste Mal. Wie kann eine so anstrengende Arbeit auch noch Spaß machen?«

»Sicher, Jutta, da werden wir noch eine Menge mitmachen können.«

»Ja, und wie flott die halbe Stunde rumgegangen ist.«

Margret musste noch ihre Sportschuhe anziehen, aber als Hüftgeschädigte durfte sie sich ja nicht bücken – das könnte für das operierte Hüftgelenk echt gefährlich werden. Jutta bemerkte das sofort und half ihr, die Schuhe anzuziehen und mit dem Klettband zu schließen.

»Danke, das ist lieb. So, wir sind wieder startklar, haben wir beide jetzt unsere Entspannungsmassage?« Jutta kramte ihre Therapiekarte aus der Tasche und tippte mit dem Finger auf ihren Plan. »Stimmt, richtig, ich werde zur gleichen Zeit wie du massiert.«

Margret schaute auf die Karte. »Sieh an, die Frau Evi Uhland wird dich behandeln. Die Frau kenne ich übrigens von meinem ersten Aufenthalt hier, sie hatte mich damals massiert. Diesmal werde ich von einem Herrn Müller durchgeknetet. Du, den kenne ich doch auch noch, er möchte immer ›Mister Miller‹ genannt werden. Sehr witzig, so sieht er allerdings auch aus und so ist er auch, ein piekfeiner Gentleman. Zu jeder Zeit vornehm und zurückhaltend, das fällt sofort auf.«

Die Rucksäcke mit den Badesachen und dem sonstigen Kram waren gepackt, beide Frauen schulterten sie vorsichtig. »Komm, Jutta, ich zeige dir, wo wir gleich massiert werden. Da werden wir toll verwöhnt.«

Das schöne Wetter vom Vortag hatte sich gehalten, ja, es war sogar noch etwas wärmer geworden. Aber bis zum späteren Vormittag konnten Daggi, Margret und Jutta das da draußen gar nicht genießen, sie mussten ja lange und gut ›arbeiten‹. Aber wie schön war es dann zu pausieren.

Die Vierte im Bunde, Petra, war die Erste, die ihre Vormittagstherapien geschafft hatte. Ihr Herz-Kreislauf-Training fand im Freien und Grünen statt. Es war kein Kleinkram, wie sie es eigentlich erwartet hätte, sondern echte Knochenarbeit. Nach der Verabschiedung von ihrem Therapeuten war sie ziemlich erledigt und verschwitzt und blieb mit einem Patienten, der ebenfalls einen Herzinfarkt erlitten hatte, noch draußen und genoss die Sonne.

»Ach, ich bin echt erledigt, einfach groggy«, stöhnte

Petra und trocknete sich die Stirn ab. Mit ihren geröteten Wangen sah sie wirklich strapaziert aus. »So was bin ich doch gar nicht gewöhnt ...« Sie zeigte auf eine gerade frei gewordene Bank und setzte sich gleich hin. »Ich muss mich erst erholen!« Sie schaute den Mann an und lächelte breit.

»Schön, Sie kennen zu lernen, wir sehen uns ständig wieder, beim Herztraining zum Beispiel. Ich bin schon länger hier und deshalb nicht mehr so erledigt wie Sie. Nach einigen Tagen in dieser Klinik setzt Routine ein, der Körper fühlt sich dann auch nicht mehr so ausgelaugt an.« Lächelnd zeigte er auf Petra. »Bleiben Sie erst mal gemütlich sitzen und ruhen sich aus. Ich werde noch vor dem Essen eine kleine Runde gehen, die Sonne lacht mich an und reizt, sich noch weiter zu bewegen.«

Sonne pur und im Moment keine Termine, das fand Petra super schön. Noch netter wäre es allerdings gewesen, sie hätte nicht alleine auf der Bank gesessen. Doch hört, hört, das Klappern von Gehstöcken zeigte ihr an, dass sich jemand näherte. Diesen Klang kannte sie schon! Es waren Jutta und Margret, die auch die tolle Wärme genießen wollten und nun unverhofft auf Petra stießen. Da war das Platznehmen auf der Bank natürlich ein Muss.

»Hallöchen, Petra, wie war denn dein erster Termin? Du, Jutta und ich haben im Bewegungsbad viel Spaß gehabt. Trauermienen gab es da nicht.«

»Ja, das stimmt, und das Massieren war auch richtig angenehm«, pflichtete Jutta ihr bei und sah Petra an. »Sei ehrlich, bist du nicht neidisch?«

»Na klaro, ich arme Frau musste zum schlimmen Herz-Kreislauf-Training ...« Sie unterbrach sich, da sie

Daggi kommen sah, die nicht unbedingt einen glücklichen Eindruck machte. Petras Müdigkeit war auf einmal verschwunden, Aktivität war nun wieder angesagt. Frisch und fröhlich, wie neugeboren, stand sie auf, warf sich ihren Beutel mit all den Utensilien, die man so brauchte, über die Schulter und klatschte in die Hände. »Seid ihr fit, wieder aufzustehen? Kommt, gehen wir zu Daggi.«

»Daggi? Wo?« Jutta und Margret schauten um sich, konnten aber keine Daggi sehen. Trotzdem standen beide auf, etwas mühsam, aber es ging. Petra wies ihnen mit dem Zeigefinger die Richtung, in die sie schauen mussten.

»Hm, ja«, bestätigte Margret, »sie sieht ja ganz anders aus als gestern. Was meinst du, Jutta?«

»Ja, irgendwas stimmt nicht mit ihr, lasst uns doch zu ihr gehen. Vielleicht geht es ihr nicht gut ... Allein zu sein, scheint ihr nicht gut zu bekommen. Oder will sie einsam sein?«

Also marschierten sie in Richtung Daggi. Sie waren auf dem Hauptweg und mussten aufpassen, denn da gab es Bewegung, wie an jedem Werktag. Patienten wurden entlassen, und neue kamen und nahmen ihre Plätze ein. Auto an Auto, ein Kommen und Gehen. Die drei Frauen achteten aber weder auf ihre Mitpatienten noch auf die Neuankömmlinge. Ihre Gedanken waren bei Daggi.

Sie waren auf einmal unruhig. Was war mit Daggi los? Irgendwas stimmte nicht mit ihr. Beim ersten Mal, als Margret sie im Aufzug gesehen hatte, hatte sie schon ziemlich mitgenommen ausgesehen, aber nun sah sie schon bedrohlich schlecht aus. Ob sie möglicherweise schwermütig war?

Oder kam sie einfach mit allem nicht klar? Diese

Überlegungen kamen Jutta, aber sie schwieg.

Margret dagegen war sich ganz sicher, dass bei Daggi etwas geschehen sein musste, etwas, das sie nicht verkraftet hatte; sie schien völlig verzweifelt. Das war überdeutlich ihren Gesichtszügen zu entnehmen, als sie näher kamen.

Margret nahm ihren rechten Stock in die linke Hand und hielt mit der rechten tröstend Daggis Hände. Petra legte ihr mitfühlend eine Hand auf die Schulter, Jutta sah sie aufmunternd an.

Es war Margret, die Daggi zuerst ansprach. »Mensch, Daggi, was ist denn los? Hast du Ärger? Können wir dir helfen? Los, nun sag schon!«

Petra streichelte ihr beruhigend über den Rücken. »Ist denn was Schlimmes passiert? Haben wir dich verärgert? Bist du deshalb stinkig? Nun komm schon, rede mit uns!«

Aber Daggi konnte oder wollte nicht reden. An ihren geweiteten Augen konnte man ablesen, wie schlimm sie aus der Fassung geraten war. Ihre Stirn glänzte von kaltem Schweiß. Todtraurig sah sie zuerst Margret an, mit einer langsamen Kopfdrehung Jutta und zuletzt Petra und stotterte: »Oh, oh, nein, nein ...« Sie schüttelte heftig den Kopf, riss sich von den helfenden Händen weg und flüchtete in Richtung Klinik. Sie sah niemanden mehr um sich, sah keine Autos, deren Fahrer heftig hupten, und stieß mit einer Frau zusammen, die mit zwei Taschen in Richtung Klinikeingang ging. Sie ließ vor Schreck eine Tasche auf den Boden fallen, doch Daggi kümmerte sich nicht darum und rannte weiter.

Petra war sprachlos über Daggis Reaktion, und auch Jutta staunte nur über das Vorgefallene.

Margret ließ sich derweil Daggis Verhalten durch den

Kopf gehen. Ihre Meinung über sie hatte soeben ein weiteres Puzzleteilchen bekommen.

»Regt euch bitte nicht auf! Wir versuchen, später mit der armen Daggi zu reden. Wir haben doch erlebt, wie gestört sie ist. Überlegt ihr zwei doch mal, Daggi ist ganz bestimmt dankbar, dass wir ihr helfen wollen.«

Langsam gingen sie wieder zurück in die Klinik und nahmen den Aufzug zum Speisesaal.

Der Raum machte stets einen einladenden Eindruck, frische Stofftischdecken, dazu farblich passende Servietten, eine schöne Tischdekoration mit frischen Blumen in schicken Vasen. Jeder Tisch war etwas anders gestaltet, hatte das gewisse Etwas, von dem alle Patienten begeistert waren. Hier konnte man sich mit Genuss und Appetit dem liebevoll zubereiteten Essen widmen. Mit dem besonderen Ambiente wollte die Klinik eine Unterstützung der Therapien erreichen.

Die drei zufriedenen Frauen, die die Schönheit des Raumes in sich aufgenommen hatten, hatten sich an ihren Tisch gesetzt und genossen ihre verlockende Vorspeise, einen frischen, knackigen Salat, und waren schon auf den Hauptgang gespannt. Petra trank ihr Wasser, das hier alltägliche Mineralwasser der Caspar-Heinrich-Quelle, vermisste aber Herrn Alkau. Sie schaute fragend ihre Mitpatienten an. »Hat er schon gegessen?«

»Wie meinst du das?«

»Na, ganz einfach, Jutta, auf seinem Platz liegen weder Besteck noch Servietten. Also müsste er bereits hier gewesen sein …«

Die freundliche Servicekraft kam gerade bei ihnen vorbei und hörte das Gespräch, woraufhin sie erklärte, dass der Patient heute und morgen, vielleicht auch länger, nicht da sein werde, wobei sie ihren Wagen mit Tellern und gut riechenden Speisen vor sich her schob.

»Mein Gott«, sagte Margret, »hoffentlich ist nichts Schlimmes passiert. Ob er verletzt oder krank ist?« Sie hatte so ihre Erfahrungen aus dem ersten Reha-Aufenthalt und erinnerte sich daran, dass es Patienten gegeben hatte, die nicht bloß kleine Wehwehchen hatten und in ein Krankenhaus gebracht werden mussten.

Frau Keil, die Servicekraft, reichte den Damen die Speisen, die sie gewählt hatten, und berichtete weiter. »Ja, das ist richtig, Herr Alkau ist krank, leider nichts Harmloses, er ist in ein Krankenhaus gebracht worden. Was er konkret hat, weiß ich allerdings nicht. Aber Schwester Bärbel weiß doch immer alles …«

»Was muss ich wissen?« Die Schwester kam gerade zum Gespräch dazu und hörte die letzten Worte von Frau Keil.

»Was mit Herrn Alkau ist!«, schallte es ihr entgegen.

»Tja, der arme Mann …« Mehr war durch sie nicht zu erfahren. Sie sah die drei Frauen ernst an und … schwieg.

Da mischte sich ein Patient vom Nachbartisch in das Gespräch ein. »Ich bitte um Entschuldigung, aber Sie wollen ja etwas über Ihren Mitpatienten wissen … Ich sah zufällig, dass er von zwei Männern vom Roten Kreuz abgeholt wurde, er lag auf einer Trage und sah gar nicht gut aus. Ich kenne ihn ja schon ein paar Tage. Herr Alkau war stets ein netter und freundlicher Mann. Ich wusste zwar, dass er nicht ganz gesund war, aber was er genau hatte, wusste ich bis zu diesem Zeitpunkt nicht. Wie es aussieht, ist er sehr krank.« Er schüttelte den Kopf, war immer noch richtig geschockt. »Der arme Mann war furchtbar blass und hatte offensichtlich starke Schmerzen. Er sprach die Sanitäter leise an und bat darum, ihn möglichst sanft wieder nach Hannover zu bringen wegen einer neuen Leber. Da war ich doch entsetzt. Ich habe alles selbst gesehen und gehört.« Er sah dabei Schwester Bärbel an, die ja nichts über die Krankheiten der Patienten sagen durfte; ein Mitpatient durfte das jedoch.

Schwester Bärbel, sonst stets lustig aufgelegt, bestätigte den schockierten Frauen mit ernstem Blick, dass der nette, freundliche Herr Alkau am gestrigen Abend verlegt worden war. Aber wegen des Vorfalls mit Herrn Alkau war sie nicht gekommen, sie wollte nur die aktuellen Infozettel an die Damen verteilen.

Margrets Gesicht verriet ihre Sorge um den sympathischen Mann. Sie kannte ihn zwar noch nicht lange, doch die harmonischen Gespräche mit ihm hatten ihr sehr gefallen. Ein netter, kontaktfreudiger und geselliger Mensch. Die Stirn in Falten gelegt, spielte sie mit den Fingern an ihrer Unterlippe und wandte sich an Schwester Bärbel. »Das ist ohne Frage die Klinik, die sich auf Transplantationen spezialisiert hat?« Schwester Bärbel sagte dazu nichts. Ihr Blick verriet dafür umso mehr.

Aus Petras Augen sprach plötzlich das pure Entsetzen, sie wurde auffallend blass und bekam für sie ungewöhnliche hektische rote Flecken im Gesicht. Die sonst immer so redselige Frohnatur war verstummt. Aus mit lustig, das war ein Schlag ins Kontor und vertrieb jegliche Scherze.

Die Krankenschwester machte sich Sorgen um Petra, so kannte sie sie noch nicht, und auch Margret nahm im Nu Petras ungewöhnlich kalte und feuchte Hände, um sie zu beruhigen. Was war auf einmal mit Petra los? Auch

Schwester Bärbel strich ihr besänftigend über den Rücken.

»Sehen Sie, meine Damen, wir müssen alle mit dieser Nachricht leben. Unser lieber Herr Alkau wird es bestimmt schaffen, er scheint eine wahre Kämpfernatur zu sein. Bitte, versuchen Sie sich nicht zu sehr aufzuregen. Meine Patienten sollen psychisch wie physisch gesund sein.« Bei diesen Worten fixierte sie besonders Petra.

Langsam wurde die aufgewühlte Petra ruhiger, sie erwiderte Margrets Händedruck, und ihr geschockter Gesichtsausdruck verschwand allmählich.

Schwester Bärbel nahm Petra weiter unter die Lupe, während Margret wieder zufrieden aussah. Sie ließ Petras Hände los. Sie war sich ziemlich sicher, dass Petra ein ähnlich einschneidendes Erlebnis gehabt haben musste, was sie so extrem aufgewühlt hatte – aber darüber würde sie bestimmt noch berichten.

Frau Keil war weitergegangen, sie musste ja auch die anderen Patienten versorgen, die schon auf sie warteten. Nachdem nichts Aufregendes mehr zu hören war, konzentrierten sie sich auf ihr gutes Essen. Schwester Bärbel war froh, dass sich die Damen wieder beruhigt hatten, und verabschiedete sich mit den Worten »Kopf hoch und guten Hunger«, bevor sie flott den Raum verließ.

»Mann, Mann, Mann, das war ja ziemlich heftig, was wir eben gehört haben. Erst Daggis seltsames Verhalten und nun noch die Traurige Alkau-Geschichte.« Petra hatte ihre Sprache wiedergefunden. Betont energisch nahm sie das Besteck in die Hand, sah auf ihre Art Margret und Jutta lächelnd an und meinte: »Na, ihr zwei beiden, wollen wir denn nicht endlich was Leckeres futtern?«

Die allseitige Aufgeregtheit hatte sich bei allen gelegt.

Sie aßen zwar weniger als sonst, das aber mit Genuss. Sie redeten über das gute Essen, tauschten sich aus, was sie an diesem Nachmittag noch an Behandlungen haben würden, und vergaßen über ihren Plaudereien fast die Zeit.

Es war Margret, die auf ihre Armbanduhr schaute.

»Oje, jetzt aber hurtig – man wartet auf uns, wir müssen was tun. Diese Termine!«

Sie standen auf, wie immer noch etwas beschwerlich, auch Petra, die wegen der tollen Übungen einen gehörigen Muskelkater hatte. So brauchten alle drei etwas Zeit, ihre Gliedmaßen zu sortieren. Nun waren sie bereit für neue Taten.

Der Speiseraum, der eben noch gut besucht war, hatte sich nach und nach geleert. Es war auffallend ruhig geworden, denn die meisten Patienten hatten ebenfalls ihre diversen Behandlungstermine.

Endlich waren die vielen Behandlungen des Tages abgeschlossen und erledigt – wie auch die Patienten, die jeden Knochen ihres Körpers spürten. Das meinten übereinstimmend alle. Es war kein Pappenstiel, den Körper nach den Operationen wieder fit zu machen. Da war es richtig schön, sich vor dem Abendessen noch kurz im eigenen Zimmer entspannt auf das Bett zu legen. Der Körper bedankte sich für diese Ruhephase.

In dieser Zeit war es geradezu eine Einladung, die einsamen Ehemänner anzurufen. Margret und Jutta telefonierten so lange, bis ihre Ohren heiß wurden. Nach dem Telefonieren fühlten sie sich wie aus heiterem Himmel wieder fit und gingen zum köstlichen Abendessen.

Die drei Frauen verabredeten sich, frisch und munter, wie sie waren, zu einem Abendtreff bei Margret. Abends bot das Haus für die, die es mochten, verschiedene Kurse an, auch Schwimmen im tollen Bewegungsbad war möglich. Margret, Jutta und Petra wollten es sich jedoch in einer gemütlichen Runde gut gehen lassen und die Abendruhe genießen.

Sie machten es sich bei Margret bequem, Petra im Sessel und Margret und Jutta auf der Couch. Sie hatten beide einen Hocker herangezogen und ihre operierten Beine zur Schonung hochgelegt.

Auch diesmal kamen sie in lockere Gespräche und Plaudereien, als ob sie sich schon eine Ewigkeit kennen würden.

Margret hatte alles vorbereitet, drei Weingläser auf den Tisch gestellt, dazu eine bereits geöffnete Rotweinflasche. Der blumige Duft des Rebenwässerchens war verführerisch. »Zum Wohl«, Margret hielt ihr Glas hoch, »lasst uns einen schönen Tagesausklang genießen.« Sie prosteten sich zu und waren sich einig: Es war ein gar köstlicher Wein.

Nun hatten sie endlich genug Zeit, sich über persönliche Dinge zu unterhalten. Margret machte den Anfang.

»Bisher haben wir über Hinz und Kunz gesprochen. Wir redeten und redeten, haben aber gar nichts von uns selbst erzählt.« Sie hielt ihr Glas mit beiden Händen fest. »Also, ihr Lieben. Meinen Namen, glaube ich, kennt ihr ja bereits, Margret Groß, und ich denke, dass ich in unserer Runde die Älteste bin. In diesem Monat werde ich achtundfünfzig Jährchen alt – oder jung, wie ihr wollt.«

»Hört, hört«, schmunzelte Petra, »dann sag auch, wann wir mitfeiern dürfen.«

»Das können wir, wenn ihr wollt, nächste Woche am Freitag machen.«

»Prima«, strahlte Jutta, »ein toller Grund zu feiern. Aber anderes Thema, wo wohnst du eigentlich? Wo ist dein Zuhause?«

»Das wollte ich gerade sagen – ich komme aus dem Tal der Wupper.«

»Du meinst Wuppertal? Die Stadt mit der Schwebebahn?«

»Richtig, Petra. Also – mein Mann Wölfi ist selbstständiger Zahntechnikermeister. Und wir haben zwei erwachsene Kinder, Christian, dreißig Jahre alt, und Sabine, achtundzwanzig Jahre alt.«

Petra war natürlich wieder neugierig. »Arbeitest du denn mit im Betrieb oder woanders?«

»Wölfi hat genug Mitarbeiter, diese feine Technik passt nicht zu mir. Ich habe früher, als die Kinder noch nicht da waren, als Krankenschwester gearbeitet. Und als die Kinder einigermaßen flügge waren, hatte ich mich auf etwas Neues gestürzt – abwechslungsreiche und aufregende Naturheilverfahren.« Mit Genuss schlürfte sie ihren Rotwein.

Jutta horchte auf. Naturheilverfahren, das war doch was für sie. Nach einem großen Schluck Wein meinte sie: »Ach, sieh an, ich schätze diese Verfahren auch. Ich habe vor kurzem ebenfalls damit angefangen. Ich hatte allerdings gedacht, es sei relativ einfach, auf diesem Gebiet genug Erfahrungen zu sammeln. Wie leicht ist es, Kamillentee zu machen oder Ringelblumensalbe zu kaufen. Aber nach immer mehr Wissen über Natur und Lebenselemente fand ich die Materie doch ziemlich komplex. Ich bin mir inzwischen nicht mehr ganz sicher, ob ich diese breit gefächerte Systematik jemals verstehen werde.«

»Da hast du durchaus recht – ich beschäftige mich nun schon seit mehr als fünfunddreißig Jahre damit, habe das aber nicht studiert, sondern mir alles selbst erarbeitet. Bei meiner Krankenschwesterausbildung war es damals kein Thema. Heute eigentlich eine Selbstverständlichkeit. Also, Jutta, einfach weitermachen. Es lohnt sich.«

»Danke, Margret, es ist tatsächlich ein interessantes Thema«, fand Jutta. »In deinem Beruf als Krankenschwester hast du dieses Natursystem noch nicht benutzt, sagst du. Wann hast du denn damit angefangen?«

»Okay, ganz kurz. Die paar Jahre Arbeit im Krankenhaus reichten mir, ich wollte lieber in einer guten gynäkologischen Praxis tätig sein. Und ich hatte Riesenglück! Ich fand eine Praxis mit einer Ärztin im mittleren Alter, die mit großem Eifer und viel Begeisterung ihre Mitarbeiterinnen führte und die Patientinnen in den meisten Fällen zuerst mit Verfahren aus der Naturheilkunde behandelte. Die Frauen waren glücklich und zufrieden, brauchten sie doch keine Chemie zu schlucken. Meine Chefin konnte perfekt unterscheiden, ob Chemie oder Natur angesagt war. Ich staunte, wie schnell die Patientinnen alles akzeptierten, was meine Chefin ihnen vorschlug.

Da offenbar so viele Menschen von der Naturmedizin überzeugt waren, wollte ich das schließlich selbst ausprobieren. Da hatte ich allem Anschein nach einen sogenannten Urknall, der in mir den Wunsch auslöste, mich in diese Materie zu stürzen. Ich wollte immer mehr erfahren. Der Start war schon ganz passabel, aber dann standen andere Interessen im Vordergrund: Heirat, Kinder und Co.

Das, was ich konnte, benutzte ich auch, aber es kam leider nichts Neues dazu. Jahre später war mein Interesse an Naturheilverfahren wieder geweckt, ich wollte mir weitere Kenntnisse aneignen. Und wenn ich erfahre, dass auch ein Schulmediziner überzeugt ist und Naturheilverfahren anwendet, freue ich mich umso mehr. Also, liebe Jutta, klemm dich ruhig dahinter, es gibt mehr als genug Infos. Aber wenn wir jetzt vertieft in die Naturheilkunde einsteigen wollten, bräuchten wir sehr viel Zeit. Wenn ihr allerdings Lust habt, euch weiter über dieses Thema auszutauschen, können wir gern einen besonderen Termin dafür einrichten.«

Margret lächelte und schubste Jutta leicht an. »So, nun bist du dran, erzähl uns was von dir.«

»Na gut, ich wohne nicht in Wuppertal, aber in der Nähe, in einem ruhigen Vorort von Düsseldorf. Nachname Hoffmann, bin einundvierzig Jahre alt, habe einen tollen Mann und zwei Kinder, Mädels, Zwillinge, Lea und Jana, zwölf Jahre jung und sehr anstrengend.«

Sie lächelte und verzog leicht den Mund. Sie berichtete, dass sie Sport von Kindheit an liebe und natürlich selbst aktiv sei, im Winter besonders beim Skilaufen. Und dabei habe sie sich in den Alpen ganz böse an beiden Knien verletzt. Das linke Kniegelenk sei heute wieder in Ordnung, leider habe sie sich das rechte Knie erheblich verletzt, als sie vor gut zwei Wochen mit dem Fahrrad gestürzt sei.

»Tja, Pech gehabt mit dem Knie, das ja schon böse vorgeschädigt war. Mein Chirurg in Düsseldorf hatte das Gelenk zwar wieder einigermaßen hingekriegt, mir aber klipp und klar erklärt, dass ich in einigen Jahren eine Knieprothese brauchen würde.« Ganz ernst war sie bei diesen Worten geworden.

Margret klopfte leicht mit der Hand auf Juttas Schulter und sagte leise, aber bestimmt: »Weißt du, Jutta, ich bin mehr als glücklich, zwei künstliche Hüftgelenke zu haben, mir geht es endlich wieder verdammt gut trotz noch vorhandener OP-Schmerzen und ein paar sonstiger Problemchen unmittelbar nach der Operation.« Sie sah Jutta beschwörend an. »Wenn Schmerzen immer stärker werden, bis sie kaum noch zu ertragen sind, selbst die Haarspitzen tun weh, dann freust du dich geradezu auf eine solche OP. Wie wunderschön ist es doch, wenn man das normale Leben wieder genießen kann. Denke an meine Worte, die wirst du nicht so schnell vergessen!«

Juttas Augen wurden immer größer, als auch noch Petra in dieselbe Kerbe schlug. »Versuche doch, Jutta, aus deinen großen Schwierigkeiten noch das Beste herauszuholen. Du lebst nicht allein, du hast einen Partner, der mit dir das Leben teilt und dich unterstützt. Genieße es, denn so was ist nicht selbstverständlich.«

Sie spitzte die Lippen, hielt ihr Glas hoch und schaute die beiden auffordernd an. »Zum Wohl!«

Nach einem tiefen Schluck aus dem Glas fuhr Jutta fort:

»Ihr kennt mich noch gar nicht richtig, denn ich denke wirklich nur positiv. Ich meckere auch nicht über meine Knieprobleme, und ich bin froh über die neuen Techniken für Menschen wie mich. Damit kann es allen nur besser gehen. Andererseits – ich bin einundvierzig. Wie lang oder eher kurz wird es dauern, den notwendigen nächsten Schritt zu wagen? Wäre ich dann vierundvierzig oder fünfundvierzig Jahre alt? Wie lange hält denn meine Knieprothese? Ich bin keine lahme Ente, ich will aktiv bleiben, meine Zwillinge helfen mir dabei nicht wenig. Und wann steht die nächste große OP an? Und wenn ich richtig informiert bin, kann man mit einem Kunstgelenk nicht mehr all das machen, was man vorher konnte. Gehöre ich dann schon zum alten Eisen? Seht ihr, darüber grübele ich nach!«

»Sag mal, du Kniegeschädigte«, warf Margret provozierend ein, »meinst du wirklich, dass du nach deiner Reha-Zeit wieder all das machen kannst, was du vor deinen Knieverletzungen konntest? Bist du dir ganz sicher, dass du dann keine Beschwerden mehr hast? Und Schmerzen wirst du auch nicht mehr haben? Ich dachte, du wärst eine echte Realistin, aber hier scheint sich ein Knackpunkt für dich anzubahnen. Grübeln hilft allerdings gar nichts. Vor meinen zwei Hüftoperationen habe ich auch oft überlegt, wie es weitergehen wird. Und da braucht man Infos und den Austausch mit Menschen, die bereits eigene Erfahrungen gesammelt haben. Noch einmal, mir geht es heute echt gut, Jutta. Es doch wichtig, wie es uns heute geht.« Sie nahm Juttas Hände und tätschelte sie leicht.

Die letzten Sätze waren beschaulich und friedvoll – allen dreien ging es im Moment tatsächlich einigermaßen gut. Seelisch auf jeden Fall. Nach kurzem allgemeinen Schweigen sah sie Petra an.

»Komm, du bist dran. Ich glaube, du arbeitest noch. Was machst du genau?«

»Das ist richtig, ich bin Friseurmeisterin im eigenen Geschäft. Ich lebe in Duisburg, habe eine Tochter, achtundzwanzig Jahre alt, die übrigens, wie Margret auch, Krankenschwester ist, aber in Italien lebt und arbeitet.

Also bin ich zuhause ganz allein.«

»Ganz solo?« Jutta sah Petra fragend an.

›Aha‹, dachte Margret, ›jetzt kommt garantiert die Geschichte, mit der Petra Probleme hat, so, wie sie beim Mittagessen reagierte, als Schwester Bärbel berichtete, was mit Herrn Alkau geschehen ist. Ob sie uns alles erzählen wird, was sie bedrückt?‹

Vorsichtig und wohlüberlegt, eher wie beiläufig, fragte sie Petra: »Sag mal, ich hatte den Eindruck, dass du heute Mittag im Speisesaal echt geschockt warst, als von Herrn Alkau die Rede war. Das ist aber doch gar nicht deine Art? Ich denke schon, dass du ziemlich robust bist, so, wie du dich gibst und redest. Warum hast du denn so heftig reagiert? Als ob du ein Blackout gehabt hättest. Ich habe mir da wirklich Sorgen um dich gemacht.« Sie sah erst Petra in die Augen, dann Jutta, die zustimmend nickte. »Möchtest du darüber reden?«

Petra kratzte sich an der Stirn, als ließe sie sich die Entscheidung durch den Kopf gehen. Als sie dann sprach, war ihre Stimme leise und klang ein wenig gehemmt. Sie schaute Margret an.

»Du hast inzwischen zwei Hüftprothesen und freust dich darüber. Aber wie war das, als du den ersten Fremdkörper spürtest? Hattest du denn da nicht auch zwiespältige Gefühle? Die Prothese half, aber was sagte deine Psyche? Hast du keine Probleme gehabt?«

Petras Überlegungen wunderten Margret, aber sie lächelte nur darüber.

»Ja, schon, aber das lief nur ganz kurz. Aber sag mal, was hat meine Sache mit dir zu tun?«

Petra brauchte eine Weile, bevor sie antwortete.

Schließlich straffte sie sich und sagte: »Okay, es wird mir sicher gut tun, euch alles zu erzählen. Ihr werdet mit den Ohren schlackern, bestimmt. Aber, ihr Lieben, vorher trinken wir noch ein Schlückchen, Prösterchen!«

Nach der gewollten kleinen Unterbrechung begann Petra, ihre Geschichte zu erzählen. Sie versuchte, entspannt auszusehen, doch die beiden anderen sahen durch ihre zur Schau gestellte Gelassenheit hindurch.

»Ich heiße Petra Klein und bin fünfundfünfzig Jahre alt, nur wenige Tage älter als du, Margret. Warum ich hier bin, wisst ihr ja bereits. Ich hatte einen blöden Herzinfarkt, echt Scheiße!«

Margret unterbrach sie. »Hör mal, deine Herzprobleme liefen ganz bestimmt über einen längeren Zeitraum. Überlege doch mal!«

»Das stimmt, Margret, die Erkrankung schlich sich klammheimlich und leise ein. Zuerst nur kleine Pipifax-Problemchen, schon mal ein paar Herzstiche, mal Herzrasen und, und, und … Aber mich groß darum zu kümmern, dafür hatte ich keine Zeit, alle Warnsignale habe ich standhaft missachtet, so bin ich nun mal. Meine Selbstständigkeit ließ mir keinen großen Spielraum, ich hatte kaum Freizeit, was für mich damals auch gut war, sonst wäre ich zu sehr ins Grübeln geraten und …«

Sie unterbrach sich und nahm noch einen Schluck aus ihrem Weinglas, bevor sie fortfuhr:

»Da gab es ja noch meinen Mann Hartmut, ein überzeugter Feuerwehrmann, der seinen Beruf liebte und für ihn lebte. Natürlich ging es für ihn nicht nur um das Feuerlöschen, sehr oft war er auch im Rettungsdienst oder Krankentransport eingesetzt. So was kennt ihr sicher auch?«

»Na sicher, und was geschah dann?« Jutta hatte sich vorgebeugt.

Langsam ging Petras Unruhe zurück. Nach einem leichten Hüsteln sprach sie weiter.

»Jetzt muss ich euch erklären, was meine Herzprobleme ausgelöst hatte. Denn eines Tages wurde Helmut krank. Außer ein paar Erkältungen war er eigentlich immer fit gewesen. Als unsere Tochter Paulina gerade elf geworden war, begann seine unklare Leidenszeit. Mysteriös! Dunkel! Seltsam! Er wurde ins Krankenhaus eingewiesen, stationär, für eine sehr, sehr lange Zeit.«

Gedankenverloren nippte sie an ihrem Wein. »Die arme Paulina, für sie hatte ich nun nicht mehr viel Zeit, denn ich ging ständig zwischen meinem Laden und dem Krankenhaus hin und her. Mein Mann brauchte immer mehr seelische Unterstützung. Und das verdammte Warten, die zermürbende Unsicherheit, bis dann doch endlich das furchtbare Ergebnis feststand: eine sehr gefährliche und aggressive Leberentzündung! Trotz bester Behandlung und der teuersten Medikamente war die Entzündung nicht mehr zu stoppen. Die Leber war im wahrsten Sinne in kürzester Zeit zerstört und versagte schließlich ganz. Zuletzt sah sie aus wie ein Schweizer Käse.«

»Meine Güte!«, Jutta schaute ganz entsetzt, »so was Schlimmes.«

»Ja, es war wirklich eine schlimme Zeit, er brauchte schnellstens ein Spenderorgan.«

Margret nickte stumm.

An Petras Gesicht konnte jeder ablesen, wie aufgewühlt

und ergriffen sie immer noch von diesem Erlebnis war. Mit gesenktem Kopf sprach sie überraschend ruhig weiter.

»Warten, immer wieder nur warten, Geduld haben, das meinen die Ärzte, aber wie sehen das die Betroffenen? Hartmut war erstaunlich gefasst, und ich? Ich hatte eine chaotische Zeit. Mein todkranker Mann, meine konfuse Tochter, ich war immer im Mittelpunkt, musste jedem helfen und war völlig mit den Nerven runter. Aber einen kleinen Schutz hatte ich doch – meine Nerven meinten, dass alles nur noch automatisch ablaufen sollte, ohne groß nachzudenken.«

Sie sah die beiden müde lächelnd an. »Wisst ihr, wie es mir damals ging? Wie einem kaputten Motor mit vielen hässlichen Nebengeräuschen. Aber bloß keine Schwäche zeigen. Könnt ihr das nachempfinden?« Petra sah erst Jutta, dann Margret fragend an.

»Wie furchtbar!«, meinte Jutta mitfühlend.

»Grauenhaft, arme Petra«, stimmte Margret ihr erschüttert bei, »wie hast du das nur alles verkraftet?«

»Mensch, zum Kuckuck, irgendwie hab ich das alles dann doch verdaut – meinte ich damals wenigstens. Meine tägliche Arbeit war mir dabei eine große Hilfe, sie lenkte mich zumindest zeitweise ab. So durfte ich wenigstens stundenweise meine Probleme wegschieben und an was anderes denken. Und ... endlich, nach der brutal langen Wartezeit, erhielten wir den erlösenden Anruf: Das passende Spenderorgan für Hartmut war gefunden, die OP folgte, und langsam konnte er sich wieder erholen.«

»Wie schön ist es doch, wenn einem todkranken Menschen geholfen werden kann, was, Petra?«, meinte Jutta.

»Für Hartmut schon. Nach der OP war er nur dankbar, noch weiterleben zu dürfen. Aber nun wurde ich selbst krank vor lauter Angst und Sorgen. Die schwierige Operation hatte er zwar überstanden, aber wie würde es in den nächsten kritischen Tagen und Wochen weitergehen? Ihm ging es ja einigermaßen gut, er brauchte aber immer wieder seelische Unterstützung. Und das war immer wieder meine Aufgabe, ständig und zu jeder Zeit. Alles in allem alles andere als eine schöne Situation.«

Müde lächelnd strich sie sich mit der Hand über die Stirn. »Wenn ich zurückdenke, wie selbstverständlich man sogar die größten Probleme meistern kann, ist das schon erstaunlich. Für mich war das alles beinahe schon ›normaler‹ Alltag, der üble Trott oder besser die schlimmste Tretmühle.« Sie wurde langsam wieder munterer und lächelte. »Kennt ihr das Lied ›Immer nur lächeln …‹? Eigentlich hätte ich nur noch heulen müssen, aber ich konnte es nicht mehr.«

Jutta nickte. »Ich kann mir gut vorstellen, wie schwierig die Zeit nach der Operation gewesen sein muss. Wie hat denn eure Tochter so reagiert? Ein elfjähriges Mädchen, in diesem Alter verstehen sie so manches, da denke ich auch an unsere Racker. Aber war das für das Mädchen nicht einfach zu viel?«

Petra atmete tief durch. »Anne, meine Kollegin und allerbeste Freundin, liebte meine Tochter. Wie oft war Pauline Tag und Nacht bei ihr und wie oft spürte sie, wenn Pauline vor lauter Angst nicht einschlafen konnte und heimlich weinte. Anne hatte immer Zeit für unsere Tochter, sie redete mit ihr, tröstete sie oder hielt sie im Arm.

Ihr seht, damals gab es so gesehen nicht nur Negatives, auch Schönes. Meine Freundin Anne, ihr habt sie ja am ersten Tag schon gesehen, als wir gerade vor dem Infoschalter standen und dann zusammen im Aufzug fuhren. Sie ist wirklich ein wahrer Schatz. Für sie war es ganz selbstverständlich, mir zu helfen und mich bei der Arbeit zu entlasten. Sie ist die beste Mitarbeiterin in meinem Salon.« Petra lächelte, ihre verschränkten Hände lockerten sich. »Sie mag den blöden Schriftkram überhaupt nicht, der aber doch erledigt werden musste. In dieser Zeit führte sie ohne zu murren meine gesamte Buchhaltung, alles picobello.« Sie hielt ihren Zeigefinger hoch. »Und dann war sie auch noch Paulines Ersatzmutter. Anne konnte alles und sah auch alles, bei dem sie mir behilflich sein konnte – ein echtes Schätzchen, mein Ruhepol.«

»Das ist ja wirklich eine echte, wunderschöne Freundschaft. Ich denke schon, dass dir deine Anne sehr geholfen hat und heute noch hilft. Petra, das ist nicht selbstverständlich.« Margret war beeindruckt, wollte aber mehr darüber wissen, wie es denn nun mit Petras Ehemann weitergegangen war.

Petra wurde wieder ernst, ihr Blick schweifte kurz ab in die Ferne. Sie hüstelte, wie schon öfter, und sprach dann weiter.

»Hartmut durfte endlich die Klinik verlassen, es ging ihm soweit gut, dann folgte die Reha. So langsam beruhigte ich mich, doch meine bohrenden Ängste und Sorgen wollten nicht wirklich weichen. Immer hatte ich das Gefühl, auf einem Pulverfass zu sitzen, das jederzeit explodieren konnte. Bedrohlich war es natürlich mit den Medikamenten, die er regelmäßig schlucken musste

– diese verdammten Nebenwirkungen! Bloß nicht den Beipackzettel lesen, sonst wird man wirklich krank!« Sie verdrehte die Augen, mehr brauchte sie nicht zu sagen.

»Aber, o Wunder, mein Mann verkraftete alles. Und endlich, endlich war er wieder zu Hause. Pauline war überglücklich, ihren Papa wieder bei sich zu haben. Ich dachte, vielleicht war es aber auch nur eine Wunschvorstellung, dass auch *mein* Leben wieder in geordneten Bahnen laufen würde. Aber wie ich mich täuschen sollte! Äußerlich sah ich wie vorher aus, innerlich kam ich aber immer noch nicht zur Ruhe – diese verdammte, verdammte Angst! Die Folge war nächtliches Zähneknirschen, so dass mir jeden Morgen meine Beißerchen und der Kiefer wehtaten.«

Für Margret war das die einzig logische Folge. »Irgendwann konnten sich dein Körper und deine Psyche nicht mehr dagegen wehren.« Sie reichte Petra die Weinflasche und bat sie, die Gläser neu zu füllen. »Sag, was ist weiter geschehen?« Jutta war ebenfalls sehr interessiert.

Petra goss den Wein nach.

»Ich staune über deine Schlussfolgerungen, Margret, zu dem, was dann geschehen sollte. Es stimmt, die Geschichte lief weiter. Erst war ich ständig blöd erkältet, nichts Schlimmes, aber immerhin, dann streikte mein Magen und dann folgte der Tiefpunkt – Diagnose: Krebs! Brustkrebs!«

Nun war es raus. Sie fühlte sich irgendwie befreit, während Margret sich bestätigt fühlte und Jutta ganz entgeistert von einer zur anderen sah und dann die Hände vor das Gesicht schlug. Gänsehaut breitete sich über ihren ganzen Körper aus.

»Mein Gott, Petra, wie hart doch das Leben sein kann«, sagte sie leise, nachdem die Frauen eine Weile geschwiegen hatten. »War denn noch nicht genug passiert? Und jetzt auch noch der Herzinfarkt, Mensch, bist du ein armes Hühnchen! Kommt, lasst uns den Mist mit dem leckeren Wein runterspülen.« Sie hielt den beiden ihr Glas entgegen.

»Du warst dann in der Klinik und musstest mal an dich denken«, überlegte Jutta, »aber wie ging es deinem Mann? War er einigermaßen stabil?«

»Hartmut ging es zunächst richtig gut. So hatte ich kein schlechtes Gewissen, ins Krankenhaus zu gehen. Aber, ihr Lieben, in kurzer Zeit änderte sich alles. Am Tag nach meiner OP besuchte mich Hartmut, dem es da nicht mehr ganz so gut ging, er fühlte sich allgemein geschwächt. Ich als frisch operierte Ehefrau musste ihm helfen. Das Beruhigen war ja schon Standard. Aber er sah anders aus als noch vor kurzem – mitgenommen und blass. Nach seiner OP und Reha hatte er mit dem Spenderorgan immer schon auch psychische Probleme. Er hatte neben seinen eigenen Ängsten um den implantierten Fremdkörper nun auch noch furchtbare Sorgen um *mich*. Oder fühlte er sich alleingelassen? Ich meine das für den Fall, dass ich den Krebs nicht überleben würde. Oder hatte er einen gefährlichen Rückfall? Seine routinemäßige Untersuchung musste vorgezogen werden. Seine Blutwerte waren schlecht, und er baute in den nächsten Tagen ab.«

»Und weiter?« Margret wollte nun alles wissen.

Petra antwortete nicht sofort. Ihr Blick war in die Ferne gerichtet. Schließlich schluckte sie hart.

»Hartmuts Zustand war so übel, dass ich meinen Klinikaufenthalt abbrechen musste, nach nur ein paar Tagen war ich wieder zu Hause, packte Hartmuts Köfferchen und ab ging es in die Fachklinik nach Hannover.« Sie sah die beiden mit großen Augen an. »Klar, ich war natürlich mitgefahren, wollte bei meinem Mann bleiben. Meine Behandlungen, Chemo und Bestrahlung, konnten auch später gemacht werden. Rein nervlich hätte ich das in dieser Zeit auch gar nicht durchgestanden, ich war das reinste Nervenbündel. Aber nicht wegen meiner Erkrankung!«

Margret und Jutta sagten kein Wort, nickten nur heftig.

Einmal tief Luft holen, dann sprach Petra weiter. »All die intensiven Behandlungen halfen Hartmut zunächst ein wenig, aber dann ging es rasant bergab. Seine Augen schlossen sich – mein Mann war tot. Der Körper hatte das Spenderorgan abgestoßen. Und ich? Ich stürzte in ein abgrundtiefes Loch.«

Sie hatte es geschafft, das alles ihren Mitstreiterinnen zu berichten. Die Erinnerungen lasteten zwar schwer auf ihr, aber mit einem Mal fühlte sie sich auch befreit. Sie musste schlucken und leise ein paar Tränen weinen, aber sonst herrschte Stille. Jede hing ihren Gedanken nach. Ja, sie hatte wahrlich furchtbare Zeiten durchgemacht. Wie hatte sie das bloß gemeistert? Sie hatte selbst zwei schlimme Erkrankungen erlebt, die sicher nicht von ungefähr gekommen waren. Und die Dramatik um ihren Mann – das war dann doch zu viel gewesen. Die schlimmen Erlebnisse würde sie sicher nie vergessen, sie waren in einer Schublade in ihrem Kopf abgelegt. Als sie die Erkrankung von Herrn Alkau mitbekam, kam in ihr sofort das Leiden ihres Mannes in den Sinn, die Parallelen waren offenkundig. Aber es hatte ihr gut getan, von sich zu erzählen.

Margret war mit sich zufrieden, dass sie es geschafft hatte, Petra zum Sprechen zu bringen über das, was sie so schwer belastete. Petra konnte zwar locker und burschikos über vieles reden, aber über ihre seelischen Belastungen nicht. Nun war das Eis gebrochen. Sie wechselte einen bedeutungsvollen Blick mit Jutta, als sie Petras leises ›Danke‹ hörten.

Alle drei hielten ihre Weingläser in die Mitte und ließen sie aneinanderklingen.

Margret ergriff wieder das Wort.

»Ach, wisst ihr, wir drei haben heute Abend viel Privates zu erzählen gehabt, besonders du, Petra. Du hattest so deine Probleme, über dein Leben zu berichten. Ich bin mir ganz sicher, dass es sehr schwer war, über deine Belastungen zu reden. Wollen denn die meisten Patienten um Gottes Willen gar nicht wissen, was für eine Art der Erkrankung oder Störung sie haben? Wollen sie nichts Konkretes erfahren, womit sie sich vielleicht psychisch belasten könnten?«

Sie schaute Petra an, die ihr dankbar zulächelte. »Auch fragen viele Patienten nicht nach, was die medizinischen Fachausdrücke bedeuten. Das sind doch sowieso nur böhmische Dörfer für sie – also sich gar nicht erst damit befassen!« Sie grinste. »Zu denen gehöre ich Gott sei Dank nicht. Mein Leben muss geradlinig und logisch verlaufen. Eure Einstellung finde ich auch gut. Lasst uns weiter miteinander über interessante Dinge sprechen, eventuell auch über Abenteuerliches …«

»Wer weiß«, träumte Jutta und gähnte herzhaft, den

Kopf voller Gedanken, »können wir morgen weiterreden? Ich bin auf einmal todmüde. Spannung kann anstrengend sein …« Kurze Pause. »Ach, noch eine letzte Frage: Warum war die Daggi heute Abend nicht bei uns? Hat sie sich versteckt oder was ist mit ihr?«

»Vor dem Mittagessen sahen wir sie das letzte Mal«, überlegte Petra. »Sie sah wirklich seltsam aus. Ob sie unglücklich ist? Margret, was meinst du?«

»Wir haben sie ja nach dem Abendessen gesucht, aber nicht gefunden, auch nicht in ihrem Zimmer. Ob was passiert ist, weiß ich auch nicht, aber morgen, wenn unsere Behandlungen zu Ende sind, werden wir drei sie suchen. Wir müssen sie unbedingt finden. Morgen ist Freitag, wir gehen zu unseren Therapien und anschließend auf Daggi-Suche. Okay?«

Ein wenig Sorgen um Daggi machten sie sich alle drei, doch ein mögliches Abenteuer konnte auch eine Herausforderung werden.

*Bad Driburg, Reha Caspar-Heinrich-Klinik,
Freitag, 4. März*

Kapitel 4

Aus einem großen Besprechungsraum strömte ein ganzer Pulk von Therapeuten und Ärzten auf den Flur, die ihre Tagesplanung auf den aktuellen Stand gebracht hatten – der tägliche Frühmorgen-Rapport.

In aller Herrgottsfrühe schlurften einige noch müde Patienten, die bereits Behandlungen vor dem Frühstück hatten, über die Flure. Petra, Jutta und Margret würden ihnen bald darauf folgen, da auch sie bereits ab acht Uhr ihre erste Therapie hatten. So lange frühstücken wie gestern konnten sie zu ihrem Bedauern leider nicht.

Alle drei hatten sich fesch sportlich angezogen, lockere und praktische Klamotten. Margret trug eine dreiviertellange, dunkelblaue Radlerhose, darüber ein weißes T-Shirt mit farbenfrohen Blümchen auf der Vorderseite. Aus den neuen Sportschuhen schauten dezente, bunte Ringelsöckchen hervor.

Petra, die gerne im Mittelpunkt stand, trug an diesem Tag einen farbenfrohen Sportanzug, passend zu ihrem lebhaften Wesen. Und Juttas Kluft sollte leicht an- und auszuziehen sein, wegen ihrer körperlichen Behinderung ein unbedingtes Muss. Sie trug eine ganz lockere, weite und bunte Hemdbluse aus Baumwolle, dazu eine passende, nicht zu enge dehnbare lange Hose ohne Knöpfe und Reißverschluss.

Es war Petra, die als Erste vom Frühstückstisch aufstand und stöhnte: »Oh, oh, oh, ich muss ganz nach unten und mich mit einer kneippschen Anwendung glücklich machen. Ich denke, ich nehme die Treppen. Meine Pumpe soll ruhig ein bisschen arbeiten.« Eilig trank sie noch einen Schluck des köstlich duftenden Kaffees und grinste. »Bis später, ihr Lieben! Ihr dürft auch mal was tun!« Und weg war sie.

»Tschüs, viel Vergnügen, Petra! Bis bald! Arbeite du mal endlich!« Margret und Jutta gaben ihre flegelhafte Verabschiedung zurück. Sie standen ebenfalls auf und schulterten ihre praktischen Beutel, in denen alles Notwendige verstaut werden konnte. Leicht humpelnd gingen sie – ›Jutta mit dem Knie‹ und ›Margret mit der Hüfte‹ – zum Aufzug, den sie wirklich gut gebrauchen konnten. Treppen liebten sie momentan gar nicht.

»Ich freue mich schon darauf, gleich in einem gemütlichen medizinischen Bad zu liegen. Meine Knochen werden es mir sicher danken. Und was machst du, Margret?«

»Erst muss ich zur Gruppengymnastik, anschließend habe ich ebenfalls ein medizinisches Bad. Du, Jutta«, sie verließen den diesmal ausnahmsweise leeren Aufzug, »in einer großen, warmen Wanne das Bad zu genießen, darauf darfst du dich wirklich freuen. Das habe ich noch von meinem ersten Aufenthalt in diesem Hause in angenehmster Erinnerung. Tja, aber jetzt darf ich erst mal richtig arbeiten. Na, dann bis später.«

Es waren nur wenige Schritte bis zur Gymnastik-Halle eins, die breite Eingangstür stand offen. Margret hörte kaum vernehmbares Flüstern, dann erschrak sie über das unangenehm laute, wiehernde Lachen einer Frau. Doch als Margret die Halle betrat, schwiegen die bereits wartenden sechs Hüftpatienten und begutachteten sie als Neue.

»Guten Morgen«, Margret grüßte sie freundlich lächelnd. Mit ihrer Erfahrung aus der Reha vor zwei Jahren holte sie sich aus einer Ecke einen passenden Hocker – er musste die richtige Höhe haben zum Schutz der Hüften – und schob ihn in die Mitte des Raumes.

Einige der Leute waren ruhig geblieben, sie harrten offenkundig der Dinge, die da kommen sollten. Andere dagegen schwatzten, was das Zeug hielt. Margret betrachtete unauffällig die fremden Gesichter, bis der Therapeut Falk Müller forschen Schrittes hereinkam und allseits einen schönen guten Morgen wünschte.

Als Erstes rief er wie stets die Namen der Patienten, seiner Schäfchen, auf, hakte die Teilnahme ab, stutzte aber bei dem Namen *Margret Groß*. Er sah sich nach ihr um und begrüßte sie herzlich.

»Oh, hallo, Frau Groß, schön, dass Sie wieder bei uns sind. Haben Sie sich wie geplant die andere Hüfte operieren lassen? Alles in Ordnung? Zumindest sehen Sie gut aus.«

Margret hatte gute Laune, es tat ihr gut, dass man sie nicht als krank ansah trotz der Operation. »Danke, Herr Müller, ich fühle mich gestärkt für die kommenden Übungen.«

»Okay, liebe Leute, lasst uns mit der Arbeit beginnen.«

Die Anmeldeprozedur war überstanden, der Therapeut verteilte die sehr elastischen Therabänder. Ein Teil der Gruppe kannte die Bänder noch nicht und war gespannt, was nun kommen würde, während der andere Teil bereits Erfahrung mit diesen ›Dingern‹ gesammelt hatte und deshalb nicht so die richtige Begeisterung aufkommen wollte.

Echte Arbeit war angesagt für eine lange halbe Stunde.

Herr Müller schmunzelte, als er die sauren Gesichter sah.

»Ach, wie furchtbar ist das, was wir jetzt machen müssen. Hurtig, hurtig, wir wollen doch fleißig üben.« Eine kleine Provokation für die Gruppe. Margret amüsierte sich über Herrn Müller, er war ganz der Alte, aber sie hatte noch genug Erfahrung von ihrem ersten Aufenthalt und freute sich auf die ›Arbeit‹.

»Huhu, ihr zwei«, jauchzte die agile und quicklebendige Petra, als sie den Speisesaal betrat und ihre zwei Mitstreiterinnen sah, die bereits mit Genuss speisten, »sagt bloß, ihr wart den ganzen Vormittag faul und habt Däumchen gedreht? Ich Arme musste echt malochen.« Mit diesen Worten ließ sie sich demonstrativ auf ihren Stuhl plumpsen.

»Die liebe Petra muss uns mal wieder foppen, nur weil sie zu spät zum Mittagessen kommt?« Jutta grinste provozierend. »Kraftlos und todmüde nach deinen Behandlungen siehst du allerdings nicht aus. Na, wo konntest du denn so prima relaxen?«

»Ach du, liebe Jutta, ich glaube, deinen Kommentar muss ich akzeptieren«, amüsierte sich Petra, die nun mal so war, wie sie war. Ohne weiter zu necken, wollte sie wissen: »Gibt es denn inzwischen etwas Neues? Von der Daggi zum Beispiel? Habt ihr sie gesehen? Ich leider nicht.« Sie legte ein wenig heftig ihr Besteck zur Seite und meinte kopfschüttelnd: »Wie oft haben wir sie gesehen, wenn wir hier im Haus unterwegs waren, warum nicht heute? Ob der armen Daggi tatsächlich was zugestoßen ist? Durchaus möglich, so, wie wir sie gestern Vormittag erleben durften.«

Die Vorspeisen von Margret und Jutta sahen echt einladend aus. Flugs stand sie auf und war schon am großen Büfett, um sich auch so was Leckeres zu holen. Zurück am Tisch meinte sie: »Ich mach mal Pause mit meinen Monologen, ich hab nämlich einen Bärenhunger.«

»Diese Petra«, Margret lächelte, »wie sprunghaft sie sein kann.«

»Aber angenehm und wirklich gewinnend«, ergänzte Jutta. »Noch mal zurück zu Daggi, sie sah gestern ungelogen seltsam aus. Hoffentlich hatte sie keine schlimmen Nachrichten erhalten oder sonst was Negatives. Vielleicht ist sie krank?«

Margret stimmte ein: »Wir waren uns alle drei gestern schon einig – wir wollen der Daggi unbedingt helfen. Am Wochenende haben wir jede Menge Zeit. Besuch erwarten wir ja erst am nächsten Wochenende. Stimmt's?«

»Klaro«, antwortete Petra und stellte ihren Teller auf den Tisch, den letzten Satz von Margret hatte sie noch gehört. »Natürlich wollen wir Daggi helfen, aber erst möchte ich jetzt speisen, ich kipp sonst um vor Hunger. Guten Appetit allseits.«

»Ebenso«, erwiderte Margret leicht abwesend. Sie dachte an das, was sie von diesem Vormittag erzählen wollte. »Hört mal, es gibt doch was Neues, soll ich berichten?«

Natürlich waren alle neugierig und rückten ihre Stühle näher an Margret heran.

»Also, ich hatte heute Morgen meine Gruppengymnastik, mit mir waren es sieben Leutchen. Unser Therapeut, Falk Müller, wollte uns nach seiner Art die

Übungen lustig gestalten, uns aber auch fit machen. Er holte diverse Therabänder aus einer Ecke. Nur zwei meiner Mitstreiter kannten diese bunten, elastischen Bänder, ihr Stöhnen sagte alles. Doch unser Therapeut war in der Lage, seine Schäfchen zu motivieren. Er schaffte es, alle zu überzeugen, mit Spaß und Freude mitzumachen.«

»Ich denke, dass alle Therapeuten gut sind und uns Patienten anregen, alles mitzumachen.«

»Das ist selbstverständlich richtig, liebe Petra, aber höre einfach zu. In unserer Gymnastikhalle eins wurde es immer lauter, die Lachmuskeln hatten gut zu tun. Herr Müller hatte es geschafft, dass alle mit Heidenspaß mit ihren Therabändern arbeiteten.«

Frau Keil unterbrach das Gespräch, da sie gerade den drei Damen die Hauptmahlzeit brachte. Nach wenigen netten Worten ließ sie die drei Damen wieder allein.

Nach den ersten Bissen des schmackhaften Fisches durfte Margret weiterberichten.

»Also, die Leute auf dem Flur vor der Gymnastikhalle werden sich gewundert haben über unser lautes Lachen, Prusten und Kichern, aber auch über übertriebenes Motzen. Dann aber hörten sie ein grässliches Gepolter und einen Augenblick später ein tiefes Stöhnen. Dann konnte man jemanden Gift und Galle spucken hören, das wiehernde Lachen brach ab.« Margret schüttelte den Kopf in Erinnerung an diese Gymnastikstunde.

»Das hört sich an, als wäre etwas passiert«, sagte Jutta.

»Ja, es war was passiert. Wir sechs Patienten saßen auf unseren Hockern und waren echt entsetzt und sprachlos über das, was der siebten Patientin passiert war. Die Frau fiel von Anfang an auf mit lautem Reden – reichlich Quatsch – und schallendem, wieherndem Gelächter. Und sie bewegte sich dabei so, wie es Menschen mit Hüftprothesen nie machen sollten. Sie allerdings meinte, sie müsste die tollsten Verrenkungen machen. Herr Müller wollte die große und breite Frau bei ihrer Toberei bremsen, aber er hatte sie gerade angesprochen, da passierte es auch schon. Die Frau saß mit ihrem breiten Po auf dem schmalen Schemel, kippte zur Seite und krachte regelrecht auf den Boden. Armer Herr Müller, er konnte die Frau nicht mehr aufhalten.«

»Der Therapeut hatte seine Schäfchen sicher zu heftig begeistert...«, meinte Petra grinsend und konnte sich das Geschehen mit allem Drum und Dran lebhaft vorstellen. »Hatte sie sich denn verletzt? So mit ihrem hohen Gewicht bei dem Sturz?«

»Nun, Herr Müller kümmerte sich sofort um sie, beruhigte sie und begutachtete ihre Hüften und Knie, aber außer ein paar blauen Flecken war hier alles okay.«

Petra war ungeduldig und wollte mehr erfahren.

»Tja, Petra, Herr Müller sah dann, dass der rechte Arm der Frau gebrochen war – die Arme. Sie ist aber so schwer, dass er sie alleine nicht hochheben konnte, und wir anderen durften erst gar nicht helfen, deshalb musste sie erst mal liegen bleiben.«

Und schon folgte Petras Kommentar. »Wäre ja auch schlecht gewesen, wenn der Therapeut sich verhoben hätte und deshalb ausgefallen wäre. Ich an seiner Stelle hätte auch so gehandelt.«

»Genau, und deshalb blieb die verletzte Frau liegen, wurde aber von einigen Mitpatienten getröstet. Herr Müller schiente den Arm, Material gab es im Gymnastikraum reichlich, Erste-Hilfe-Sachen. Dann beruhigte er uns alle und schickte uns zu den nächsten Behandlungen. Die dicke Frau wurde kurz darauf von Sanitätern abgeholt und ins Krankenhaus gebracht.«

Nach kurzem Luftholen sprach Margret weiter: »Ich bin ja wirklich fies, aber ich glaube, im Gymnastikraum gibt es jetzt einen dicken Fettfleck.« Schmunzelnd sah sie die beiden anderen an. »Das war mein Erlebnis von heute Morgen. Solche und andere Geschichten kommen natürlich in Reha-Kliniken immer wieder vor. Für das Personal ist das bestimmt fast schon Routine, aber für uns Patienten ist es immer etwas Besonderes, solche Vorfälle mitzuerleben. Da dachte ich auch gleich an die dramatischen Umstände mit Herrn Alkau, der jetzt auch im Krankenhaus liegt. Hoffentlich geht es ihm wieder besser …« Mit diesen Worten leerte sie ihr Glas. »Hattet ihr auch solche Episoden?«

»Nee, bei mir ist alles ruhig geblieben, Gott sei Dank«, antwortete Petra. »Aber sag mal, diese Frau hat doch reichlich Übergewicht und vor kurzem ist ihr ein künstliches Hüftgelenk implantiert worden. Ob die Knochenchirurgen, die diese Frau operieren, denn mit dem Fett nicht große Probleme haben? Frische Wunden heilen in diesen Fällen doch gar nicht gut, oder?«

Jutta staunte. »Woher weißt du das?«

»Ich habe da so meine Erfahrungen gemacht. Viele Mitpatienten meines Mannes und auch etliche Patienten in der Klinik, wo ich meine Brust-OP hatte, waren übergewichtig.«

»Ach ja, das stimmt, auch ich hatte vor kurzem im Krankenhaus eine sehr nette, aber stark übergewichtige Bettnachbarin, die doch ziemlich unangenehme Folgeprobleme nach ihrer OP hatte. Es heilte nicht so, wie es sollte. Es ist auch bekannt, dass Muskelzellen schneller heilen als Fettzellen.« Das waren Juttas Erfahrungen. »Aber das geht uns wenig an, denn wir sind und werden auch nicht mehr übergewichtig.«

Petra warf Jutta einen schrägen Blick zu. »Bei dem leckeren Fütterchen hier werde ich aber bestimmt nicht abnehmen, da bin ich mir ziemlich sicher. Aber was soll's, dann gehen die Kilos eben zuhause runter.«

Margret hörte interessiert zu und sah Jutta, die ihre Stirn in Falten gelegt hatte, kritisch an.

»Was überlegst du? Das Thema Übergewicht war doch erledigt, oder?« Sie erinnerte sich noch an ihren ersten Reha-Aufenthalt. »Als ich das erste Mal in diesem Haus war, habe ich viele übergewichtige Menschen gesehen, die wie ich operiert waren. Die Risiken des Übergewichts sind ja bekannt. Ich sprach mit meinem Arzt darüber, der mir erklärte, was mir auch einleuchtete, dass Patienten, die große körperliche Handicaps haben und sich kaum noch bewegen, ganz schnell an Gewicht zulegen. Diesen Menschen muss unbedingt geholfen werden, sonst können ihre Probleme immer größer werden. Ohne Hilfestellungen wäre die Problematik noch größer als eine OP bei Übergewicht. Über diese Darstellung staunte ich doch, denn ich fand es wichtig, dass übergewichtige Patienten vor einer Operation erst einmal abspecken sollten. Das scheint heute anders gesehen zu werden.«

Margret schloss ihre Bemerkungen und griff ein anderes Thema auf. »Bei Normalgewichtigen denke ich an Daggi.« Nach einer kurzen Pause fuhr sie fort: »Es sollte alles schon gut überlegt werden, nur einfach mit Daggi herumzulaufen, hilft überhaupt nicht. Vielleicht erfahren wir ja noch Spannendes über das, was sie macht.« Sie lachte. »Na, eine Robinsonade muss es ja gerade nicht sein.«

Die schnell reagierende Petra meinte: »Wie schön, gehen wir auf Abenteuersuche!«

Jutta verzog das Gesicht. »Schön und gut, aber an längerem Gehen habe ich noch nicht die größte Freude.«

»Keine Sorge«, meinte Margret, »es wird bestimmt gut gehen, dein Knie wird nicht meckern. Also machen wir das Beste daraus.«

Nach dem Mittagessen hatten alle drei Frauen keine Möglichkeit, sich mal eine halbe Stunde auszuruhen, allesamt durften sie noch weiter fleißig schaffen.

Petra ging zum ›Marterraum‹ mit den vielen Foltergeräten im Sporttherapeutischen Zentrum zum gesunden und gezielten Muskelaufbautraining – ihr Herz brauchte neue Kraft.

Margret dagegen durfte sich gemütlich auf eine Liege legen, eine Elektrobehandlung stand an. Anschließend holte sie sich von den Kältegeräten einen Beutel Crash-Eis zur Kühlung ihrer operierten Hüfte.

Und Jutta erhielt ganz kurzfristig einen Termin bei Dr. Dormacher, er wollte sich ihr dickes, heißes Knie ansehen. »Kommen Sie herein«, sagte er und ließ sie in sein Sprechzimmer eintreten, Frau Merko schloss hinter ihr die Tür. »Legen Sie sich bitte gleich auf die Liege.«

Jutta stellte ihre Stöcke in die Ecke, legte sich auf den Untersuchungstisch und krempelte ihre Hose hoch.

»Es ist ein wenig angeschwollen seit Mittwoch, aber

das ist durchaus normal. In der Reha müssen sich die Patienten wesentlich mehr bewegen als im Krankenhaus.« Die beruhigenden Worte des Arztes taten Jutta gut. Ein wenig Sorgen hatte sie sich schon gemacht. »Es ist alles in Ordnung. Setzen Sie sich aber noch einen Moment mir gegenüber an den Schreibtisch.«

Er nahm schon mal Platz, suchte Juttas Unterlagen zusammen und vertiefte sich kurz in die Akte. »Ja, Frau Hoffmann«, sagte er dann, »alles Sportliche, was Sie bisher gemacht haben, dürfen Sie vergessen. Ihr Düsseldorfer Chirurg wird Ihnen das sicher bereits genauso erklärt haben.«

»Das ist richtig, das musste ich schweren Herzens einsehen, mein geliebter Sport, den ich mit großer Begeisterung betrieben habe, ist für mich leider, leider für immer und ewig erledigt.«

Dr. Dormacher konnte ihr ansehen, wie schmerzhaft diese Erkenntnis für sie sein musste.

Mit einem müden Lächeln sah Jutta den Arzt an. »Aber Moment, noch ist nicht alles erledigt, ich könnte regelmäßig Gymnastik machen und schwimmen gehen. Und hier bei Ihnen fange ich an!« Nun war ihr Lächeln schon nicht mehr so gequält.

»Solches Engagement finde ich sehr gut«, lobte Dr. Dormacher sie und legte ihre Krankenakte wieder zur Seite. Warnend hob er jedoch seinen Zeigefinger. »Aber bitte nicht daheim übertreiben, in der nächsten Zeit werden wir mit Ihnen gezielte Heilbehandlungen und intensive Therapien vorsehen, was man mit Fug und Recht als ›Pferdekur‹ bezeichnen kann. Hier haben wir Sie unter Kontrolle, zuhause nicht. Also, vorsichtig arbeiten, aber nicht zu viel.« Seine ineinander verschränkten Hände lagen ruhig auf der Schreibtischplatte. »Auch wenn Sie sich die ersten Tage hier mit allem mehr oder weniger schwer tun, werden Sie schnell die erhoffte Besserung feststellen. Sie sollten sich aber darüber klar sein – das sagte ich Ihnen ja auch bereits am Mittwoch beim Aufnahmegespräch –, dass Ihre Kniegelenke nicht mehr jungfräulich sind und es auch nicht wieder werden können. Bleiben Sie beweglich, denn ohne Bewegung rosten die Gelenke ein. Eine spätere Mobilisation wäre äußerst schmerzhaft.«

Natürlich hatte Jutta noch gezielte Fragen, die ihr Dr. Dormacher ausführlich beantwortete. Nach dem ›offiziellen‹ Teil ergab sich noch eine lockere Rederei über Kinder und Gott und die Welt. Der Arzt war immer darauf bedacht, nicht nur den medizinischen Weg zu beschreiten, sondern er versuchte auch stets für eine lockere Atmosphäre zu sorgen. Den Hinweis auf ihre Kinder nahm er gerne auf, und Jutta konnte ihm erklären, wie stolz ihr Mann und sie auf ihre Zwillinge waren.

»Oh je, Zwillinge? Was für eine Arbeit!« Der Arzt lachte. »Etwa auch noch Mädels?« Jutta nickte nur. »Wie alt sind sie denn? Schon im stressigen Alter?«

»Nun ja, sie sind elf – und anstrengend natürlich. Eineiig und identisch auch in ihren Marotten, eben alles in zweifacher Ausfertigung. Sie sind aufgeweckt, leider aber auch etwas vorwitzig, so dass mein Mann und ich oft nach Luft schnappen müssen, aber auch schmunzeln müssen über ihre kecken Einfälle.«

»Ja, ja, die lieben Kleinen.«

»So ist das mit Töchtern, das Erziehen ist schwierig und anstrengend, immer muss alles erst eingehend ausdiskutiert werden.« Aber so schlimm schien das nicht zu sein, denn Jutta lächelte ganz zufrieden. Sie freute sich auch, in diesem Haus keinen allzu konventionellen Arzt an ihrer Seite zu haben. Die lockere Plauderei in seinem Reich war ihr sehr angenehm. Sie verabschiedete sich herzlich von ihrem Arzt und seiner Vorzimmerdame und ging gut gelaunt über den Flur, erleichtert von dem Gespräch über ihre Knieprobleme. Sie fühlte sich in dieser Klinik gut aufgehoben, hier würde sich ihr lädiertes Gelenk bestimmt prima erholen können.

Auf ihre Stöcke gestützt humpelte sie über den langen, stillen Flur im Bereich der Chef- und Oberarzt-Zimmer. Jutta schaute sich alle Türschilder an. Ohne Eile verließ sie das Reich der Doktoren.

»Hallo, Jutta«, begrüßte sie Petra, die wartend vor dem Aufzug stand, »bist du heute mit allem fertig?« Sie stöhnte mal wieder. »Ich musste schon wieder Knochenarbeit machen, jetzt will ich nur noch den Fahrstuhl nutzen und mich ausruhen.« In diesem Moment war der Aufzug auch schon da, beide gingen hinein.

Ungefähr eine Stunde später war es mit der Ruhe allerdings schon wieder vorbei, die drei Frauen wollten sich zum Nachmittagskaffee mit leckerem Kuchen treffen. Petra war die Erste, die zugriff.

»Wie finde ich das, du sitzt bereits und verputzt die leckeren Kalorien?« Jutta, die zusammen mit Margret bei Petra eintraf, beschwerte sich theatralisch. Sie kannten Petras Leidenschaft für gutes Essen. »Wir wollten doch gleich ins Städtchen gehen, uns ein wenig umschauen und dann in ein Café oder einen Eissalon gehen.«

»Au, Backe, ich dummes Ding ...« Petra hatte das glatt

vergessen. »Was soll's, diesen leckeren Kuchen hier musste ich einfach probieren.« Mit breitem Grinsen schaute sie die beiden an. »In dem Café esse ich dann eben etwas weniger. Ich muss doch auf meine schlanke Linie achten.« Lachen war doch die beste Medizin.

»Ach, Petra, du bist schon ein richtiger Possenreißer!«, stellte die amüsierte Margret fest. »Wartet einen kleinen Moment, ich gehe eben in mein Reich und rufe uns ein Taxi.«

Jutta und Petra verschwanden rasch in ihre Räume und zogen sich warme Jacken an, denn die freundliche Sonne machte gerade mal Pause, und so war es doch recht frisch draußen. Regenschirme konnten Margret und Jutta nicht mitnehmen, da fehlte ihnen die ›dritte Hand‹. Aber es gab ja für Regenwetter praktische regenabweisende Jacken mit Kapuze.

Ganz spontan hatte Jutta nach der Taxifahrt eine Idee, als sie am Anfang der Fußgängerzone einen freundlichen Friseurladen gesehen hatte. »Was meint ihr, hier könnten wir uns doch mal verwöhnen lassen. Das wäre eine wunderschöne Seelenstreicheleieinheit … so, wie wir nach der Reha-Schufterei aussehen? Guckt mal, da steht *Ohne Anmeldung*. Also?« Sie sah die Friseurmeisterin Petra herausfordernd an, die auch prompt reagierte.

»Jutta, ich muss doch bitten, du willst doch nicht zu meiner Konkurrenz gehen? Und keine Terminabsprache, die wollen doch nur unser Bestes, unser Geld.« Natürlich war das nicht ernst gemeint, Petra grinste unverschämt. »Kommt, lasst uns reinhüpfen und uns schön machen. Vielleicht kann ich bei den Kolleginnen noch etwas abschauen. Prima Idee, Jutta. Und ihr braucht dann auch nicht so viel laufen.« Sie war die Erste, die den Salon betrat.

»Hallo«, begrüßte sie eine freundliche Hairstylistin, »zwei Plätze sind noch frei, wer möchte zuerst? Ich denke, die Damen wollen sich schön machen lassen? Noch hübscher …?« Sie stand direkt vor den drei Damen und betrachtete ihre Frisuren. Sie hatte offenkundig Spaß an ihrer Bemerkung und lachte einladend.

›Aha‹, dachte Petra, ›sehr geschäftstüchtig und diplomatisch. Da hat man als Kundin gleich Lust, sich perfekt stylen zu lassen.‹ »Ich warte, lasst ihr euch erst mal chic machen.«

Ja, natürlich ließ sich Petra als Letzte verschönern – sie war ja eine Kollegin, die die Arbeit in diesem Salon begutachten wollte, ausreichend Mitarbeiterinnen schienen auch vorhanden zu sein, so dass es schnell gehen würde.

Juttas und Margrets Haare wurden schon von zwei jungen Frauen gewaschen. So konnten beide nicht sehen, was Petra im Bruchteil einer Sekunde beobachtet hatte: Daggi existierte noch!

*Bad Driburg, Reha Caspar-Heinrich-Klinik,
Sonntag, 6. März*

Kapitel 5

Sonntag – heiliger Ruhetag! Wie schön war es, heute faul sein zu dürfen. Lange schlafen und nicht von Therapie zu Therapie eilen zu müssen. Herrlich, das köstlich duftende Frühstück in aller Ruhe genießen zu können. Angenehme Perspektiven zum Plaudern mit den Mitpatienten.

Jutta, Petra und Margret ließen die letzten Tage Revue passieren. Die Therapien waren oft anstrengend und gingen zum Teil bis an die Schmerzgrenze. Aber die Maßnahmen halfen, alle drei reagierten positiv auf die Behandlungen, sie hatten den Eindruck, sie wurden schon flotter. Die so wichtige nächtliche Erholungsphase klappte bereits besser als vor Tagen. Es ging bergauf!

»Mensch, ihr beiden, geht es uns so gut, nur weil Sonntag ist?« Jutta dachte laut, während sie ihr Müsli aß. »Mein armes Knie meckert heute gar nicht so stark wie sonst. Nun darf es jeden Tag ein wenig mehr aufwärts gehen, was?«

»Klar doch, Jutta«, bestätigte Petra. »Ja, am ersten und zweiten Tag war es für alle unangenehm anstrengend, man fühlte sich schlapp. Für mich war das insbesondere das stramme Gehen da draußen. Mann, taten mir die Knochen weh, das hätte ich zuhause sicher nicht gemacht.« Sie grinste dabei wie so oft. »Aber dafür hatte ich beileibe ja auch gar keine Zeit.« Und schon nahm sie den nächsten Schluck Kaffee, der bei ihr zu jeder Tages- und

Nachtzeit gefragt war.

»Ja, mir geht es auch viel besser.« Jutta blickte von ihrem Frühstücksteller auf. »Aber mal was anderes. Als wir Freitagnachmittag beim Frisör waren, sagtest du, dass du Daggi gesehen hättest – Margret und ich haben allerdings nichts gesehen. Ich verstehe nicht, warum sie keinen Kontakt haben will. Was ist mit ihr? Das Verhalten ist doch nicht normal. Wir hatten doch mit ihr bereits einen guten Kontakt aufgebaut. Wie glücklich schien sie zu sein, dass wir uns alle duzten. Das war doch ein schöner Moment … Können wir ihr nicht irgendwie helfen? Margret, was denkst du? Kannst du uns ihr Verhalten erklären?«

Ein Schmunzeln konnte sich Jutta nicht verkneifen, denn auch sie hatte wiederholt Überlegungen zu Daggis Verhalten angestellt. Das war für Petra wieder die Gelegenheit, sich mit Spaß und Lust ins Gespräch einzuschalten. Sie klopfte auf Margrets leeren Frühstücksteller.

»Nun komm schon, hilf uns, du liebe, kluge Margret. Was kann mit unserer Daggi passiert sein, dass sie auf einmal verschwunden ist? Wir denken doch alle drei, dass es bei ihr nicht normal läuft, oder?« Sie goss sich Kaffee nach.

Margret, die wie die beiden anderen zuerst leicht amüsiert gewesen war, wurde ernst und stützte das Kinn in beide Hände. »Ja, unsere seltsame Daggi. Ich weiß noch nicht, was sie konkret hat, aber es muss was Neues sein, das sie noch nicht verdauen kann.«

»Was kann das bloß sein?«

»Tja, Jutta, da können wir nur spekulieren. Ich glaube, dass sie Ruhe braucht und deshalb alleine sein will. Haben wir denn nicht alle bei unseren eigenen Problemen ähnlich gehandelt, erst einmal allein versucht, das Problem zu verstehen und zu verkraften?«

Die quirlige Petra wurde auffallend ruhig, ihre Miene war nachdenklich. Jutta dagegen brauchte nicht zu überlegen, für sie war alles klar.

Margret redete weiter: »Nach dem Frühstück und den Telefonaten mit unseren Lieben setzen wir uns wieder zusammen und überlegen, was wir machen könnten. Keine von uns bekommt heute Besuch – keine Männer, keine Kinder, keine Freundin, so haben wir heute reichlich Zeit. Habt ihr Lust, gemeinsam was Sinnvolles zu machen?«

»Klar!«, sagten Jutta und Petra wie aus einem Munde, und Petra fügte, an Margret gewandt, hinzu: »Sicher hast du schon was Feines ausgetüftelt, was uns drei Schätzeleins gefällt.«

»Wie gesagt, zuerst erledigen wir unsere Anrufe, dann treffen wir uns um«, Margret schaute auf ihre Armbanduhr, »sagen wir zehn Uhr?«

»Klaro, zehn Uhr. Bis eben!« Petra musste einfach auf ihre Art reagieren, drehte sich um und war auch schon verschwunden. Margret und Jutta mussten lachen – Petra war nun mal so – und gingen auf ihre Zimmer.

Außer Margret, Jutta und Petra gab es viele andere Patienten, die zur gleichen Zeit telefonierten. Die Telefonleitungen waren bestimmt schon heiß gelaufen, so zahlreiche Kontakte gab es. Der Verlauf der Therapien war immer ein Thema, außerdem das Essen und das Wetter. Familiäre Dinge wurden besprochen, Diskussionen über politische Entscheidungen geführt und, und, und …

Genauso liefen die Telefonate mit Margrets Wölfi, Petras Freundin Anne und Juttas Pit ab. Alle waren sich einig, am kommenden Wochenende nach Bad Driburg zu kommen. Ganz besonders freuten sich Juttas Zwillinge Lea und Jana. Ihr Redefluss wollte kein Ende nehmen. Deshalb kam Jutta auch etwas zu spät zum verabredeten Dreier-Treff. Der Kontakt mit ihren Kindern ging eben allem anderen vor. Aber Margret und Petra warteten geduldig auf die Dritte im Bunde.

»Na, alles klar?«, fragte Margret, sah allerdings, dass Juttas Gedanken ganz woanders waren. »Können wir jetzt gehen?«

Jutta nickte und meinte, dass sie nun startklar sei. Die sonst so manches Mal etwas tollpatschige Petra reagierte diesmal einfühlsam, legte ihren rechten Arm um Juttas Schultern und tätschelte mit der anderen Hand ihren Unterarm. »Ja, ja, die Familie …«

»Besonders die Kinder!« Jutta musste unwillkürlich lächeln. »Doch jetzt denken wir an das, was wir vorhaben. Also, was steht an?«

Margret wies mit ihrem Stock in Richtung Aufzug. »Wir fahren in die dritte Etage und klopfen an Daggis Zimmer; das liegt ja nahe am Aufzug und der Schwesternstation. Wir prüfen erst mal, ob sie nicht doch da ist.«

Kurz darauf klopfte Jutta an Daggis Tür, aber es rührte sich nichts. Nun war es Petra, die heftig an die Tür pochte, aber auch jetzt keine Reaktion.

»Was nun?« Petra war mit ihrer Weisheit am Ende.

Jutta war derweil ein Stück den Gang entlanggegangen und las die Türschilder. Sie bemerkte, dass in diesem ruhigen Bereich mehrere Räume für den Psychologischen Dienst reserviert waren.

»Daggi scheint nicht da zu sein, aber dies hier könnte

bestimmt was Gutes für sie sein«, sagte sie, als Margret und Petra neben sie getreten waren, und zeigte auf die Türschilder.

»Mensch, das ist gut«, begeisterte sich Petra. Margret war überrascht. Psychologische Hilfe hatte sie bisher nicht gebraucht, wusste aber schon, dass es eine solche Abteilung in dieser Klinik gab.

»Das hast du gut gesehen, Jutta, Spitze! Schön, schön, das könnte Daggi tatsächlich helfen. Kommt, ihr Lieben, jetzt gehen wir nach unten zu den Infoleuten.«

Frau Hallers Kollegin, Eva Heimann, saß in einer Ecke am Schreibtisch und erledigte Schreibkram. Sie wollte nicht gestört werden, doch der freundliche und flinke Praktikant Benno war sofort zur Stelle und gab bereitwillig Auskunft.

»Dagmar Dreyfuß? Sie hat sich bei uns abgemeldet und kommt erst heute Abend zurück. Und für morgen hat sie schon angekündigt, erneut, diesmal schon nach dem Frühstück, das Haus zu verlassen. Sie wissen ja, morgen ist Rosenmontag!« Diese Informationen waren alle im Computer festgehalten.

»Aber das ist doch kein Feiertag, wir haben doch alle unsere Anwendungen!« Jutta überlegte. »Was macht sie bloß? Im Krankenhaus ist sie ja nicht. Aber wo könnte sie sein?«

»Das kann ich Ihnen nicht sagen«, antwortete Benno und machte eine bedauernde Handbewegung. »Vielleicht besucht sie ja hier in der Gegend Bekannte oder Freunde.«

»Darauf wäre ich jetzt nicht so leicht gekommen«, bemerkte Margret und kratzte sich am Hinterkopf. Fragend sah sie Jutta und Petra an, aber die hatten auch keine

Erklärung für Daggis Verhalten. »Na, ja, unsere Daggi … Was ist da nur los? Demzufolge treffen wir Daggi also erst am Dienstag. Danke, Benno.« Die drei verließen die Klinik durch den Haupteingang und gingen bis zur Straße. Unschlüssig blieben sie stehen.

»Was Daggi macht, finde ich höchst seltsam«, wunderte sich Petra. »Sie fühlte sich doch gar nicht wohl, so alleine, und war froh, mit uns in Kontakt zu kommen … Ich kann mich gut erinnern, dass sie es dankbar annahm, als wir vor dem EKG-Raum warteten.«

»Ihr könnt sagen und fragen, was ihr wollt«, erklärte Margret, »ich bin mir ziemlich sicher, dass Daggi etwas ganz Unangenehmes passiert sein muss, so, wie sie sich verhält.«

Nur was?

Während sie langsam weiter Richtung Driburg Therme gingen, überlegte Margret weiter : »Daggi ist ganz einfach labil, das wisst ihr ja auch. Sie unterliegt starken Stimmungsschwankungen, und was so im Laufe des letzten Jahres geschehen ist, wissen wir leider noch nicht. Ist ihre Ehe nicht mehr gut und hat sie deshalb diese Störungen? Ihren Ehering trägt sie allerdings noch, das habe ich gesehen. Um eine Trennung oder Scheidung könnte es sich kaum handeln.«

Petra schmunzelte. »Hast du sie so genau unter die Lupe genommen?«

»Nee, das nicht, ich beobachte Menschen ständig, das geht bei mir ganz automatisch. Aber wisst ihr«, sie blieb stehen und schaute Petra und Jutta an, »Daggis Gesichtsausdruck ist anzusehen, dass sie sich mehr als unsicher fühlt, und noch übler, dass sie depressiv ist. Ich kann das zwar nicht beweisen, aber sie sieht wirklich wie ein malades Häufchen Unglück aus. Schaut euch ihre Augen an, kein Glanz, mutlos, am Boden zerstört. Wann lacht sie mal? Vor lauter Enttäuschungen lässt sie ihren eigentlich stolzen Kopf hängen. Versteht ihr, was ich meine?«

In Gedanken versunken gingen die drei langsam weiter. Es war Jutta, die als Erste antwortete.

»Ich denke schon, dass das so sein kann, wie du es eben erklärt hast, einleuchtend und nachvollziehbar.«

Margret sprach weiter. »Vielleicht hat Daggi einen finanziellen oder sogar einen familiären Auslöser gehabt, der sie krank werden ließ. Das herauszufinden, wäre spannend. Die Psyche eines Menschen zu verstehen ... das hat was!«

»Aber du bist doch immer noch – wie sag ich das bloß – nur eine Hobby-Psychologin.« Petra wollte sie provozieren.

»Ach, Petra, ich mag dich«, konterte Margret. »Immer diese netten Spötteleien!«

»Wie geht es denn jetzt weiter mit Daggi«?, fragte Jutta. »Was können wir für sie tun? Margret, was meinst du?«

»Im Moment können wir noch nichts machen. Also, jetzt schauen wir uns erst einmal die Therme an. Ich kenne sie ja bereits und denke, ihr habt sicher auch Lust, euch mal alles anzuschauen. Vielleicht können wir an einem Wochenende mit unseren Sippschaften mal dahin gehen? Später können wir ja noch in ein spezielles Café im Städtchen gehen und das Thema Daggi weiter bereden.«

Der Weg von der Reha-Klinik ins Städtchen war den Damen noch zu mühsam, ein Taxi wurde bestellt und stand pünktlich vor dem Klinikeingang. Während der Fahrt erzählte der Taxifahrer Interessantes über Bad Driburg. Aber sehr viel war es nicht, denn der Weg ins Café war nicht sehr weit. Er hielt direkt vor dem *Café Heyse*, daneben war ein größeres Gebäude zu sehen, *Leonardo Outlet Manufaktura*, ein Schau- und Verkaufsraum des Glasunternehmens Leonardo. Schräg gegenüber an der Lange Straße konnte man noch die Tourist-Information erkennen.

»Viel Spaß«, rief der Taxifahrer den dreien noch zu, die nächsten Fahrgäste wollten abgeholt werden.

Die drei gingen schnurstracks ins Café und schon stöhnte Petra auf, denn ein verflixt guter Geruch strömte ihnen entgegen. Petra, die Süßes über alles liebte, schaute sich sofort die lange Theke mit den furchtbar leckeren Sachen an. Und sogleich meldete sich ihr Magen mit Heißhunger. Oh, nein, was man hier alles naschen könnte …

Gut war es, dass es einen kleinen Aufzug gab, mit dem man in das Obergeschoss fahren konnte – man musste ja nicht unbedingt über die breite Treppe gehen. Margret suchte für sie einen passenden Tisch aus, sie kannte das Café ja noch von ihrem ersten Aufenthalt in Bad Driburg her.

Die beiden würden sich noch wundern, was noch geschehen sollte.

Jutta war von der Größe des Raumes beeindruckt. »Jetzt kann ich verstehen, Margret, warum du uns hier in dieses Café geführt hast, jede Menge Platz für uns und unsere Leutchen, wenn sie uns besuchen kommen. Die werden staunen.«

Die bestellten Getränke wurden schnell serviert, die

leckeren Tortenstücke ein wenig später. Nach einer kurzen Plauderei meinte Margret, es sei genug der leichten Unterhaltung, nun sollten sie sich ihren beabsichtigten Überlegungen zum Thema Daggi zuwenden. »Ob wir ihr helfen können?«

Jutta und Petra schauten sie ernst an, ihr Lächeln war verflogen. Petra reagierte zuerst. »Schlimm sind wir, über dieses schöne Café und die Leckereien haben wir Daggi ganz vergessen. Nun aber los!«

Auch Jutta war es unangenehm. »Wie schnell man auch Probleme verdrängen kann, es ist einfach zu schön hier. Aber okay, jetzt lasst uns endlich über Daggi reden.« Nach einem letzten Schluck stellte sie die Tasse beiseite und legte die Hände auf den Tisch. »Ja, nun ganz gut überlegen!« Margret tat es bereits.

Jutta wurde sehr aktiv. »Ich denke auch, dass wir Daggis Innenleben näher kennen lernen sollten. Margret sagte das ja auch. Das Thema Psychologie könnte in der Tat spannend werden, nicht wahr?«

Bis jetzt war sie eher unauffällig und diskret gewesen, hatte mal ein paar Fragen gestellt oder Kommentare abgegeben, aber stets unspektakulär. Eben wie ein Laie, der sich noch nie mit Psychologie befasst hat. Nun aber wurde sie überraschend munter und aktiv und wollte fachlich, sachlich mitmischen.

»Was sage ich denn dazu«, staunte Margret, »dein Engagement ist wirklich eine tolle Überraschung, ich bin ja bass erstaunt. Und ich habe gedacht, ich müsste allein die Hauptarbeit machen. Oh, wie schön, unsere Jutta wird mitreden! Ich fall doch glatt aus allen Wolken.«

Auch Petra war überrascht. »Wie find ich das, Jutta, da

hast du mich doch glatt sprachlos gemacht. Was seid ihr denn für Frauen? Nee, nee ...«

»Ist ja schon gut«, erwiderte Jutta, »das neue Ungewohnte wollte ich erst ganz alleine in den Griff bekommen. Das Thema Seele oder Psyche packen, aber bis vor kurzem war es mehr oder weniger eine Kopfgeburt. Okay, ich fing damit an, als unsere Kids zickig wurden. Da brauchte ich Infos, um sie richtig erziehen zu können. Sie sind zwar anstrengende, aber ganz normale Weiber. Und Daggi finde ich eigentlich auch ganz normal, aber sie ist zurzeit offenkundig gestört. Siehst du, Margret, all das musste ich erst einmal ins Reine bringen.«

Da alle drei keine Getränke mehr hatten, schlug Jutta vor, heiße russische Schokolade zu bestellen. Petra stimmte sofort zu, sie kannte diese Köstlichkeit. Margret nickte nur, sie war mit ihren Gedanken ganz woanders.

Nach ihrer Bestellung war Jutta wieder bereit, über die angesprochene Thematik weiterzureden. »Halloooo, Margret«, ihre Gedanken schienen woanders zu sein, »wollten wir nicht zu dritt diskutieren? Nun komm ...«

»Sicher doch«, Margret klopfte ihre Fingerspitzen gegeneinander, »nun sollten wir tatsächlich erst mal alles andere beiseiteschieben und uns auf das Wesentliche konzentrieren.«

Petra ließ wieder eines ihrer Späßchen los. »Nein, ist das alles schwierig! Zuerst sollten wir aber unsere russische Schokolade genießen. Hm, lecker ...« Die Bedienung hatte die drei Becher gerade gebracht.

Das Café war gut besucht, überall wurde sich unterhalten und gelacht. Doch das hielt die drei Frauen nicht davon ab, konzentriert ihre Überlegungen fortzusetzen, sie beachteten die anderen Besucher nicht mehr.

Petra hatte natürlich bemerkt, dass Margret und Jutta von Themen der Psychologie ›angehaucht‹ waren, das hielt sie jedoch nicht davon ab, kräftig mitzumischen. Gefühlsbewegungen und Eindrücke, aber auch Seelenregungen wurden abgewogen, das fand Petra sehr spannend. Sie wollte das neue Wissen und die neuen Erfahrungen der beiden Frauen zunächst erst einmal in sich aufnehmen. Margret und Jutta stiegen von Mal für Mal tiefer in die Sphären der Psychologie ein. Begriffe wie ›affektive Störungen‹, ›psychotische Symptome‹ oder ›Entlastungsdepression‹ waren für Petra allerdings nur böhmische Dörfer.

Alles, was Jutta und Margret zusammentrugen, waren natürlich nur reine Gedankengebäude. Petra lebte dagegen eher in der wirklichen Welt. Als es ihr zu viel wurde, musste sie die beiden einfach bremsen.

»Halt, halt, halt! Meine Güte, war das alles eine fachchinesische Quatscherei! Trotzdem, auch wenn ich zuletzt nichts mehr verstanden habe, war das durchaus interessant. Aber nun reicht es, wir wollten doch Daggi helfen, oder nicht? Mann, immer diese Theorien und Vermutungen. Liebste, Margret«, da war feiner Spott herauszuhören, »du sagtest bereits öfter, dass du für dein Leben und deine Einstellung Boden unter den Füßen haben musst. Und was war das eben? Ich denke, du schwebst momentan *über* dem Boden.« Sie hatte sich richtig in Rage geredet, wurde aber langsam wieder ruhiger. »Ich schlage vor, dass wir mit Daggi möglichst schnell Kontakt aufnehmen sollten, sie wird uns garantiert von ihren Beschwerden erzählen. Und dann könnt ihr zwei weiter fachsimpeln.« Kurzes, allgemeines Schweigen. »Punktum, ihr Lieben, ändert euch!«

Damit hatte sie die zwei offenkundig überrascht, denn sie schauten sich verblüfft an, mussten dann jedoch laut losprusten. Jutta meinte mit schelmischem Gesicht: »Ich glaube, dass Margret und ich über psychologische Themen auf Tuchfühlung gegangen sind, aber das sollte selbstverständlich kein Wettstreit sein, nur ein intensiver Gedankenaustausch. Nicht wahr, Margret?«

»Ja, nun reicht es, unsere praktische Petra liegt mit ihrer Einstellung goldrichtig.«

Petras Murren war vorüber, leckerer Kuchen half ihr immer. »Aber, hei, was ist denn nun kaputt?« Sie war richtig zusammengezuckt. »Mann, das wird ja richtig dunkel hier. Ist was passiert? Stromausfall?«

Jutta guckte auch ganz erstaunt, als die Rollos an den Fenstern herabglitten und den Raum in Dunkelheit hüllten. Auf einmal hörte man ein vielstimmiges »Ah«, als die wunderschöne, elektronisch gesteuerte Wasser- und Lichtorgel zu sehen und zu hören war. Mitten im Raum gab es eine Wasserinsel, eingebettet in viele kleine und große Pflanzen mit den schönsten Blüten. Im Takt sanfter, melodischer Musik sprudelten hieraus Wasserfontänen aus dreihundert Düsen, angestrahlt von vielen Lichtquellen. Eine Faszination für Augen und Ohren.

Petra war so überwältigt von diesem Schauspiel, dass sie sogar vergaß, den Rest ihres Tortenstücks zu verspeisen. Aber dann … »Mann, ey, ich bin immer noch schwer begeistert, einfach von den Socken. So was Schickes!« Selbst dann noch, als die Vorführung vorbei war und die Rollos wieder hochgezogen waren.

»Ja, toll war es«, erklärte Jutta, die schmunzeln musste, weil Petra sich nun ihrem restlichen Kuchen zuwandte und ihn genüsslich vertilgte. »Das war superlecker.«

»Das nennt sich Moortorte, eine Spezialität im Café Heyse.« Margret reizte Petra wieder. »Das ist nur einer der vielen leckeren Kuchen und Torten. Und was man hier für teuflisch gute Pralinen kaufen kann …«

»Du bist so gemein, Margret, meine Figur …!«

Im *Café Heyse* wurde es allmählich ruhiger. Viele Gäste, die meisten Reha-Patienten, waren mit ihren Besuchern in Richtung der Kliniken aufgebrochen. Und so verließen auch Margret, Jutta und Petra das Café und fuhren per Taxi in die Caspar-Heinrich-Klinik.

Petra überlegte noch. »Ich finde schon, dass wir nach dem Abendessen noch einmal versuchen sollten, Daggi ausfindig zu machen.«

Margret und Jutta folgten ihrem Rat, fanden Daggi aber nicht.

*Bad Driburg, Reha Caspar-Heinrich-Klinik,
Montag, 7. März – Rosenmontag*

Kapitel 6

»Wie schade, wir haben Daggi gestern Abend tatsächlich nicht mehr gesehen, die Sucherei hat sich nicht gelohnt«, stellte Petra fest.

Ohne Herrn Alkau, der Gottlob noch lebte und in der Hannoverschen Fachklinik behandelt wurde, frühstückten die drei Frauen schon am frühen Morgen.

»Es ist keine Überraschung, dass wir sie nicht gefunden haben«, bemerkte Margret, die sich gerade ein knuspriges Brötchen schmierte. »Und auch heute vor dem Frühstück hatten wir kein Glück bei unserer Suche, weder auf ihrer Station noch im Erdgeschoss.« Dann biss sie genüsslich in ihr noch ofenwarmes Brötchen.

»Wo könnte sie heute sein?« Aber Juttas Frage konnte niemand beantworten. »Dummheiten macht sie hoffentlich doch nicht?«

»Bestimmt nicht«, meinten Jutta und Margret übereinstimmend.

Jutta war die Erste aus dem Dreier-Bund, die ihr Frühstück beendete, ihre erste Tagesbehandlung stand an. Sie nahm ihren Beutel mit den notwendigen Utensilien und ihre Stöcke zur Hand und verabschiedete sich. »Tschüs, ich habe bis Mittag volles Programm. Dazwischen noch Arztvisite.«

»Die habe ich auch, aber so gegen halb zehn. Und du, Petra, du müsstest doch auch gleich Visite haben?«

»Richtig, ich bin um neun Uhr fällig«, erwiderte Petra.

»Also dann, bis später.« Mit diesen Worten verschwand Jutta in Richtung Aufzug.

Margret und Petra hatten noch Zeit, also sprachen sie zunächst über Alltägliches und verglichen dann ihre wöchentlichen Terminpläne, die sie vor dem Frühstück aus ihren Postkästen geholt hatten.

Petra hatte nach der Arztvisite Ergometertraining – »große Maloche« – anschließend Stangerbad, und nach guter Blutdruckmessung durfte sie eine halbe Stunde Laufbandtraining im Sporttherapeutische Zentrum machen. Sie verputzte in der Zwischenzeit ein leckeres Müsli.

Margret hatte nach dem Frühstück Einzelgymnastik, nach der Visite Gruppengymnastik, Bewegungsbad und Rotlichtbehandlung. Sie biss herzhaft in einen Apfel, dabei kam ihr eine Idee.

»Du, Petra, wenn du auf dem Laufband trainierst, dann könnte ich dazukommen und auf dem Motomed radeln.«

»Oh, prima, das finde ich stark.« Petra freute sich auf das gemeinsame Training.

Sie standen auf und wechselten noch ein paar freundliche Worte mit den Patienten von den Nachbartischen, Kontakte waren schnell hergestellt. Danach verschwanden sie zu ihren Terminen.

Im Erdgeschoss war ständig Betrieb, ein ewiges Kommen und Gehen. Der Riesenfernseher an einer Wand der Cafeteria lief bereits, die langen Karnevalszüge durfte jeder, der Zeit und Lust hatte, anschauen. Immer mehr Besucher kamen an, sie hatten arbeitsfrei und so wollten sie ihre lieben Menschen in der Klinik besuchen.

Die Mehrzahl der Patienten hatte allerdings noch Behandlungstermine, also setzten sich die Besucher in die Cafeteria, guckten fern und holten sich Getränke und Speisen. Es gab viele Leute, für die es ein Muss war, sich an diesem Tag zu amüsieren.

Der Club der drei Frauen war sich einig, auf dieses Amüsement zu verzichten, sie waren alle drei keine Karnevalsjecken. Sie hatten es geschafft, ihre Nachmittagstermine so vorzuziehen, dass sie schon am frühen Nachmittag ihre Behandlungen erledigt hatten und sich im Sportzentrum trafen, das ein wenig verwaist war; die meisten wollten feiern. Ihre Handtücher hatten sie sich vorausschauend um die Schultern gelegt.

»Oh, wie toll, ich muss nichts tun, das Gerät bearbeitet mich«, frohlockte Jutta, die es sich bereits auf einer Liege bequem gemacht hatte. Eine junge Therapeutin, die noch Dienst hatte, hatte das Therapiegerät auf gleichmäßige Bewegung eingestellt, mit der ihr operiertes Knie gebeugt und gestreckt wurde. Jutta konnte sich derweil entspannen und ihren Gedanken nachhängen.

Petra und Margret suchten sich die Geräte, an denen sie arbeiten mussten. Petras Ärztin hatte ihr grünes Licht gegeben, auf dem Laufband zu trainieren, aber nicht zu heftig.

Ganz allein waren sie aber nicht. Ein muskulöser Mann trainierte an einem starken Kraftsportgerät, das er bestens beherrschte und nicht umgekehrt. So, wie seine Muskeln aussahen, musste er bereits seit längerem in der Mucki-Bude trainiert haben.

Die beiden Frauen staunten nur, als sie sich das anschauten. »Sieh mal, Margret, der manipuliert ja sein großes

Spielzeug. Na ja, kein Wunder bei diesem Muskelprotz.«

»Oh ja, das schaffen wir nie. Aber, liebe Petra, wir müssen trotzdem an den Geräten trainieren. Das wird harte Arbeit, auch wenn wir sicher nicht an allen Geräten üben müssen. Lass uns weitergehen.«

Gegenüber dem Eingang zum Sportzentrum gab es eine komplette Glasfront mit Türen, die sich zur Zufriedenheit der sportlich aktiven Menschen öffnen ließen. Während des Trainings brauchte man viel Sauerstoff. Ein weiterer Effekt der Glasfront war, dass durch sie der ganze Raum mit Tageslicht erhellt wurde und das Ganze so einen überaus freundlichen Eindruck machte. Außerdem ließ sie den Blick frei auf eine Reihe von Bänken, auf denen man sich wunderbar geschützt sonnen konnte.

An den Ergometer-Rädern radelten wohl schon länger zwei jüngere Frauen – sie schwitzten und hatten gerötete Gesichter. Den beiden riefen Margret und Petra nur ein freundliches »Hallo und viel Vergnügen« zu, dann wurden die beiden selbst aktiv.

Margret suchte sich ein besonderes Ergometer-Rad aus – ein ›Motomed‹ – und radelte los. Das war bestens geeignet für Hüft- und Kniegeschädigte. Zwischen Margret und den schon länger radelnden Frauen stellte sich Petra auf ein Laufband, die richtige schonende Tempostufe stellte die Therapeutin ein. Nun musste sie laufen, laufen, laufen …, während Margret radelte. Nach knappen zwanzig Minuten hörten sie auf, Probleme hatten sie keine.

Petras Puls wurde nach dem Laufen ganz genau gemessen. Klar war er höher als vorher, aber noch im vorgegebenen Rahmen.

»Du, Margret, ich freue mich, meine Pumpe hat gar

nicht gemeckert. Die Oberärztin meinte heute Morgen, je nachdem, wie sich mein Herz zeigt, könnte ich auch ohne therapeutische Begleitung radeln. Bisher ging das ja nur unter Überwachung. Und ich darf auch bald im großen Bewegungsbad rumplätschern.«

Beide gingen zu Jutta, deren Übungen noch nicht zu Ende waren. »Das ist wirklich alles erfreulich, bleib aber trotzdem schön vorsichtig, Petra, achte auf dein Herz! Du weißt ja schon, regelmäßig und gleich belasten, aber nicht übertreiben. Ich hab dich gerade beobachtet, das Laufen auf dem Band sah schon richtig gut aus. Hast es auch nicht übertrieben. Schön!«

»Oh ja, die Tage hier habe ich viel gearbeitet, ganz anders als zuhause.« Sie lächelte schelmisch. »Da bin ich schon uralt und kann mich dennoch ändern. Wahnsinn!«

»Na, das ist wohl kein Thema, liebe Petra.«

»Nur noch wenige Minuten, dann hört meine Maschine mit der Arbeit auf«, erklärte ihnen Jutta, als sie an ihrer Liege angekommen waren.

»Schön«, meinte Petra, »dann können wir ja gleich den Gräflichen Park besuchen. Ich brauche frische Luft … Und überhaupt, das ist ein Muss, diesen Kurpark näher kennen zu lernen, oder etwa nicht?« Dabei sah sie Margret auffordernd an.

»Natürlich, ich zeige euch gern alles, ihr werdet staunen, wie schön das da alles angelegt ist.«

Jutta stand vorsichtig auf; das Gerät hatte seine Arbeit beendet. Sie stimmte zu, sie hatte bereits alle Infos und Broschüren über Bad Driburg studiert. Der Weg zum Gräflichen Park konnte logischerweise nicht sehr weit sein. »Ich freue mich auf den Spaziergang. Und wenn ich wirklich mal k. o. sein sollte, gibt es bestimmt überall Sitzbänke oder Stühle. Ja, ihr Lieben, wann gehen wir?« Ihr Blick ruhte auf ihrer Armbanduhr. »Sagen wir ab 13.30 Uhr?«

»Eigentlich ist es eine große Schande, dass wir uns den großen Karnevalszug gestern nicht angeschaut haben«, stellte Petra fest, die in Juttas ›Bad Driburg aktuell‹ blätterte und erfuhr, was es so alles am Vortag gegeben hatte. »Stellt euch doch bloß mal vor, da hätten wir doch gut und gerne zentnerweise Schokolade und andere Süßigkeiten oder sonst was sammeln können. Hier steht: *Der Streckenverlauf nahm seinen Anfang an der Mühlenstraße und dann weiter über die Lange Straße.* Wenn wir gestern früher in das tolle Café gegangen wären, hätten wir den Zug noch sehen können. Na gut, ist aber ja erledigt. *Weiter ging der Zug über die Pyrmonter Straße, den Konrad-Adenauer-Ring zurück zur Lange Straße.* Das werden sicherlich einige Kilometer gewesen sein.«

Spontan fiel ihr noch was ein. »Oh, wie schön, wenn den Karnevalsjecken nach der Lauferei die Knochen wehtun, kein Problem, hier gibt es ja genug gute Reha-Kliniken.«

»Nee, nee, immer diese Petra …« Margret und Jutta schüttelten lachend die Köpfe. Zwischenzeitlich hatten sie einen der Eingänge zum Kurpark erreicht, keine der drei brauchte zu klagen, der Weg war wahrlich nicht sehr lang.

»Mein Vorschlag«, Margret schaute die beiden anderen an, »wir gehen erst gar nicht so lange spazieren, sondern sehen uns das Kurhaus und die anderen Gebäude an, um sie näher kennen zu lernen. Am Wochenende kommen ja unsere lieben Leute und werden den wunderschönen, großen Park begutachten. Es ist doch klar, dass es dann nur bestes Wetter geben kann. Also, kurzer Spaziergang und dann in die Gebäude. Beginnen wir mit den großzügigen und schönen Brunnenarkaden.«

»Ah, na klar, einverstanden.« Neugierig, wie Petra war, wollte sie natürlich alles sehen. Auch Jutta freute sich auf die Besichtigungen, sie war begeistert von den gräflichen Gebäuden, den stolzen, alten Fachwerkbauten. Alles strahlte eine liebevolle und mit großer Sorgfalt gestaltete Pflege aus, das konnte man bereits auf den ersten Blick erkennen.

»Wie alt mögen wohl die Holzbalken und das Mauerwerk sein? Schade, dass sie das nicht erzählen können, auch, was sie in der langen Zeit so erlebt haben«, staunte Jutta, als sie in die gut besuchte Trinkhalle gingen.

Die zahlreichen Besucher hatten offensichtlich wie die drei Frauen kein Interesse, sich die Karnevalszüge im Fernsehen anzusehen. Es gab einige Bewegung rund um die drei verschiedenen Mineralwasserspender. Jeder konnte so herausfinden, welches Wasser ihm am besten schmeckte. Angenehme musikalische Klänge begleiteten die ›Wasserproben‹, gespielt von dem Salonorchester *Hungarika*, das jeden Nachmittag einschmeichelnde Melodien spielte.

Nachdem Margret, Jutta und Petra das köstliche Nass probiert hatten, setzten sie sich in den Kursaal und lauschten der Musik.

Natürlich konnte sich Petra nicht zurückhalten und meinte: »Nee, eigentlich mag ich keine ernste Musik, aber hier … Doch, das kann mir schon gefallen.«

»Ja, das stimmt, ich finde es hier auch angenehm.« Jutta

sah Petra lächelnd an. »Du, das ist keine ›ernste‹ Musik, sondern das sind klassische, zeitlose Klänge.«

»Sieh mal an, liebe Jutta, jetzt kann ich auch verstehen, warum ich diese Musik so schön finde, das sind ja *zeitlose* Melodien.« Das Wort ›zeitlos‹ betonte sie dabei besonders stark. Danach trank sie den Rest Wasser, wobei sie die Nase rümpfte. »Die eine Sorte Mineralwasser soll wie die anderen ja ziemlich gesund sein, ich finde das Wasser allerdings schauderhaft, das schmeckt wie bittere Medizin.«

»Prost«, Margret hielt lachend ihr Glas hoch, »wir wissen es doch – hier in Bad Driburg gibt es drei verschiedene Heilquellen, die neben reichlich Mineralstoffen auch Schwefelverbindungen enthalten. Denk dran, Petra, diese Wässer sind tatsächlich sehr gesund.«

»Ja, und dann gibt es als natürliche Heilmethode Schwefelmoor. Ich freue mich auf die kalte Moorpackung, die uns so gut tut und wirklich angenehm ist«, meldete sich Jutta zu Wort. Und Margret als ausgebildete Krankenschwester erklärte weiter: »Ganz genau, eine solche Behandlung unterstützt die Heilung der lädierten Knochen.«

»Und natürlich alle anderen Therapien in den Kliniken. Nee, wie die arme Petra Tag für Tag schwer arbeiten muss!« Bei diesen Worten schaute sie Margret und Jutta nur aus den Augenwinkeln an. Als beide schmunzelten, war sie mit sich zufrieden. »Ganz so dumm bin ich nun auch wieder nicht, ich hab's gelernt, was bei unseren Beschwerden helfen kann. Ihr zwei habt Knochen-Wehwehchen und meine blöde Pumpe meckert, aber was für andere Leidensformen gibt es noch, die in dieser Stadt behandelt werden?« Sie sah Margret direkt an, nippte aber nicht mit Genuss an ihrem Wässerchen. »Du mit deinem Wissen! Ich möchte auch ein wenig schlauer werden.«

Margret griff den Wunsch gerne auf und wies auf Defekte oder Probleme mit der Wirbelsäule hin, auf schlimme Arthrosen, Osteoporose sowie den rheumatischen Formenkreis, aber auch Probleme mit inneren Organen. Ihre Aufzählung endete mit Diabetes und neurologischen Störungen.

Die letzten Worte hörte Petra schon nicht mehr, denn sie beobachtete mit großem Interesse, was Jutta mit ihrem Smartphone anstellte, auf dem auf einmal ein großes Foto zu sehen war.

»Halt, Jutta!«, Petra zeigte auf das Foto, »du hast uns und unsere Daggi geknipst. Ist das ein Ding! Davon weiß ich ja gar nichts.« Jutta hielt ihr Smartphone so, dass Petra besser sehen konnte.

Petra begutachtete das Bild. »Aha, das war vor Tagen, als wir auf der Bank vor dem EKG-Raum warteten.« Sie stellte ihr Glas auf einem kleinen Hocker ab. »Da haben wir zum ersten Mal mit Daggi gesprochen …«

Margret staunte ebenfalls Bauklötzchen. »Zeig mir auch mal das Bild.« Jutta hielt ihr das Smartphone hin. Die Überraschung ging schnell vorbei, und es war wieder einmal Petra, die das Wort führte.

»Hört mal, mir fällt da gerade etwas ein. Es könnte doch sein, dass Daggi auch vor kurzem in diesem Haus war. Da könnten wir doch sofort der freundlichen Bedienung das Foto zeigen und fragen, ob sie bereits hier gewesen ist. Vielleicht erfahren wir dadurch ja was Näheres von ihr.«

Spontan hüpfte sie von ihrem Sitz hoch und bedeutete den anderen mit ihren Armen, dass sie auch aufstehen sollten. Margret und Jutta verstanden sie und erhoben sich auch von ihren Sitzen.

»Deine Überlegung war nicht schlecht. Kommt, wir gehen und suchen jemanden, der uns helfen könnte.«

Gesagt, getan. Die drei brauchten nicht lange zu suchen, sie hatten schnell jemanden gefunden.

»Hallöchen«, begrüßte Petra eine junge Frau, die gerade in der Halle unterwegs war und an ihrer Dienstkleidung zu erkennen war.

Sie blieb stehen und sah in fragende Gesichter. »Hallo, kann ich helfen?«

»Ja, bitte. Wir suchen unsere Mitpatientin, haben sie aber bis jetzt nicht finden können. Es ist diese Frau …« Jutta zeigte ihr Daggis Bild.

Sie sah sich das Bild an, kannte Daggi aber nicht. Auch kein Wunder, denn sie hatte ihren Dienst gerade erst begonnen. Sie schlug vor, ihre Kollegen an den Trinkquellen zu fragen, die schon seit längerem Dienst hatten. Vielleicht würden die etwas wissen.

»Vielen Dank für den Tipp, schönen Tag noch.« Margret freute sich über die Hilfsbereitschaft.

Der Raum füllte sich mehr und mehr. Viele gingen direkt in Richtung Musik, denn dort wurden gerade richtige Ohrwürmer gespielt. Doch die drei Frauen achteten nicht mehr darauf, sie bahnten sich einen Weg gegen den Strom zu den Bediensteten, die ihnen eventuell weiterhelfen könnten. Doch auch hier hatten sie mit ihrem Sprüchlein kein Glück.

War Petras Idee nur ein Wunschtraum? Nein, weitersuchen und – tatsächlich, sie trafen noch eine weitere Angestellte, mussten aber noch warten, da vor ihnen ein

Kurgast einige Fragen loswerden musste. Die Frau schaute sich dann das Bild ganz genau an und nickte. »Ich bin mir ziemlich sicher, dass diese Frau heute Vormittag hier gewesen ist. Sie war allein und mit ihren Gedanken offenkundig ganz woanders, aber unsere Mineralwässer hat sie doch probiert. Danach habe ich sie aber nicht mehr gesehen.« Sie versuchte noch weiter zu erfahren, was der Grund für die Suche war, aber das ging im allgemeinen Trubel unter.

Diese Auskunft allerdings freute die drei, war Daggi doch tatsächlich vor kurzem hier gewesen. Ihr »Danke schön« kam aus tiefem Herzen. Petra war so zufrieden, dass sie sich noch mal ein »superleckeres« Quellwasser gönnte.

Jutta freute sich. »Mensch, Petra, da hast du ja eine tolle Idee gehabt. Unsere Daggi-Recherchen können zwar noch nicht für einen Krimi reichen, aber immerhin …«

Petra und Jutta sprühten vor Unternehmungslust, doch Margret versuchte sie zu bremsen.

»Halt, halt! Nun nicht so forsch mit den jungen Pferden, wir wollen die Sache nicht übertreiben, denn schließlich ist mit Daggi offensichtlich nichts passiert, sie wollte bestimmt nur alleine bleiben. Warum, das wird sie uns schon noch erklären.« Damit war das Thema Daggi für den heutigen Tag erledigt.

Margret nahm die Besichtigungstour wieder auf, sie wollten den beiden anderen ja noch mehr gräfliche Gebäude zeigen und ihre Neugierde befriedigen.

So wies sie zunächst auf die exklusive ›Gräfliche Schönheitsfarm‹ hin, die nur mit Produkten von Baboa arbeitete. Und was sie auch noch sehen sollten, waren das Café im Park und das rustikale Restaurant *Pferdestall*, in dem man bei romantischem Kerzenschein Köstlichkeiten genießen konnte. Ein Ambiente mit Flair.

Nach Beendigung der Besichtigung fragte Margret: »Na, seid ihr nun genug beeindruckt von all dem Schönen hier?«

*Bad Driburg, Reha Caspar-Heinrich-Klinik,
Dienstag, 8. März*

Kapitel 7

Der Höhepunkt des Karnevals war vorüber. Bestimmt konnte sich eine Reihe von Karnevalsjecken amüsieren, darunter sicher auch Reha-Patienten. Die große Sause war vorbei, der Alltag hatte alle wieder.

Am frühen Vormittag war in der Klinik wieder reger Betrieb, die Patienten liefen hin und her, wie das nun mal an Wochentagen so ist.

Zu ihnen gehörte auch Daggi. Ihr Therapieplan war reichlich gefüllt, die ausgefallenen Behandlungen des Vortages mussten nachgeholt werden. So wunderte sie sich gar nicht, bereits vor dem Frühstück ein beruhigendes medizinisches Bad genießen zu dürfen.

Allerdings konnte sie anschließend nicht lange frühstücken, denn die zweite Behandlung stand an, diesmal im Untergeschoss, wo auch die Kaltmooranwendungen vorgenommen wurden, und zwar Ergotherapie. Hier sollte sie aus Rattan einen Korb formen. Das sollte ihre sinnliche Wahrnehmung steigern, war aber auch eine psychologische Maßnahme – beruhigend und friedvoll. Sie freute sich schon auf die nächsten Termine.

Kurz darauf sah man sie zum Aufzug eilen, um pünktlich in der dritten Etage zur Arztvisite zu kommen.

»Hallo, Frau Dreyfuß, alles okay? Es dauert aber noch ein paar Minuten, Dr. Lange ruft Sie dann. Setzen sie sich solange auf den Stuhl da.« Krankenschwester Karin lächelte sie wie immer freundlich an.

Und Daggi setzte sich, wie immer in der letzten Zeit, in ›Hab-Acht-Stellung‹ hin. In diesen Momenten schossen ihr wieder die Gedanken nur so durch den Kopf. Was könnte sie mit ihrem Arzt besprechen, was nicht? Und warum hatte sie heute Morgen nicht die drei netten Frauen getroffen? Man lief sich doch sonst alle Augenblicke über den Weg, im Aufzug, auf den Fluren, in der Halle, im Zentrum … Sie würde sich gern mal in Ruhe mit ihnen treffen, sich endlich alles von der Seele reden. Ob sie heute Glück haben würde?

»Guten Morgen, Frau Dreyfuß, kommen Sie doch rein.« Dr. Lange riss sie abrupt aus ihren Gedanken, und sie zuckte richtig zusammen. Ihr Arzt registrierte es, sagte jedoch nichts. Daggi setzte sich auf den Besucherstuhl vor dem Schreibtisch, und Dr. Lange nahm hinter seinem Schreibtisch Platz. Seine saloppe Art half ihr, sich zu entspannen.

Der Arzt erkundigte sich nach ihrem Befinden, insbesondere nach ihren psychischen Beschwerden, ob ihre Behandlungen in Ordnung seien und ob sie ihre Medikamente vertrage. Während der Fragen betrachtete er Daggis Haltung und ihr Gesicht.

Er freute sich. »Ich muss sagen, Sie sehen heute auffallend ausgeglichen aus, wie erleichtert. Konnte Ihnen das verlängerte Wochenende dabei helfen?« Er suchte ihre Unterlagen und fand sie unter weiteren Krankenakten.

Daggi fühlte sich verpflichtet zu reden. »Ja, Herr Doktor, mir geht es heute tatsächlich besser, meine Panikattacken sind verschwunden. Endlich!« Sie musste tief durchatmen. Es tat ihr gut, über den argen Zwischenfall zu reden und sich über ihre heftigen Störungen mit dem Arzt auszutauschen.

Dr. Lange konnte die bedauernswerte Daggi wieder aufrichten, und es gab Gott sei Dank die ersten ermutigenden Erfolge.

Daggi wollte aber nun von ihm unbedingt erfahren, was mit der seltsamen Frau geschehen war, die sich vor einigen Tagen bei der gemeinsamen Therapie so unangenehm gezeigt hatte, und ob die Ärzte deren Störungen in den Griff bekommen hätten. Aufbrausend meinte sie, dass sie dieser Frau nicht mehr begegnen wolle.

Dr. Lange beschwichtigte sie. »Liebe Frau Dreyfuß, Sie können sich beruhigen, diese Patientin hat zwischenzeitlich unser Haus verlassen.« Er zögerte mit weiteren Aussagen, aber Daggi wollte unbedingt Näheres wissen. Also führte er weiter aus: »Wissen Sie, Frau Dreyfuß, die Frau, die Sie meinen, hat viel mehr und weitaus schwerere Probleme als Sie – sie verkraftet ihre Probleme leider in keinster Weise.«

Daggi spürte eine Gänsehaut am ganzen Körper. »Diese Frau hat erhebliche Schwierigkeiten und kann sie nicht verkraften?« Sie atmete tief durch. »Was hat die arme Frau denn?«

Diesmal schüttelte der Arzt den Kopf. »Das, was ich Ihnen bereits gesagt habe, Frau Dreyfuß, war bereits mehr, als ich Ihnen hätte sagen dürfen. Das habe ich nur getan, um Ihnen den entscheidenden Unterschied zwischen Ihnen beiden aufzuzeigen. Sie wissen doch, Ärzte müssen ihre Schweigepflicht einhalten.« Er brachte das Gespräch wieder auf den eigentlichen Punkt – Daggis Psyche und ihren kranken Bauch. Er schwörte sie darauf ein, ihre andauernden depressiven Störungen mit ihrem eigenen Willen anzugehen, ansonsten würde sie schnell in einer psychischen Finsternis landen, Angst und Panik wären dann ihre ständigen Begleiter.

»Aber so weit wird es bei Ihnen nicht kommen, Sie arbeiten ja toll mit. Machen Sie weiter so.« Wie immer wurden alle erforderlichen Untersuchungen gemacht. Danach fragte er: »Was halten Sie davon, eine Woche länger hier bei uns zu bleiben? Das würde Sie noch ein gutes Stück voranbringen.«

Es war Anfang der zweiten Woche. Margret, Jutta, Petra und Daggi hatten die erste Woche gut gemeistert. Sie kannten sich nun gut aus und wussten, wo die Räume für Behandlungen und Therapien waren und wohin sie zu den Arztvisiten gehen mussten. Bücher auszuleihen war kein Problem, außerdem half der Sozialdienst, wo er konnte. Hilfreich für alle Patienten war auch der Wasch- und Bügelraum. Und wenn jemand weitere Informationen brauchte, lagen dafür jede Menge Broschüren und anderes Informationsmaterial aus.

Daggi war happy – eine Unsicherheit weniger. Und so ging sie zielstrebig zum Qigong, einer chinesischen Heilmethode. Dort wartete eine angenehme Überraschung auf sie, denn unter den Mitpatienten sah sie die lustige Petra, die keinerlei Scheu hatte, mit den wartenden Menschen zu schwatzen und zu scherzen.

Beherzt, aber doch ein wenig unsicher klopfte sie Petra auf die Schulter. »Hallo, Petra!«

Petra war so verblüfft, dass ihr die Worte fehlten, selbstredend nur kurz.

»Mensch, Daggi, da bist du ja wieder – wie schön!« Sie legte ihr die Hände auf die Schultern. »Meine Güte, wo warst du nur die letzten Tage? Wir haben dich überall gesucht. Wir haben uns wirklich Sorgen um dich gemacht. Daggi, Daggi!« Die burschikose Petra war von Rührung überwältigt.

Sie konnten sich nicht weiter unterhalten, denn die Therapeutin tauchte auf und scheuchte sie alle auf. »Avanti, avanti, wir wollen doch was tun!« Sie eilte nach draußen an die frische Luft zu einem geschützten Rasenbereich. Und so durfte Daggi zum ersten Mal die beruhigende Wirkung des Qigong kennen lernen. Ihr tat es richtig gut, zur Ruhe zu kommen, was natürlich auch für die rappelige Petra galt.

Am frühen Mittag saßen Margret und Jutta nahezu allein im Speisesaal zum Mittagessen. Ihre Vormittagsbehandlungen waren erledigt, die nächsten begannen um dreizehn Uhr. Für Jutta stand Gruppengymnastik an, Margret freute sich auf eine Lymphdrainage. Sehr lange konnten die beiden das Essen nicht genießen.

Sie aßen noch schnell ihr Dessert, als die aufgeregte Petra heranflatterte.

»Huhu, ihr werdet aus dem Staunen nicht mehr rauskommen, wenn ich euch jetzt das Neueste berichte.« Sie ließ sich wie ein nasser Sack auf einen Stuhl fallen und schnaufte wie ein Walross.

»Und was gibt es so Sensationelles?«, fragte Jutta. »Bei uns gibt es außer unseren Behandlungen nichts Neues.«

»Aber bei mir«, sprudelte es aus Petra heraus, »ihr dürft ruhig gespannt sein.« Margret und Jutta waren aufgestanden, die Termine warteten.

»Daggi ist wieder da!« Sie sprach den Satz langsam und überdeutlich aus. »Sie hat mich gesehen, sie ist zu meiner Gruppentherapie gekommen. Ihr wisst schon – Qigong.«

Margret und Jutta waren nur wenig überrascht, etwas in der Art hatten sie schon erwartet. Sie nahmen ihre Stoffbeutel und hängten sie sich über die Schulter.

»Endlich«, freute sich Jutta, »unsere Sorgen haben sich damit aufgelöst, wir müssen uns nun keine Gedanken mehr um sie machen. Schön, sehr schön!« Sie klopfte Petra anerkennend auf die Schulter. Nicht nur Margret hatte praktische Ideen.

»Was meint ihr, wir arbeiten unsere Termine ab und dann …«, sie sah auf ihre Uhr, »sagen wir gegen sechzehn Uhr, wenn wir alle fertig sind, treffen wir uns in der Cafeteria. Wer Daggi zuerst sieht, sagt ihr Bescheid. Dann haben wir ausreichend Zeit zu planen. Okay? Los, Margret, wir müssen!«

Margret stimmte zu. »Jau, das machen wir so. Also dann, Petra, tschüüüüüss. Bleib brav.«

Petras Grummeln von wegen brav hörten sie zum Glück nicht mehr.

»Hier bin ich«, rief Petra ziemlich laut und wedelte mit den Armen. Sie hatte einen schönen Tisch an der großzügigen Fensterfront gefunden. Die drei Frauen kamen pünktlich und staunten, dass sie bereits vor ihnen im Café war. »Kommt, setzt euch. Ich hol schon mal für uns alle ein gesundes Säftchen.« Und schon war sie weg.

Jutta und Margret hatten zufällig im Aufzug Daggi getroffen, so konnten sie gemeinsam zum Café gehen.

»Wie schön, dass man sich wieder setzen kann.« Diesen Satz konnte sich Jutta nicht verkneifen, die anstrengende Termine hinter sich hatte.

»Auch ich musste heute quasi ohne Pause meine Termine abarbeiten«, meinte Daggi, die überraschend gut aussah. Voll belastbar war sie zwar noch nicht, aber auf einem guten Weg, gefasst und schwankungsfrei.

Alle freuten sich mit ihr, auch Petra, die gerade mit dem leckeren Saft zurückgekommen war. Sie goss jeder das Glas voll und wandte sich an Daggi. »Durftest du etwa die Therapien nachholen, die du gestern versäumt hast? Warum sonst dein Non-Stopp-Programm?«

»Ja, ganz genau, nachholen«, bestätigte Daggi.

»Dann konntest du ja auch keine Dummheiten machen«, rutschte es Petra raus, was schneller ausgesprochen als gedacht war. Jutta und Margret schwiegen zwar, aber ihre Blicke … Petra bemerkte das, verzog ihren Mund zu einem schiefen Lächeln und murmelte ein leises »Pardon«. Aber dem Himmel sei Dank, Daggi reagierte nicht darauf.

Heilfroh darüber plapperte Petra weiter und berichtete über die gemeinsame Qigong-Übung. Am frühen Nachmittag hatte sie noch genug Zeit gehabt, in der Bücherei Literatur zu Qigong zu finden. Das Ergebnis musste sie den anderen selbstverständlich mitteilen.

»Na, ihr, habe ich eben doch eine Menge ›stukadiert‹ zum Begriff Qigong, den kennt ihr ja sicher? Kennt ihr aber auch den dahintersteckenden Sinn?« Sie schaute die anderen frech an, kam einer Antwort jedoch zuvor, indem sie fortfuhr: »Also, Qigong ist eine ur-uralte chinesische Meditations-, Konzentrations- und Bewegungsform und hilft, Körper und Geist in Einklang zu halten.« Damit hatte sie das Interesse aller erregt.

Daggi fand das gut, hatte sie doch heute Morgen die beruhigende Wirkung des Qigong bereits selbst erfahren. Deshalb bat sie Petra, mehr darüber zu berichten.

Petra freute sich, ihre Kenntnisse weitergeben zu können. Auch wenn sie mit psychischen Vorgängen nicht viel Erfahrung hatte, gelang es ihr, einwandfreie Erklärungen zu geben. Sie zwirbelte voller Konzentration ihre Haare um den Zeigefinger und hatte die volle Aufmerksamkeit ihrer Zuhörerinnen.

»Es ist doch richtig, dass unsere geistige Verfassung auch Bewusstsein ist, das ist das Ich-Bewusstsein. Meditation hilft, das Ich freut sich. Die halbe Stunde hat Harmonie von Bewegung gezeigt, dazu richtiges Atmen und Denken. Lustig, ich und denken …« Ein bestätigendes Grinsen war die Antwort darauf, nichts anderes hatte Petra bezweckt.

Sie erklärte weiter. »In diesen Übungen gibt es dynamische Abfolgen, Ruhe – da muss ich mich mit meiner Quatscherei zurückhalten – und innere Konzentration. Könnt ihr euch das vorstellen? Ich und Konzentration? Aber üben, üben, üben …« Ernsthaft fuhr sie fort. »Ich hätte nicht geglaubt, dass solche Übungen bei mir funktionieren, ich bin ruhig damit geworden.«

Sie sah Daggi an und fragte: »Du hast das zum ersten Mal gemacht, hat es dir auch gut getan?« Daggi ließ sich dazu nur ein leises »Ja« entlocken.

Jutta, die wie Margret bisher nur zugehört hatte, fragte nach. »Seit wann gibt es dieses System in China und seit wann im Westen, zum Beispiel hier bei uns in Europa? Sehr lange kann das bestimmt noch nicht her sein.«

»Richtig«, bestätigte Petra und trank den Rest ihres

Saftes, »seit den 1950er Jahren erst. Es sollte hier und jetzt unterschiedliche Stile geben, etwas ganz Neues oder in Teilen neue Entwicklungen, was aber nach wie vor in der uralten Tradition begründet ist.«

»Das ist ja richtig informativ«, bemerkte Margret. »Qigong – seit ewigen Zeiten in China. Ganz spannend finde ich übrigens die Traditionelle Chinesische Heilkunde. Aber Kräuter aus China verwenden? Nein danke.«

Jutta griff Letzteres auf. »Das stimmt, das habe ich auch gelesen. Alle Produkte aus China sollen mehr oder weniger mit Schadstoffen belastet sein. So furchtbar gesund kann man das nicht nennen.« Ihr Lächeln verschwand. »Habt ihr auch gehört, was so alles hauptsächlich aus China kommt? Lebensmittel, Kleidung, Schuhe, Spielzeug, elektrische Geräte und, und, und.« Nun umspielte ein sarkastisches Lächeln ihre Lippen. »Chinesische Bauern arbeiten vornehmlich mit Chemie. Und habt ihr die Bilder aus den Großstädten gesehen? Autos, Autos, Autos und Fabriken, die ihre Abgase ohne Filter in die Luft pusten. Und bei Druckwetter – auch das ist dort dominant – liegen dichte Dunstglocken über den Städten, der reinste Smog. Da ist es schon Standard, dass die Menschen in den Zentren nur mit Mundschutz zu sehen sind. Mir ist leider nicht bekannt, ob es in China auch einen sogenannten Smog-Alarm gibt. Wie soll das bloß weitergehen in diesem riesigen Land?«

Natürlich waren Juttas Aussagen richtig, die drei anderen bestätigten das auch, und trotzdem war Margret von den chinesischen Heilverfahren einfach begeistert.

»Ich habt doch alle schon mal von der Traditionellen Chinesischen Medizin – kurz: TCM – gehört. Die

Chinesen arbeiten nicht nur mit Kräutern, Wurzeln oder sonst was, es gibt auch verschiedene Behandlungsarten, zum Beispiel Akupunktur oder Akupressur, die Menschen auch an sich selbst ausüben können, wenn sie die entsprechenden Techniken gelernt haben.«

Nun war es Margret, die in den Genuss der ungeteilten Aufmerksamkeit kam. Lächelnd erklärte sie ihre Betrachtungsweise näher. »Das Negative kennen wir ja, das ist kein Thema mehr. Aber das Positive überwiegt. Was alles in die chinesische Tradition gehört, das sind grundlegende Prinzipien: Mensch und Umwelt, Makro- und Mikrokosmos und die Polaritäten, also ständige Gegensätzlichkeiten. So haben sie ein ganz anderes Massagesystem als wir, das kennen wir hier gar nicht. Ebenso verfügen sie über für uns fremde Diagnose-Methoden. Und was ich persönlich sehr gut finde, ist die Verknüpfung zwischen der Naturheilkunde und der Ernährungsweise.«

Daggi warf ein, dass auch sie Naturheilverfahren sehr in Ordnung finde. »Wir müssen ja nicht unbedingt die alten Heilsysteme aus China, Indien oder Japan aufnehmen und in ihnen herumpfuschen, sondern sollten viel mehr unsere europäischen Verfahren anwenden. Ich habe mit chemischen Substanzen gearbeitet, ich kenne die Gefahren. Vorsicht!«

Jutta schaute zufrieden um sich. »Chinas Natur ist genauso stark wie ihre verdammte Chemie. Das ist meine persönliche Einstellung.«

Margret blieb bei ihrer Ansicht. »Das Pro und Kontra habe ich ja eben bereits angesprochen, Jutta, du erinnerst dich? Ich bin von dem sehr alten chinesischen System mehr als beeindruckt. Aber man muss ja nicht alles gut finden. Ich glaube, dass China irgendwann notgedrungen die Wende hin zur Natur schaffen wird. Und ihre bewundernswerten Naturwissenschaftler werden dann endlich ohne Giftstoffe arbeiten können. Wer weiß?«

»Aha, tatsächlich?« Jutta blickte gelassen drein. »Nichtsdestotrotz – auch ich kann mich an Gutes aus China erinnern. Tatsache ist, dass der Westen erst Mitte des neunzehnten Jahrhunderts zum ersten Mal Operationen unter Narkose vorgenommen hat. In China war das schon mehr als siebenhundert Jahre früher bei kleineren Eingriffen üblich, schmerzbetäubende Hilfen zu geben, man nannte es ›narkotisierende Suppen‹. Wie modern die damals schon waren!«

Erwartungsgemäß reagierte die liebe Petra als Erste. »Allerliebste Jutta! Dein Wissen mag ja durchaus in Ordnung sein, aber auch bei uns konnte man sicherlich vor Hunderten von Jahren so einiges ratzfatz abschnippeln, scharfe Messer hat es immer schon gegeben, irgendeine Betäubung auch. Das konnte eine Holzhammermethode sein oder irgendwelche pflanzlichen Substanzen, die die Kranken in das Land der Träume schickten. Ganz bestimmt!« Schalkhaft lächelte sie.

»So gesehen hat unsere Petra sicherlich recht. Gut, dass es heute keine Holzhammermethode mehr gibt«, meinte Daggi. »Die alten Chinesen waren mehr als klug und wollten ihr Wissen für sich behalten; deshalb haben sie ja auch die sogenannte Chinesische Mauer gebaut. Der große Nachteil war allerdings, dass dadurch auch kein weiteres Wissen nach China dringen konnte. Sie haben sich selbst isoliert und vom Fortschritt abgekoppelt. Im heutigen China verzichten viele Unternehmen auf eigene Ideen und Erfindungen, sie sind im wahrsten Sinne des Wortes Meister im Abkupfern, sie bauen alles nach, von dem sie sich gute Einnahmen versprechen. In Deutschland müssen sich Firmen über Rechtsanwälte wehren, um nicht durch schlechte Plagiate in Verruf zu kommen. Und das sind keine Malheurchen, sondern kriminelle Machenschaften – Diebstahl geistigen Eigentums.«

Die anderen waren doch sehr überrascht über Daggis engagierte und überzeugende Rede.

Wie schon zuvor beobachtete Margret Daggi verstohlen. Sie konnte ja richtig munter werden und ohne Schmerzen, Ärger oder sonst was aus sich herausgehen. Jedenfalls konnte sie im Moment an ihrem Gesicht und Körper nichts von alledem erkennen. Darüber freute sie sich. Wie würde es wohl mit ihr weitergehen?

»Ihr Lieben, ich meine, wir haben nun genug über Qigong und China geredet. Wir wollten hier gemeinsam planen. Also, wann treffen wir uns wieder? Was schlagt ihr vor?«

Sie stand auf, zog ihre wohlig warme Fleecejacke an und schlug selbst eine Möglichkeit vor.

»Ganz einfach, unsere liebe Tischbedienung könnte uns Früchtetee machen, und wir könnten unseren Treff in meinem Zimmerchen weitermachen. Davor sollten wir gemeinsam noch eine Runde in freier Natur drehen. Wir sollten uns endlich mal wieder ein bisschen bewegen. Nee, nee, was hatten wir doch für einen faulen Tag«, zwinkerte sie vergnügt.

Sie lief mit ihrem Vorschlag offene Türen ein, alle stimmten lächelnd zu, wussten sie doch sehr viel besser, dass sie sich den ganzen Tag über gut bewegt hatten. Lachend folgten sie Margret.

Die Vierergruppe saß vergnüglich in Margrets aufgeräumtem Appartement rund um den Wohnzimmertisch, auf dem eine schöne Kerze eine angenehme Atmosphäre verbreitete. Sie schlürften in kleinen Schlucken den heißen, leckeren Früchtetee. Ganz selbstverständlich hatte Frau Keil den Damen den gewünschten Tee zubereitet. Und obendrein hatte sie ihnen auch noch eine Schale mit Knabbereien und Keksen hingestellt.

»Ist sie nicht lieb, unsere Frau Keil?«, kommentierte Jutta diese Nettigkeit und musste auch gleich alles probieren.

»Kommt ja gar nicht in Frage, dass du alleine alles auffutterst, ich – und die anderen – wollen auch noch was davon.« Petra echauffierte sich künstlich und griff beherzt zu.

Sie schnabulierte noch, als sie grinsend meinte, dass sie dabei doch erhebliche Gewissensbisse hätte. »Nee, nee, alles geht auf die Hüfte, aber dafür radele ich morgen einen Kilometer länger – ganz klar.« Den letzten Satz sprach sie ganz leise, aber laut genug, dass alle es hören konnten: »Ich will es wenigstens versuchen …«

»So ist sie nun mal, unsere Petra«, meinte Margret, an Daggi gewandt, die noch nicht wusste, dass Petra für die lustigen Sachen zuständig war und versuchte, alle zum Lachen zu bringen. Aber Margret erklärte es ihr.

»Alles klar«, meinte Daggi und nahm auch einen Keks. »Petra, ich darf leider nur einen von den vielen futtern, sonst meckert mein Bauch. Tut mir leid. Ihr könnt ja ruhig weiter zugreifen.«

Die erste halbe Stunde ging erfreulich entspannt vorüber, selbst die oft so unsichere Daggi wurde davon angesteckt. Wie gut es ihr doch ging in diesem ungewöhnlichen Damen-Quartett. Und sie wurde regelrecht glücklich, als die anderen sie in ihre persönlichen Dinge einweihten. Sie stellten fest, dass alle vier eine Verlängerung des Reha-Aufenthaltes um eine Woche erhalten hatten, also noch drei gemeinsame Wochen in dieser Klinik. In dieser Zeit konnten sie sich über jede Menge Themen hermachen, ihr Wissen austauschen und auch heiße Eisen anpacken.

Dass es aber auch noch abenteuerlich, bewegt und dramatisch werden sollte, konnte in diesem Moment niemand ahnen.

Daggi indes verspürte an diesem Dienstagabend bei dem Treffen mit den drei anderen nach langer, langer Zeit endlich wieder Erleichterung und Zufriedenheit. Etwas, das ihr schon fremd geworden war. Das war offensichtlich mehr als nur eine gewöhnliche Einladung. Und so erzählte sie von ihren Problemen und ihrer Familie, zuerst etwas stockend, dann immer freier.

Mit klarer Stimme begann sie über ihr Leben zu sprechen. Zuerst von den drei Kindern, ihrem früheren Beruf und dem ihres Mannes, der leider schon länger arbeitslos war, und demzufolge von den vielen, vielen Schwierigkeiten zuhause. Es war ihr immer noch peinlich, über das zu sprechen, was sie am meisten bedrückte. Sie schloss die Augen, das Lächeln war verschwunden.

»Diese verdammten, verteufelten Scherereien!« Sie musste tief durchatmen. Die anderen unterbrachen sie nicht, sondern warteten geduldig ab. »Ja, und dann unsere

Ehe!« Sie schluckte und stand kurz vor dem Weinen.

»Hör mal, Daggilein«, kam Petra ihr zu Hilfe, »du hast doch noch einen Mann und Kinder, also eine komplette Familie, und ich bin allein und habe niemanden außer meiner Freundin.«

»So einfach ist das nicht.« Daggi schaute mit traurigen Augen auf. »Vor der Arbeitslosigkeit meines Mannes Alex war unsere Ehe harmonisch, auch unsere Kinder entwickelten sich erfreulich gut.« Wehmütig sah sie in die Ferne. »Früher konnte ich mit jedem über alles reden, wir hatten viel Spaß miteinander und jede Menge Freunde und gute Bekannte. Auch, na ja, die Beziehung, die große Liebe zwischen meinem Mann und mir ließ nichts zu wünschen übrig.«

Wieder schluckte sie trocken. »Und heute? Was ist davon geblieben? Heute lebt jeder nur noch für sich, jeder liegt allein in seinem Bett. Zärtlichkeit? Was ist das denn?« Eine leichte Röte stieg ihr ins Gesicht; sie wollte doch keine Intimitäten preisgeben. Aber in dieser Frauenrunde gab es keine Verklemmtheit, was sie überraschte. Sie empfand es als Erlösung, endlich, nach einer Ewigkeit, über ihre Ängste und Sorgen sprechen zu können.

Nachdem der Anfang geschafft war, konnte sie den drei Frauen nach und nach auch direkt in die Augen schauen.

Margrets Intuition, dass Daggi große Probleme haben müsste, hatte sich in vollem Umfang bestätigt. Die Arme steckte voller Schwierigkeiten, die sie alleine nicht mehr bewältigen konnte, war ohnmächtig und schwach. Da konnte es kaum ausbleiben, dass ihre Depressionen stetig anwuchsen. So gut ihre Ärzte auch waren, ihre Grundprobleme musste sie selbst lösen. Ob diese drei tatkräftigen Frauen Daggi helfen könnten? Daggi schien dankbar und bereit zu sein, ihre Probleme zu überwinden und die Wende zum Besseren zu finden.

Alle drei spürten das. Warmherzig sprach Margret sie an: »Danke, Daggi, dass du dich getraut hast, uns einen Blick in dein Gefühlsleben zu geben. Du, wir sind alle sehr berührt.«

Auch Jutta war dieser Meinung. »Es ist doch wirklich sehr schlimm, wie eine ganze Familie schuldlos und in kurzer Zeit durch äußere Einflüsse auseinanderbrechen kann. Wo bleibt da der soziale Zusammenhalt durch den Staat in dieser Situation?«

Nun meldete sich auch Petra wieder zu Wort. »Viele Arbeitslose, davon gibt es immer noch viel zu viele, haben große Probleme und Schicksalsfragen, und so ist es nur Kacke mit dem wenigen Geld. Wie soll man das bloß aushalten?« Sie nahm einen Schokokeks. »Hat man uns vor Jahren nicht das Blaue vom Himmel versprochen, wie gut es uns gehen sollte mit der Einführung des Euro und einem vereinten Europa? Alles werde besser! Und was ist heute? Wo sind denn all die Versprechungen geblieben?«

Begeistert von den Visionen der Politiker war keine der Frauen, sie stimmten Petra zu, die weiterwetterte. »Wie ihr wisst, bin ich selbstständig mit meinem Frisörladen und muss heute scharf rechnen, damit nach Abzug von Personal- und Sachkosten auch noch was für mich übrig bleibt. Wie schön und einfach war es doch mit unserer guten alten D-Mark. Das war was Gutes, ist heute aber nur noch Geschichte. Und heute, verdammt noch mal, steigen und steigen die Preise überall, und uns will man für doof verkaufen mit dem Hinweis, dass die Inflationsrate dieselbe sei wie vor der Euro-Einführung.«

Zornesröte stieg ihr ins Gesicht. »Pah! Wir wissen doch alle, dass der Umtauschkurs für Deutschland bei etwa 1:2 lag, der aber in der Praxis nur kurz Bestand hatte. Heute liegt das Verhältnis schon bei 1:1, und somit hat jeder theoretisch nur noch die Hälfte dessen zur Verfügung, was wir vor der Umstellung hatten. Ihr spürt es doch auch alle, was wir tatsächlich in unseren Geldbeuteln haben. Das sieht ganz be…scheiden aus! Ich spucke Gift und Galle, wenn ich einkaufen gehe und sehe, was ich für das Bisschen im Einkaufswagen bezahlen muss. Was kannst du heute noch für fünfzig Euro kriegen? Vorsichtig ausgedrückt, nicht mehr viel.«

Die energiegeladene Petra musste sich selbst zügeln, als ihr etwas Praktisches einfiel und sie lachen musste. »Thema Einkaufen – das wäre erledigt, wenn wir alle fasten würden. Dann hätten wir als Verbraucher ein großes Problem weniger, dafür hätten Hersteller und Erzeuger aber erhebliche Probleme.«

»Du, damit hätten wir sogar zwei Probleme weniger, na, was meinst du? Ich denke, dann gäbe es auch weniger Übergewichtige«, meinte Jutta kurz und bündig. Ihr verschmitztes Lächeln ebbte langsam ab, als sie Daggi ansah, die auffallend ruhig und bewegungslos dasaß. »Ach, Daggi, wir sind von deinem Thema ganz abgewichen, 'tschuldigung. Bitte berichte weiter, und wir schweigen.«

Petra sah das etwas anders, ein schlechtes Gewissen hatte sie nicht; das, was sie gesagt hatte, war nichts als die Realität. Doch damit hatte sie Daggi gestört und ihren Redefluss unterbrochen. Nach einem kurzen »Daggi, weiter im Text!« zwang sie sich zur Ruhe.

Darauf reagierte Daggi und setzte sich tatsächlich entspannt hin.

»Petras Einstellung zum Euro kann ich nur voll und ganz zustimmen. Wie viele Geschäfte und kleinere Betriebe waren durch den Wechsel benachteiligt, ja, sogar ruiniert. Bankrott! Zahlungsunfähig! Am Ende!« Sie machte eine Pause, nun wieder sehr ernst. »Und das musste Alex am eigenen Leib erfahren. Alex' Firma, damals ein gesundes Unternehmen, musste kürzer treten und dann sogar aufgeben. Alle Mitarbeiter wurden arbeitslos, natürlich Alex auch. Die ersten Wochen und Monate danach hatten weder Alex noch ich Sorgen, aber mit der Zeit und den vielen Gängen zum Arbeitsamt änderte sich das. Alex wurde schweigsam, gleichgültig, teilnahmslos, passiv, ohne jedes Interesse. Aber das erzählte ich ja bereits. Wie erheblich sich doch eine Familie mit dem Hintergrund Arbeitslosigkeit in kurzer Zeit negativ verändern kann, hätte ich früher nicht für möglich gehalten.« Sie schwieg gedankenverloren.

»Mensch, Daggi«, sagte Petra, »drei Kinder, wenig Geld und einen arbeitslosen Ehemann, da konnten deine Nerven ja nicht besser werden.«

»Klar, es fehlt vorne und hinten. Aber unser größtes Problem kennt ihr ja noch nicht.« Sie trank noch schnell einen Schluck Früchtetee, während die anderen sich überlegten, was denn da wohl noch kommen würde. Sie brauchten nicht lange zu warten.

»Wie schön wäre es, Geld im eigenen Keller drucken zu können, dann hätte man keine finanziellen Probleme. Jammerschade, dass das nicht geht. Tja, wie stolz und zufrieden waren wir, als unser eigenes Haus fertig wurde und wir einziehen konnten. Die Abzahlung war damals überhaupt kein Problem. Aber jetzt?«

»Mein Güte!« Jutta schaute Daggi ganz entsetzt an. Selbst Petra sah fassungslos aus. Dass Daggi es schwer hatte, ahnte Margret, aber dass es so schlimm sein würde, hätte sie denn doch nicht gedacht.

»Oh, Daggi, reicht es denn nicht allmählich mit deinen vielen negativen Dingen? So langsam können wir verstehen, dass du nicht so fit und munter bist wie wir.«

»Ich kenne doch nur noch Ärger, Nöte, Scherereien, das nimmt einfach kein Ende. Verdammte, verteufelte Jahre!« Bei diesen Worten stiegen Daggi die Tränen in die Augen. Sie legte die Hand auf ihren Bauch und verzog schmerzerfüllt das Gesicht.

Im Zimmer war es ruhig geworden. Wie furchtbar doch Daggis Leben verlaufen war. Die drei waren sehr ergriffen – wie gut, dass sie Daggi nicht gleichgültig begegnet waren. Nein, das wäre nicht gegangen.

Es war Jutta, die wieder anfing zu fragen: »Kannst du mir mal erklären, wie ihr alles finanziert, besonders euer Haus? In wenigen Jahren kann es ja noch nicht abbezahlt sein. Da kann ich mitreden, denn wir haben auch unsere eigenen vier Wände gebaut – wunderschön, aber dafür müssen wir auch viele, viele Jahre Tilgung und Zinsen zahlen.«

»Das kann ich dir sagen. In den ersten sechs oder sieben Jahre konnten wir unseren Verpflichtungen gut nachkommen, doch dann wurde – verdammt noch mal – Alex arbeitslos. Erschreckend schnell waren dann unsere geringen Rücklagen aufgebraucht. Unsere Mütter konnten uns hin und wieder ein wenig unterstützen, so haben sie für uns die nötigsten Lebensmittel besorgt oder auch einen Zuschuss zu Gas, Wasser und Strom gegeben. So hatten wir etwas Geld frei, um unseren Kindern endlich neue Schuhe kaufen konnten. Aber ihr wisst ja, Kinder wachsen so schnell … Tja, unsere Hypothek lastete schwer auf uns.«

»Ach du Scheiße«, rutschte es Petra heraus, »und dann?«

»Ja, Petra, wir liefen von Pontius zu Pilatus, aber alles brachte nichts ein. Unsere Sorgen und Ängste wurden von Tag zu Tag größer. Doch wider Erwarten kam uns dann die Bank etwas entgegen und gab uns ein Jahr Zahlungsaufschub. Aber was dann? Wenn wir keine Lösung finden, werden wir unser schönes Häuschen los und landen irgendwo in einer Sozialwohnung.«

»Und wieviel Zeit ist von dem einen Jahr noch übrig?«, wollte Margret wissen.

»Nicht mehr viel, noch drei Monate.« Daggi schaute die anderen traurig an und mit einem müden Lächeln meinte sie: »Wer weiß, vielleicht geschieht ja noch ein Wunder.«

»Aha, also noch ein Vierteljahr«, murmelte Margret vor sich hin und schien irgendetwas zu überlegen.

Jutta als Mutter halbwüchsiger Zwillinge hatte gleich praktische Fragen. »Dass deine Kinder nicht glücklich sind, hast du ja schon anklingen lassen. Kinder merken schnell, wenn das nötige Geld fehlt. Da kann ich mir auch nicht vorstellen, dass deine Teenies bereit sind, dir zu helfen oder Arbeiten abzunehmen. Hab ich recht?«

»Richtig. Mein kleiner Oliver ist ein lieber, aber trauriger Junge. Er orientiert sich an seinen Schwestern Sarah und Amelie, die zurzeit nur ätzend sind. Mädels im Alter von zwölf und vierzehn Jahren und in der Pubertät, mehr brauche ich dazu sicher nicht zu sagen. Über zwei Jahre erlebten unsere Kinder fast nur Negatives. Die ersten sechs bis sieben Monate waren unsere Töchter noch durchaus normal. Ich konnte mit ihnen spielen, reden, schmusen. Das war so wichtig in dieser schlimmen Zeit. Besonders Sarah brauchte den Mutterkontakt in ihrer Entwicklungsstufe. Der Übergang vom Mädchen zur Frau ist dann so dominant mit vielen Unsicherheiten und Fragen. Sarah heute? Ich bekomme nur noch freche, pampige und rotzige Kommentare. Und Sarah ist damit nicht alleine, ich höre von Amelie inzwischen die gleichen Töne.« Wie traurig hörte sich Daggi an, so hilflos, ohnmächtig und machtlos gegenüber ihrer Familie. »Ich schaffe das alles nicht mehr.«

Daggis Belastungen bedrückten die Frauen, Petra wollte allerdings noch mehr wissen. »Wissen deine Kinder, dass es dir bereits seit längerem nicht gut geht?«

»Kinder denken egoistisch, das ist ganz normal. Ihr habt auch Kinder, da müsstet ihr das ja auch kennen. Wenn Mütter plötzlich krank sind, können Kinder das sehen und leiden mit. Schleichende Entwicklungen oder psychische Erkrankungen der Eltern werden von den Kindern nicht erkannt, weil es nicht sichtbar ist. So ist das zumindest bei meinen Kindern. Schnupfen, Husten, Heiserkeit, das erleben die Kinder, aber Bauchweh und kranke Seele nicht, das ist zu abstrakt. Aber wenn die Mama irgendwann doch mal merkwürdig ist, dann kann sie nur spinnen. Und vierzehnjährige Weiber denken wirklich nur an sich.«

»Das Anecken mit pubertierenden Töchtern kennen wir doch alle«, bemerkte Margret, froh darüber, dass ihr Töchterchen erwachsen war.

Auch Petra hatte so ihre Erfahrungen gemacht. »Meine Paulina war damals gerade im Backfischalter, als ich die großen schweren Brocken meistern musste. Ihr wisst ja – mein Mann und die blöden Geschichten. Ich hatte wenig Zeit, ihr zu helfen. Schlimm fürs eigene Kind. Aber ich hatte einen großen Vorteil, dass meine Freundin Anne immer zur Stelle war, wenn sie gebraucht wurde. Sie konnte es gut mit Paulina, war geduldig und aufmerksam. Daggi, hast du denn niemanden, der sich zumindest um deine Kinder kümmern könnte? Du warst doch krank und hattest Schmerzen, dazu noch die Aufenthalte im Krankenhaus und hier in der Reha. Wie ist es, vielleicht eine Freundin oder deine Eltern oder Schwiegereltern? Du siehst so furchtbar ausgelaugt aus, mit den Nerven runter.« Das waren die harten Tatsachen.

»Klar halfen immer noch meine Mutter und meine Schwiegermutter, mein Vater und auch mein Schwiegervater leben nicht mehr. Sie kamen abwechselnd, als ich im Krankenhaus war, zu uns und halfen, so gut es ging, allerdings nur vormittags. Sie räumten auf, saugten, kochten und erledigten diverse Kleinigkeiten. Das war wirklich sehr lieb. Ich kann es verstehen, dass sie nur bis zum Mittag Kraft haben, denn beide sind wie ich schon länger nicht mehr besonders gesund. Während meiner Reha-Zeit kommt zusätzlich noch meine Freundin Kerstin für mehrere Stunden ins Haus, aber leider geht es nicht täglich.«

»Hast du denn außer Kerstin niemanden mehr, der euch helfen könnte? Du musst doch noch andere Freunde haben!« Jutta litt richtig mit.

»*Gute Freunde?* In dieser Zeit musste ich schmerzlich

erfahren, was wirkliche Freundschaft ist. Vor zwei Jahren, als bei uns noch alles in Ordnung war, hatten wir einen großen Stamm sogenannter Freunde. Aber jetzt? Weg sind sie, und ich bin froh, dass wenigstens Kerstin sich als wahre Freundin erwiesen hat. Das ist sicher so ähnlich wie mit deiner Anne, Petra.«

Margret atmete tief durch und schüttelte den Kopf. »Mensch, Daggi, das hört sich ja alles haarsträubend an. Deine folgenschwere Geschichte kann aber noch nicht zu Ende sein, ich kann mir das zumindest nicht vorstellen. Und deine Kids zum Beispiel sind nicht immer unter Kontrolle. Kluge Kinder haben auch viel Fantasie und suchen ihre Grenzen. Das könnte hin und wieder gefährlich werden. Ich denke da an meine eigenen Kinder. Ständige Machtproben, Kräftemessen, Schauspielerei. Gott sei Dank gab es außer ein paar kleinen Fischen, die uns bekannt wurden, nichts besonders Schwerwiegendes. Daggi, wie ist es jetzt bei dir zuhause?« Sie stand auf, holte die zweite Thermoskanne mit Früchtetee und füllte allen die Tassen noch mal auf.

Daggi freute sich über den neuen, heißen Tee. Nach ein paar kleineren Schlückchen fuhr sie fort: »Ihr wisst, dass es mit Kindern nicht immer eitel Sonnenschein ist, es gibt für alle Eltern auch viel Schatten. Bei unserem Jüngsten, Oliver, ist Mopsen noch kein Thema, obwohl unsere Kinder nur wenig Taschengeld bekommen. Bei unserem wenigen Geld hätten wir eigentlich den Kindern gar nichts geben können. Umso mehr müssen sie lernen, damit auszukommen. Ich finde das auch richtig, dafür stecken wir gerne zurück. Unser Junge kaufte sich seine wichtigen Schulhefte gern selbst, aber auch mal ab und zu Süßigkeiten. Dann hatte er garantiert kein Geld mehr. Daher staunte er nicht schlecht, dass seine Schwestern mit so wenig Geld so viele Naschereien hatten. Sie hatten es nicht von Dritten geschenkt bekommen. Unsere Weibsen konnten das alles gar nicht ehrlich erworben haben. Wieder armer Oliver! Wie raffiniert so kleine Mädchen doch sein können, da komme ich aus dem Staunen gar nicht mehr raus.«

»Jetzt werde ich aber mehr als neugierig, da kann doch nur was Schlechtes dahinterstecken?«

»Petra, ganz genau, hört zu! Meine cleveren Töchter bummelten immer öfter in der Kölner City, auch um sich einfach die benötigten Schulhefte zu ›besorgen‹. Das mussten sie schon mehrfach gemacht haben, keiner merkte was – also machten sie weiter mit ihrer ›Geschäftsidee‹. Es ging ja so einfach in den Selbstbedienungsgeschäften, eine lenkte das Personal ab, und die andere ›bediente‹ sich. Ihr eigenes, weniges Geld wollten sie sparen – eine tolle Idee. Und weil es mit der Klauerei so gut geklappt hatte, konnte man doch durchaus auch was Größeres in Angriff nehmen.«

Jutta rief: »Töchter! Immer diese Weiber! Man muss ständig auf sie aufpassen. Aber du konntest sicher nicht ständig auf sie aufpassen, deine Töchter waren flügge und dir ging es die ganze Zeit schlecht. Aber auch eine kranke Mutter merkt doch, wenn Kinder anders reagieren als sonst. Wann kamst du darauf, was deine Töchter machten?«

Daggi schaute Jutta direkt an. »Ich weiß nicht, wie oft unsere Töchter die eigentlich nicht so teuren Schulhefte klauten, drei oder vier Mal? Irgendwann, als es mir wieder einigermaßen gut ging, sprach ich meine Mädels an. Sie kramten gerade in ihren Schulsachen, um die Hausaufgaben zu erledigen. Ich sah jede Menge teure Hefte mit den verrücktesten Bildern, schaute sie durch und staunte nicht schlecht, was Sarah und Amelie sonst noch so alles besaßen. Auch Bleistifte, Spitzer, Radiergummi und noch anderen Kram – alles aber nicht etwa normale, preiswerte Sachen, sondern teure, bunte und supertolle Sachen, extra für Mädchen. Ich regte mich furchtbar auf. Mensch, verdammt, warum gibt man so viel Geld für solch sinnlose Sachen aus? Wie naiv und blauäugig ich doch war! Ich fragte beide, wie sie solch teure Sachen kaufen konnten. Richtig schnippisch behaupteten sie, dass ihre Freundinnen ihnen alles geschenkt hätten, provozierend schauten sie mich dabei an. Meine Große grinste immer noch unverschämt, während meine Kleine den Kopf senkte – leicht vor sich hin lächelnd. Wie blöd ich doch damals war, ich fand zwar alles sonderbar, aber akzeptierte ihre Erklärungen.«

»Wie ging es weiter?«, fragte Margret, als Daggi nicht mehr weitersprach.

»Ja, ja, meine Töchter! Natürlich hatten beide Freundinnen, aber ob die ihnen das alles geschenkt hatten? Nach den ersten kleineren Klauereien wurden sie mutiger, alles prima, also weiter, und bedienten sich mit immer größeren Teilen wie schicken Jeans und supermodernen T-Shirts. Oh, wie clever die beiden waren, teure Hosen mit elektronischer Diebstahlssicherung wurden zwar anprobiert, besorgt wurden aber nur Jeans, die preisreduziert und ohne Sicherung waren. So konnte doch gar nichts passieren. Wie schlau! Ja, sie waren richtig gerissen, denn sie versteckten die neuen Sachen erst gar nicht in ihren Rucksäcken, sondern zogen die neuen Sachen über die alten – das fiel nicht auf.«

Die drei Frauen staunten nur so über Daggis Geschichte, die ihnen dankbar war, endlich alles beichten zu können.

»Stellt euch das doch nur mal plastisch vor, sie suchten sich ganz gezielt einige Klamotten aus, schlenderten unauffällig in die Umkleidekabinen und zogen sich dort die neuen Sachen an.«

Margret versuchte, die erhitzte und aufgeregte Daggi zu beruhigen.

»Daggi, bis jetzt ist ja noch nichts furchtbar Schlimmes passiert – so sind nun mal Kinder! Jammerschade, dass deine Mädels nicht beim Schulsachenklauen erwischt worden sind. So war es dann doch einfach Pflicht, mit ihrer tollen Arbeit weiterzumachen. Sie wollten doch sicher unbedingt wie ihre Mitschülerinnen tolle Klamotten und andere schicke Dinge haben, hatten aber zu wenig Geld dafür. Kinder in diesem Alter sind sehr erfindungsreich. Deine Mädels stehen mit ihren ›Untaten‹ bestimmt nicht alleine da.«

Lächelnd erinnerte sich Margret an ihre eigene Mädchenzeit. »Übrigens, ich war damals wie meine Freundin dreizehn Jahre alt, da galt das Klauen von Heften, Schreiberlingen und anderem Kram als Mutprobe. Wir beide konnten das sehr gut, Gott sei Dank hat uns keiner erwischt. Meinen Eltern habe ich das erst gebeichtet, als ich mein erstes Kind geboren hatte. Also, Daggi, eine richtige Diebin bin ich wahrlich nicht. Kinder suchen dieses prickelnde Gefühl beim Klauen. Reg dich nicht auf!«

Jutta und Petra hatten von den gleichen Erlebnissen zu

berichten, und alle drei Langfinger grinsten wie ein übergelaufener Dreckeimer.

»Nee, nee, nee, so harmlos waren die Klauereien meiner Kinder nun doch nicht«, Daggi ließ sich nicht so einfach besänftigen. »Mit den teuren Klamotten waren es doch schon größere Delikte, und ich meine, dass eine Bestrafung unbedingt nötig ist. Trotz meiner persönlichen Probleme merkte ich, dass meine Zweifel von Tag zu Tag größer wurden. Wenn ich sie aber zu ihren neuen Sachen fragte, konnten beide perfekt lügen, alles hätten sie von Mitschülern oder Bekannten erhalten. Wie hätte ich das überprüfen können, ohne sie möglicherweise bloßzustellen? Ich als Versagerin? Und mein Mann? Er lebte in einer anderen Welt.«

Alle drei machten sich nun doch Sorgen wegen Daggis Bericht.

»Wie alt waren deine Mädels, als sie mit dem Klauen anfingen?«, fragte Jutta ruhig, »waren sie da bereits vierzehn Jahre alt?«

»Sarah war dreizehn, also noch strafunmündig.«

»Dann haben deine Töchter, insbesondere Sarah, ja noch Glück gehabt. Und wurden sie erwischt?« Jutta war neugierig.

»Natürlich konnte das nicht gut gehen«, regte sich Daggi auf, »sie wurden beide ertappt. Endlich, endlich!«

Nun schaltete sich auch Petra ein. »Dann interessiert es mich aber, wie das geschehen konnte. Die neuen Sachen, die sie angezogen hatten, konnte doch sicher keiner erkennen?«

»Ja, liebe Petra«, Daggi lächelte nun böse und hämisch, »so ganz perfekt waren meine Weiber, besonders Amelie, dann doch nicht.«

»Mann, jetzt erzähl doch endlich, was deine Amelie denn da angestellt hatte.« Jutta drängte auf eine eindeutige Antwort.

»Beide mussten beim letzten Mal reichlich nervös gewesen sein, und meine aufgeregte Amelie beging einen dämlichen Kardinalfehler. Sie hatte vergessen, das Preisschild von dem geklauten T-Shirt zu entfernen, was nun wunderschön unter ihrem ganz dünnen Pullover bestens zu sehen war. Das hatte eine ältere Verkäuferin gesehen und die beiden sofort festgehalten. Der Warenhausdetektiv war im Nu da und nahm sie kurzerhand mit in sein Büro. Eine Kollegin brachte die Mädels in einen Nebenraum und ließ Amelie erst den oft gewaschenen Pullover, dann das T-Shirt ausziehen. Dann durfte sie ihren Pullover wieder anziehen. Aber die Geschichte ging noch weiter. Ihre alte Jeans ließ sich nicht mehr ganz mit dem Reißverschluss schließen, so dass auch noch die geklaute Jeans darunter sichtbar wurde, was die Warenhausangestellte sofort erkannt hatte. Und Amelies Gang war durch die übereinander angezogenen Hosen etwas ungelenk, als ob sie die Hosen voll hätte.

Riesenpech hatte dadurch ihre Schwester Sarah, weil die verängstigte Amelie sie ständig seltsam auffällig ansah. So wurde die Mitarbeiterin misstrauisch und bat Sarah, sie sollte doch ebenfalls ihre Sachen ablegen. Und so wurden auch die von ihr geklauten Sachen sichtbar. Und das war immer noch nicht das Ende, denn bei der Untersuchung ihrer Rucksäcke wurden noch jede Menge geklauter Kleinigkeiten gefunden.

Anschließend nahm der Detektiv ein kurzes Protokoll

auf, unsere Töchter mussten die Dienstnummer ihres Vaters angeben, natürlich den Taxi-Zentralruf, dann rief er Alex an, ich war ja bereits im Krankenhaus. Mein verdatterter Mann musste sich jetzt allein um alles kümmern. Er fuhr ins Kaufhaus, hörte sich den Bericht des Detektivs an und musste anschließend das Protokoll unterschreiben. Meinen Mädels wurde dann Hausverbot erteilt.

Der Haussheriff muss allem Anschein nach einen schlechten Tag oder einfach Magenschmerzen gehabt haben, denn so, wie Alex mir das am Telefon geschildert hatte, muss er übel gelaunt gewesen sein, denn er musste unbedingt noch die Polizei hinzuziehen. Tja, da müssen die armen Polizisten, die ziemlich schnell gekommen sind, bestimmt nur in saure Mienen geschaut haben. Ja, und Alex war nach dem Telefonieren zornig auf den kleinen Sheriff.«

»Nun sag bloß noch, der hat deinen Mann über die Taxi-Zentrale angerufen und für alle hörbar brühwarm berichtet, was eure Kinder angestellt hatten?«, fragte Jutta ganz entsetzt.

»Ganz so schlimm war es denn doch nicht, der Warenhausdetektiv ließ ihm nur über die Zentrale ausrichten, er möge doch unsere Kinder im Kaufhaus abholen. Das muss Alex offensichtlich ziemlich peinlich gewesen sein. Das bedeutete nichts Gutes! Nach seinem letzten Fahrgast fuhr er schnurstracks zu diesem Kaufhaus und suchte den Haussheriff auf. Und da standen sie nun, die bedröppelten armen Sünderlein, der mürrische Hausdetektiv und ein verärgerter Vater, und hörten zu, was die Polizisten zu sagen hatten.« Sie schüttelte wiederholt ihren Kopf. »Das muss eine ganz blöde Situation gewesen sein. Eigentlich schade, dass ich die aufschlussreichen Gesichter unserer Mädels nicht sehen konnte.« Früchtetee mochte Daggi nicht mehr – die Fruchtsäure und ihr Magen – auch die leckeren Kekse waren nicht so gut für sie.

Da Margret sie beobachtete, versuchte Daggi zu lächeln, was ihr jedoch misslang; es sah ziemlich gequält aus. Margret richtete ihren Blick auf Jutta und Petra, sie waren sich auch ohne Worte einig, dass Daggi schon länger Schwierigkeiten haben musste. Daggi brauchte unbedingt Hilfe und Aufmunterung. Alle drei wollten ihr nicht nur mental, sondern auch aus dem Bauch heraus helfen. Sie waren sich ganz sicher, ihr nützlich sein zu können. Da keine redete, machte sich für den Moment Stille breit.

Es war Jutta, die die Stille durchbrach. »Sag mal, Daggi, deine Mädels waren doch noch nicht vierzehn Jahre alt?«

Dagmar bestätigte das. »Oli ist zehn, Amelie zwölf und Sarah, wie gesagt, *wird* erst vierzehn.«

»Na also, dann passiert doch nichts Besonderes, vielleicht eine Ermahnung oder Verwarnung durch die Kripo. Deshalb, Daggi, bleibe ruhig, reg dich bloß nicht auf, denn du brauchst unbedingt Ruhe.«

Margret und Petra mischten sich nicht in das Zwiegespräch ein, hörten nur aufmerksam zu – Jutta machte das schon richtig gut.

Daggis Gehirn arbeitete auf Hochtouren. Sie war so konzentriert, dass sie gar nicht merkte, wie Jutta ihr ein Glas Wasser reichte. Ganz automatisch trank sie ein paar Schlucke und wandte sich wieder Jutta zu.

»Deine Auffassung ist ganz richtig, denn die beiden Polizisten meinten, dass die Mädels auf jeden Fall mit ihren Eltern einen Termin bei der Kripo vereinbaren sollten, um sich über die Rechtsfolgen bei Diebstählen aufklären zu lassen. Und wenn Sarah über vierzehn gewesen wäre, hätte sie unbestreitbar mit einer Bestrafung rechnen müssen.«

An Daggis Gesichtszügen konnte man, wie schon oft, ihre innere Aufregung ablesen. Sie musste einfach auf Juttas gut gemeinten Hinweis reagieren. »Verdammt noch mal! Diese verflixten Töchter! Bestraft werden können sie zwar noch nicht, aber sie sollten schon durch die Kripo einen Schuss vor den Bug bekommen, dass ihnen der Spaß am Klauen ein für alle Mal vergeht und sie sehen, dass ihr blödes Verhalten nicht toleriert werden kann.«

Ja, Amelie und Sarah hatten die längste Zeit Spaß am Klauen gehabt, nun mussten sie merken, dass sie nur Mist gebaut hatten. Ein Kavaliersdelikt war Diebstahl nun mal nicht. Die zwei Diebinnen hatten dann auch ein ziemlich angeschlagenes Nervenkostüm, sie waren regelrecht groggy. Vater Alex war über all das furchtbar verärgert, aber auch ratlos. Wie durcheinander war Daggi dagegen, als Alex sie im Krankenhaus anrief und alles berichtete. Sie war maßlos enttäuscht und außer sich, auch weil sie sich in letzter Zeit nicht genügend mit ihren Kindern hatte befassen können. Ihr Stationsarzt hatte große Mühe, seine angeschlagene Patientin wieder zu beruhigen.

Das war Daggis traurige und ungute Geschichte – geballte Schwierigkeiten. Keine vernünftige Arbeit für Alex, Hilflosigkeit, Dilemma, Krisen, Scherereien, Ärger – und dann noch diese ewigen Bauchkrämpfe. Das waren Daggis Probleme, die sie nicht mehr beherrschen konnte.

Aber hier in der guten Reha-Klinik sollte es ihr wenigstens in kleinen Schritten besser gehen, ihr betreuender

Arzt half ihr nach Kräften. Aber eine genauso prima Hilfe war der agile Vier-Frauen-Treff. Sie war mit dem gemeinsamen Abend ganz und gar zufrieden, sogar glücklich und – große Überraschung – ohne Bauchweh, was auch die drei Frauen bemerkten.

*Bad Driburg, Reha Caspar-Heinrich-Klinik,
Freitag, 11. März*

Kapitel 8

»Sag, was du willst, Margret, unserer Daggi geht es wieder mies. Und, Petra, du bist so auffällig ruhig, was denkst du denn?« Jutta reichte der grübelnden Petra frischen Frühstückskaffee.

An diesem Freitagmorgen durften die drei genießerisch und lange frühstücken, die Behandlungen begannen erst später. Doch so richtig genießen konnten sie das Frühstück nicht. Meine Güte, ob denn schon wieder etwas mit Daggi war?

Margret versuchte, die beiden zu beruhigen. »Der Dienstag war doch wunderschön, wir alle waren froh gestimmt, besonders Daggi.« Sie biss in ihr Brötchen, kaute genussvoll und meinte dann: »Auch am Mittwoch war bei uns alles okay. Alle vier haben wir unsere vielen Behandlungen erledigt, auch wenn wir echt arbeiten mussten. Und am Abend haben wir alle nach dem Essen noch den Bastelkurs besucht – eine schöne Ablenkung. Daggi schien richtig frei und gelöst zu sein.«

Sie schaute Jutta und Petra an, deren Gesichter immer noch in Sorgenfalten gelegt waren. Margret war auch nicht bedenkenfrei, aber trotz allem wollte sie positiv denken.

»Mensch, ihr Lieben, der Mittwoch war bis jetzt unser entspanntester Tag. Nach dem Bastelkurs, als wir uns verabschiedeten, war es nicht Daggi, die ganz aus dem Häuschen war?«

»Musst du dich heute Morgen selbst beruhigen?«, provozierte Jutta sie. »Sei doch ganz ehrlich, ja, der Mittwoch war so, wie wir uns das vorgestellt hatten. Und wie lief der Donnerstag? Also gut, gestern Vormittag sahen wir unsere Daggi noch, wie sie in Richtung Sportzentrum ging. Und, Margret, wir alle konnten erkennen, dass sie schon wieder unruhig und genervt aussah. Das kannst du nicht abstreiten, das haben wir alle gesehen. Allerdings war sie weit weg von uns, da hatten wir keine Gelegenheit, mit ihr zu reden.«

Nach ein paar Schlucken Kaffee sprach sie weiter: »Wir haben doch alle ab dem Mittag die ganze Zeit Daggi gesucht, konnten sie aber nicht finden. Ich finde das krass. Dass Daggi immer noch und bestimmt auch noch länger labil bleibt und negativ eingestellt ist, wissen wir alle drei. Es war für sie verdammt schwer, über ihre nicht leicht zu lösenden Probleme zu reden. Ich hätte bei ihrer Beichte Rotz und Wasser heulen können.«

Jutta schüttelte den Kopf. »Ich habe den Eindruck, dass Daggi unter einer Bedrohung leidet, dass sie irgendeine Gefahr auf sich zukommen sieht.«

Die für ihre Verhältnisse ungewöhnlich stille Petra schaltete sich ganz ernsthaft in das Gespräch ein. »Ja, Jutta, du hast recht. Ich glaube, Daggi muss etwas passiert sein. Wieder Bauchschmerzen? Neue Katastrophen? Liebe Margret, du bist doch das Wesen mit der scharfen Beobachtungsgabe, also bleibe auch auf dem Teppich, bleibe Realistin.«

Petra hatte reiflich überlegt und bezog die anderen mit ein. »Gut, gut, wir müssen jetzt fein überlegen, wie wir Daggi helfen können. Damit haben wir ja bereits

Erfahrungen gesammelt. Manno, mit Daggi haben wir nie Langeweile.«

Bei ihren letzten Worten musste sie nun doch grinsen. Klar, dass Jutta und Margret nicht umhin konnten, auch zu schmunzeln.

»Ach, ihr Lieben, ihr habt die richtige Einstellung. So, wie ich es meinte, muss es wirklich ein Wunschtraum gewesen sein. Sie eckt offenkundig schon wieder an. Was sie hat? Keine Ahnung! Aber wir arbeiten ja daran.« Margret meldete sich wieder zurück.

Schließlich kramten sie ihre Terminpläne hervor, um nachzuschauen, welche Behandlungen heute noch anstanden.

Jutta hatte um neun Uhr Einzelgymnastik und wollte auch dahin gehen, auf alles andere könnte sie aber verzichten. Margret ging es ähnlich, ab neun Uhr Lymphdrainage, Hochvolt-Therapie und Kaltmoor könnte sie streichen. Petra wollte nur ihr wichtiges Radeln nicht absagen.

Ab 9.30 Uhr wollten sie sich wieder treffen und gleich darauf mit ihren Recherchen beginnen. Aber die halbe Stunde, die normalerweise schnell herumging, zog und zog sich diesmal für die drei … Schließlich saßen sie an einem großen Tisch in der Cafeteria und überlegten, was sie tun sollten.

Um sie herum waren an diesem frühen Vormittag nur wenige Menschen, die Zeit hatten, da keine Therapietermine anstanden. Manche tranken Kaffee oder Tee, andere besorgten sich eine Tageszeitung oder eine Zeitschrift und einige genossen nur eine schöne Atempause vor den nächsten Behandlungen und plauderten locker miteinander.

All das registrierten Margret, Jutta und Petra allerdings nicht, sie hörten auch nicht die Musik, die leise aus den Lautsprecherboxen zu ihnen herüberwehte. Die drei Frauen trugen zusammen, was sie wussten, und überlegten hin und her, wie sie vorgehen sollten.

»Also, hopp, hopp!«, kommandierte die dominante Margret, »stehen wir auf und suchen unsere Daggi.« Trotz der Sorgen um Daggi fühlten sich Jutta und Petra verpflichtet, sich über diesen Befehl zu amüsieren.

Dass es Daggi gar nicht gut gehen konnte, war ihnen allen klar. Jutta hatte bei ihrer Einzelgymnastik mit ihrer Therapeutin Nina Storm über Daggi gesprochen, die Daggi gestern Vormittag behandelt hatte und wusste, dass sie zu dem ›Frauen-Quartett‹ gehörte. Und sie hatte beobachtet, dass Daggi sehr schlecht aussah. Infolgedessen wussten sie nun, dass Daggi wieder furchtbare Bauchschmerzen haben musste.

Es war logisch, dass sie zuerst schauten, ob Daggi vielleicht auf ihrem Zimmer war. Aber da war nichts von ihr zu hören. Wo sollten sie nun mit ihrer Suche anfangen? Langsam schlenderten sie weiter bis zum Schwesternzimmer und trafen dort die Stationsschwester Karin.

»Ach, Schwester Karin«, fragte Petra, »wissen Sie, wo wir Frau Dreyfuß finden könnten? Wir wollten sie besuchen, wissen aber, dass sie nicht so fit ist. Müssen wir uns Sorgen machen?«

»Klar weiß ich Bescheid«, antwortete sie lächelnd, »ihr war es übel, erst legte sie sich auf ihr Bett, aber dann brauchte sie frische Luft. Frischluft-Schnaufen ist immer gut!«

Sie bedankten sich und gingen weiter. Vor dem

Aufzug trafen sie auf einige Mitpatienten, die Daggis Zimmernachbarn waren und auch mit ihr an einem Tisch im Speisesaal saßen.

Dabei war auch Herr Grauer, der die drei Damen freundlich begrüßte und einen guten Draht zu Daggi hatte. Auch er berichtete ihnen, dass es Daggi gar nicht gut gehe. Seinen Stoffbeutel mit dem Badekram hatte er sich um den Hals gehängt, denn wie Margret und Jutta musste er mit zwei Stöcken laufen.

»Die arme Frau Dreyfuß, sie sah gestern beim Frühstück – verzeihen Sie – wie ausgekotzt aus, der Ausdruck passt aber genau. Außer einem undefinierbaren Tee und einem Bissen Toast hat sie nichts zu sich genommen. Beim Mittagessen war sie nur ganz kurz da und hat sich bei der eifrigen Bedienung abgemeldet – für den Rest des Tages und für heute.«

»Aha«, wunderte sich Petra, »wenn es ihr so schlecht geht, müsste sie eigentlich doch im Bett bleiben, oder?« Margret und Jutta nickten bestätigend, als sich endlich die Fahrstuhltür öffnete und alle einstiegen.

»Ich war gestern Nachmittag richtig verdutzt«, erzählte Herr Grauer weiter, »als ich meine Nachbarin sah, die sich ihren Anorak angezogen hatte und nach draußen stürmte. Wissen Sie, ich wollte mir nach dem Mittagessen in unserer Cafeteria einen heißen Cappuccino gönnen und sah dabei zufällig Frau Dreyfuß. Ich weiß nicht, wie ich es erklären soll, sie lief an allen quasi mit Scheuklappen vorbei, sah weder nach rechts noch nach links, mich hat sie auch nicht erkannt. Ich konnte nur noch sehen, wie fahrig und … ja, geistesabwesend sie aussah. Und ihr Gesicht sah aus, als ob sie in einen supersauren Apfel gebissen hätte und kurz vor dem Heulen stand. Die arme Frau!«

Herrn Grauer fiel plötzlich noch was ein. »Ich wunderte mich noch über sie, denn auch gestern regnete es ja Bindfäden. Dass Frau Dreyfuß trotz ihrer Erkrankung oder gerade deshalb mal frische Luft brauchte, obwohl es draußen wirklich ungemütlich war, fand ich noch in Ordnung, aber nicht, dass sie bei diesem Schietwetter in einfachen Sandalen unterwegs war. Sie lief durch den Park zum Wald, bis ich sie nicht mehr sehen konnte …« Offensichtlich war er ins Grübeln geraten, denn er verstummte.

Die Aufzugstür öffnete sich im Erdgeschoss, die Menschen verließen nacheinander den Aufzug. Herr Grauer grüßte mit hoch erhobenem Stock und hatte Glück, dass er damit niemanden getroffen hatte. Er meinte nur: »Bis später!«

»Mensch Meier«, Petra war ziemlich aufgeregt, »nun wissen wir endlich, wo Daggi abgeblieben ist. Los, die Suche kann beginnen.« Dass sie noch gar keine zweckmäßige Kleidung für draußen anhatten, vergaß sie in ihrer Aufregung.

»Nun warte doch mal, Petra! Stopp!« Margret klopfte ihr vorsichtig mit einem Stock ans Bein. »Zunächst müssen wir erst einmal überlegen, wie wir vorgehen wollen. Wir wissen ja noch überhaupt nicht, wie lange und schwierig unsere Suche sein könnte. Denk dran, Petra, du bist gut zu Fuß, aber Jutta und ich nicht, wir müssen an unsere Knochen denken – höchstens ein etwas schnelleres Humpeln. Und …«

Jutta bremste Margrets Rede. »He, du kannst mit deinen Helferlein doch ganz gut gehen, sei ehrlich! Und ich darf meine Beine zu meiner Freude wieder voll belasten. Also können wir drei doch ganz gut gehen. Punktum! Kein Thema mehr!« Bei ihren letzten Worten zeigte sie ein breites Grinsen.

»Na gut.« Margret war von Juttas Neuigkeiten echt angetan. »Glückwunsch, liebe Jutta, jetzt sind wir beide paradiesisch fit.« Sie wandte sich Petra zu. »Jetzt kannst du mal sehen, wie bestens durchtrainiert wir sind.«

»Das ist ja klasse! Aber so perfekt wie dieser Muskelprotz vom Montag im Sportzentrum seid ihr noch lange nicht. Jetzt aber – in die Pötte! Wir müssen was tun!«

Sie standen noch im Haupteingangsbereich, wie immer gingen und kamen ständig Leute, was die drei aber nicht mehr bemerkten.

Jutta machte den einzig richtigen Vorschlag. »Wir fahren mit dem Aufzug nach oben, ziehen uns vernünftige Regenklamotten an und feste Schuhe, Gummistiefel wären natürlich noch besser.«

»Die haben wir doch bestimmt alle drei nicht dabei, feste Schuhe müssten auch reichen. Und dran denken, die Handys mitzunehmen. Vielleicht brauchen wir sie ja …«

Petra lächelte. »Hört, hört, haben wir etwa eine neue Schulmeisterin unter uns?« Diese Stichelei konnte sie sich nicht verkneifen.

Sie stimmten Juttas Vorschlag zu und gingen in die gewünschte Richtung. In dem Moment kam ihnen eine größere Gruppe entgegen – eine Hundertschaft, wie Petra anzüglich bemerkte – neue Patienten, denen ein Mitarbeiter der Klinik alles Notwendige erklärte und zeigte.

»Die bemitleidenswerten Neuen dürfen sich alle Räumlichkeiten im Hause ansehen, müssen dafür leider aber auch viel gehen«, stellte Jutta fest, die das ja auch schon hinter sich hatte. Wie schwer war es doch, nach einer frischen Operation nur mit den ›Ersatzbeinen‹ herumzulaufen oder besser zu humpeln. Dazu gab es keinen weiteren Kommentar.

Bis die Frauen die entsprechenden Sachen für das miese Wetter angezogen und auch alles andere nicht vergessen hatten, war es mittlerweile bereits viertel nach zehn geworden. Sie fuhren wieder ins Erdgeschoss, gingen durch die Cafeteria über die Terrasse, die Treppe hinunter und über die schmale Straße in Richtung Wald. Jede hing ihren eigenen Gedanken nach, über ihnen drohten dicke, schwarze Wolken, die ein stürmischer Wind vor sich her blies. Dessen ungeachtet kreisten immer noch einige mutige Vögel um die Frauen herum.

Margret, die die Wege um die Klinik noch von früher kannte, führte sie. Sie kamen an dem Abzweig zur Moorbehandlungsstätte und der Gärtnerei vorbei, die sie rechts liegen ließen, und gingen geradeaus weiter, wobei die Straße in einen regelrechten Waldweg mündete.

Die Wolken hingen nun bedrohlich niedrig und dunkel über ihnen, und schon fing es auch an zu tröpfeln.

»Ein echtes Schietwetter ist das«, stellte Petra fest, »noch nicht mal Mittag und doch so düster wie am frühen Abend.« Verstohlen beobachtete sie Margret und Jutta und fragte in ihrer lockeren Art: »Na, ihr zwei Humplerinnen, könnt ihr noch oder muss ich mein Tempo ein wenig drosseln?«

Margret sah Jutta an. »Gute Frage, geht es uns beiden gut, was macht dein Knie?« Jutta wollte nicht klagen, sie würde auf die Zähne beißen und hätte auch bei

Beschwerden nichts gesagt, sie wollte wie die anderen nur Daggi suchen.

Auch im Wald war es ziemlich ungemütlich, die schweren Regentropfen klatschten den Frauen ins Gesicht, ihnen erschien alles bedrohlich und bedrückend. Sie waren froh, dass sie ihre Regenbekleidung mit den Kapuzen anhatten, sonst wären sie sicher bereits völlig durchnässt gewesen. So hatten sie nur nasse Hosenbeine bekommen, und die Schuhe quietschten bei jedem Schritt.

Nach wie vor kam ihnen kein mutiger Spaziergänger entgegen, auch nicht mit Hund, und auch kein eifriger Jogger.

Jutta schaute sich um. Vor ihnen lag der muffige und nasse Wanderweg mit jeder Menge kleinerer und größerer Pfützen. Tropfnasse Büsche und Bäume neigten sich über sie. Sie meinte: »Ich finde es schon mutig, bei so einem Hundewetter unterwegs zu sein. Und hört, nun donnert es auch noch in der Ferne. Hoffentlich zieht sich hier über uns kein Gewitter zusammen.« Sie blieb stehen, kramte aus ihrer Jackentasche ein Handtuch hervor und trocknete sich ihre unangenehm nassen und kalten Hände ab.

»Nasse Pfoten an der Hose abtrocknen, das ist einfacher als das …«, riet ihr Margret, die sich ihre Hände so bereits abgetrocknet und nun ein wenig warme Finger hatte. »Und du, Petra, hast Glück, du kannst deine Hände prima in die Taschen deiner Jacke stecken. Das ist ja richtig unfair!« Natürlich war das nicht ernst gemeint.

»Okay, ihr zwei Stockgeschädigten und Humpelfrauen, bleibt mal schön auf diesem wunderbar pitschnassen Pfad, ich check mal die Gegend abseits des Weges. Hoffentlich kriege ich dann aber nicht gleich nasskalte Schwimmfüße.«

Petra spielte, wie schon so oft, den Clown.

Das nicht so ernst gemeinte Stöhnen von Margret und Jutta hörte sie schon nicht mehr, sie stapfte immer tiefer in den ungemütlichen, dichten Wald. Bei jedem beschwerlichen Schritt quatschte und knackte es. Irgendein kleines Tier floh vor ihr ins rettende Unterholz. Sie schaute sich intensiv um, ihr entging nichts, sie hatte Augen wie ein Luchs – doch von Daggi keine Spur. Außer Regen, nassen Bäumen und Sträuchern und matschig aufgeweichtem Boden war nichts zu erkennen. Die drei Frauen hatten immer stärkere Zweifel, Daggi hier zu finden. Trotz intensiver Suche fanden sie die Arme nicht. Die Sorgen der drei wurden immer größer, ihre Befürchtungen immer massiver.

Die drei Sucherinnen stapften weiter und kamen zu einer scharfen, zugewucherten Biegung und einem durch den starken Regen wild sprudelnden Bach, umgeben von verwilderten Himbeersträuchern – das wäre eine prima Einladung für spielende Kinder.

Margret registrierte es als Erste und zeigte den beiden anderen diesen Bereich, der in der Tat einem kleinen Urwald glich.

»Seht mal, sieht das nicht toll aus, wie ein echter, wirklicher Regenwald.«

»Oh Mann«, stöhnte Petra, die gerade wieder zurück auf den Weg kam und neben Margret und Jutta herging, »das hast du richtig gut gesehen. Warum ist wohl dieser Bereich nicht mehr gepflegt worden? Alles andere sieht so aus, wie ein Wald sein sollte. Hier haben die Waldarbeiter bestimmt keine Lust mehr gehabt zu malochen.«

Sie schauten sich an, sahen aber nichts Besonderes

mehr und gingen weiter.

Nun war es Jutta, die ein wenig abseits neben dem Weg nahe den Büschen langsam und vorsichtig vorwärts stapfte. Da musste doch ein Abenteuerspielplatz sein, wie das aussah? Sie ging noch ein paar Schritte und fand tatsächlich etwas, was erfinderische Kinder oder Jugendliche gebaut hatten – eine verrückte, aber sehr praktisch angelegte Feld-Wald-und-Wiesen-Bude.

Sie erinnerte das an ihre eigene Jugendzeit, wo sie mit ihren Freundinnen in ähnlichem Gebüsch mit Lust und Laune solche Buden gebaut hatten; das war eine schöne Zeit gewesen. Sie fand es gut, dass auch heute noch Kinder und Jugendliche Spaß an solchem Tun in der schönen Natur hatten.

Jutta versuchte, noch näher heranzugehen, aber der Boden war für sie ziemlich gefährlich, uneben, völlig mit Reisig und altem Laub bedeckt, vom Regen aufgeweicht. Da könnte sie leicht ausrutschen und sich fies verletzen. Aber da sah sie, dass sich ein kleiner Trampelpfad hineinschlängelte. Er schien festgetreten zu sein und vom Regen noch nicht aufgeweicht. Auf einmal bemerkte sie in sich eine unklare Spannung, ein Kribbeln am ganzen Körper. Was gab es da in der kleinen Wildnis? Sie glaubte auch ein leises Knistern und Knacken zu vernehmen.

Doch plötzlich hörte sie ein gequältes, leises Stöhnen. Aufgeregt schrie sie Margret und Petra, die weitergelaufen waren, zu: »Halt, halt! Kommt doch hierher. Ich glaube, ich habe Daggi gefunden.«

Ihr Herz klopfte heftig. Sie humpelte vorsichtig weiter bis zu der von Kindern erbauten Hütte. Und da lag sie, die erbarmungswürdige Daggi, nahezu weggetreten, aber vor Schmerzen stöhnend. Sie hatte sich in diese kleine Behausung verkrochen, um sich vor der Witterung ein wenig zu schützen, aber nur ihr Oberkörper passte hinein unter das sehr niedrige Dach, die Beine mussten draußen bleiben. Es war wirklich nur ein Kinderhüttchen; demzufolge war ihr Unterkörper völlig durchnässt. Aber auch sonst war sie klamm und nass.

Petra rauschte heran, sie hatte keine Probleme mit diesem verwilderten und gefährlichen Gelände, sie warf so leicht nichts um. Im Schlepptau folgte Margret, die sich mit ihren Stöcken langsam und behutsam vorwärts bewegte. Petra bückte sich und schaute sich Daggi, die in einem erbärmlichen Zustand war, näher an.

Ihr Gesicht sah gefährlich fahl aus, das konnte man trotz des dunklen Lichteinfalls sehen, das Haar strähnig und verfilzt, die matten Augen weit aufgerissen – ein klammes Häufchen Elend, traurig und verloren.

Petra war gewaltig schockiert. »Oh, Daggi, nein, nein, nein!« Vorsichtig streichelte sie ihre eiskalten und feuchten Wangen, froh darüber, dass Daggi darauf reagierte, wenn auch verzögert. Ihre Hände waren feucht, kalt und steif, die Finger mussten bestimmt schmerzen. Sie musste schon furchtbar lange unterkühlt sein.

Petra weinte sonst nicht so schnell, aber diesmal liefen ihr die Tränen nur so übers Gesicht.

»Keine Angst mehr, Daggi«, beschwor sie Daggi zur Beruhigung, »wir helfen dir. Mensch, Daggi!«

Petra kroch behutsam auf allen Vieren aus Daggis Behausung. Ihrem leidenden Rücken war zwar die Aktion nicht so gut bekommen, aber sie merkte im Augenblick nichts davon. »Mein Gott, was ist da nur passiert!«

Jutta und Margret standen nun ebenfalls aufgewühlt neben Petra. Sie wollten sich Daggi auch näher ansehen, aber wegen ihrer Handicaps war es schlichtweg zu gefährlich, einmal wegen des engen Hüttenbereichs und zum anderen hatten sie erhebliche Probleme, sich zu bücken. Aber noch gefährlicher war der glitschige Naturboden. Also blieb es bei Petra, sich wieder zu Daggi zu hocken, die aber nicht ansprechbar war.

Margret betrachtete den Bereich um die Hütte herum und stocherte mit einem ihrer Gehstöcke ziellos im Gestrüpp herum. Kurz darauf fand sie etwas, einen Schuh von Daggi, eine völlig kaputte und total verschmutzte Sandale. Mit beiden Stöcken fasste sie die Sandale an, hob sie vorsichtig hoch und reichte sie der fragenden Jutta.

»Und wo ist die zweite Sandale?«

»Ach was«, winkte Margret ab, »das ist doch jetzt nicht wichtig, die Sandalen kann sie sowieso vergessen. Aber wir könnten später wiederkommen und nach weiteren Sachen und auch dem zweiten Schuh suchen.«

Während Petra sich weiter um Daggi kümmerte, nahm Margret ihr Handy zur Hand und überlegte, wie denn noch mal die Telefonnummer der Zentrale ihrer Reha-Klinik war. Nachdem sie sich einmal verwählt hatte, klappte es, und sie war sofort mit der freundlichen Frau Haller verbunden.

Danach ging es ganz schnell. Frau Haller nahm sofort Kontakt zu Daggis Arzt, Dr. Lange, auf und informierte ihn rasch. Dr. Lange alarmierte das Rote Kreuz, das am Bad Driburger Krankenhaus stationiert war, und bat darum, einen Rettungswagen in den Wald zu schicken. Das Ziel der Fahrt erklärte er so gut wie möglich.

Petra, Margret und Jutta, deren Sorgen immer größer wurden, hörten kurz darauf bereits das grelle, durchdringende Martinshorn des Rettungswagens, der sich schnell auf der gut befahrbaren Straße näherte. Margret atmete tief durch, sie wurde ein wenig ruhiger und wunderte sich: »Bisher fand ich dieses laute Martinshorn immer nur nervend, aber heute beruhigt mich dieser grelle Ton, euch auch?« Natürlich brauchten sie dazu nichts zu sagen, ihr Kopfnicken reichte.

Der Rettungswagen fuhr jetzt langsamer, auf dem Waldweg ging es eben nicht besonders schnell. Eine knappe Minute später hielt der Wagen in ihrer Nähe, und zwei Rettungssanitäter im mittleren Alter stiegen aus und kamen auf sie zu. Der eine begrüßte die Damen – es war Petra, die ihm Daggis Zustand erklärte – und ging dann in die Knie, um sich Daggi anzuschauen. Der andere brachte die Trage herbei und bereitete sie für den Transport vor, wegen der Bodenverhältnisse konnten sie allerdings nicht die fahrbare Trage verwenden.

Die Sanitäter untersuchten Daggi kurz und meinten, dass sie nahezu komatös sei. Was hätte geschehen können, wenn niemand die hilflose Daggi gefunden hätte? An das Allerschlimmste dachte im Moment aber keiner. Die fünf Menschen halfen sich gegenseitig. Behutsam hoben sie sie aus ihrem engen Versteck und legten sie ganz vorsichtig auf die Trage. Durch die Bewegung und die damit verbundenen Schmerzen war Daggi jetzt ein wenig ansprechbar. Sie hatte alles aus großen, entsetzten Augen registriert, dann ging ihr Blick in die unendliche Ferne und sie schloss ihre furchtbar traurigen Augen.

Schließlich standen die drei Frauen wieder allein auf

dem Waldweg und schauten dem Rettungswagen hinterher. Etwas später, als der Rettungswagen die asphaltierte Straße erreicht hatte, konnten sie auch das laute Martinshorn wieder hören, das sich schnell entfernte, als der Wagen Fahrt aufnahm.

In der Hochspannung und Aufregung war es den drei Frauen richtig warm geworden. Nun aber war die Gefahr vorbei, und das Frösteln und die Kälte kamen zurück und liefen ihnen unangenehm den Rücken runter. Eine gesunde Ruhe hatten sie alle drei noch nicht wieder erreicht, der erhöhte Adrenalinspiegel ging nur langsam zurück.

Die schweren, dunklen Regenwolken zogen weiter über sie hinweg, es regnete so stark wie zuvor.

»Bah, pfui«, Jutta schüttelte sich, »kommt, lasst uns zurückgehen, ich friere erbärmlich.« Das ließen sich die anderen nicht zweimal sagen.

»Ja, so schnell, wie wir können, um in unsere wunderbar warme und trockene Reha zu kommen, vor allem aber lange die heiße Dusche zu genießen!« Petra musste sie natürlich nach Kräften unterstützen.

Das anhaltende Schmuddelwetter trieb wirklich niemanden freiwillig nach draußen. Nur eine Hundehalterin, die gezwungenermaßen mit ihrem Dackel Gassi gehen musste, kam den drei Frauen entgegen. Beide, Hund und Frauchen, sahen nicht gerade begeistert aus, wie Margret, Jutta und Petra beobachten konnten. Mit einem kurzen »Hallo« gingen sie aneinander vorüber.

Jutta grübelte. ›Was kann Daggi bloß passiert sein? War sie schon wieder in einer Zwangslage? Eine neue Krise, von der wir gar nichts wussten? Oder Ärger oder Not?‹ Dabei dachte sie an Daggis Sandale, die sie eingesteckt hatte, die ihr aber bei jedem Schritt unangenehm an den Körper schlug. Sie nahm das lästige Ding aus der Anoraktasche und reichte es Petra. »Kannst du mal Daggis Dingsbums halten?«

Nachdem sie den lästigen Schuh losgeworden war, überlegte sie laut weiter. »Aus welchem Grund hat sie sich keine festen Schuhe angezogen? Sandalen im Wald? Und bei dieser Wetterlage? Außerdem wissen wir auch noch nicht genau, wie lange sie tatsächlich unterwegs war.«

»Wir dürfen uns ziemlich sicher sein«, meinte Margret, »dass Daggi schon wieder große Probleme haben muss und ihr Bauch wieder heftig rebelliert hat. Daggis Schwester Karin erklärte es uns bereits. Aber warum? Jutta, du hast durchaus recht, ihr muss irgendetwas passiert sein. Sie könnte so heftig über etwas geschockt gewesen sein, dass sie trotz des schlechten Wetters Hals über Kopf auf Sandalen in den Wald gelaufen ist.«

Petra fuchtelte mit Daggis Sandale durch die Luft. »Müssen wir uns denn jetzt das alles durch den Kopf gehen lassen? Wir sollten mit der ganzen Spekuliererei und den Vermutungen aufhören, aufklären können wir heute eh nichts. Manno, denkt an unsere aufgeregten Nerven! Also, ihr Lieben, brav weitergehen, gleich sind wir wieder in unserer Klinik. Die wartet schon auf uns, und ihr könnt eure Knochen in Kürze hochlegen und euch erholen.«

Petras Hinweis machte für Margret und Jutta Sinn, ihre Knochen waren in der Tat aufmüpfig und rebellierten bereits länger. Bei den vorherigen Aufregungen hatten sie dies gar nicht bemerkt und ihre eigenen Probleme vergessen. Jetzt brachten sie erst mal ihre nassen Klamotten und durchweichten, dreckigen Schuhe in ihre Zimmer. Das warme Duschwasser war herrlich. Sie zogen sich legere Kleidung an und trafen sich ein wenig verspätet im Speisesaal zum Mittagessen. Kein Problem! Ziemlich erledigt nahmen sie an ihrem Tisch Platz. Da heute ja Freitag war, was gab es da wohl? Natürlich Fisch! Aber die drei hatten keinen rechten Appetit, ihre Gedanken waren zu sehr mit Daggi beschäftigt.

Den Rest des Tages liefen sie wie Falschgeld durch die Klinik. Egal, was sie machten, es endete immer wieder mit den Gedanken um Daggi.

»Jetzt ist Schluss«, meinte Petra schließlich energisch, »heute wird nicht weiterüberlegt. Morgen Vormittag fahren wir per Taxi ins Krankenhaus und besuchen Daggi!«

Klarer Fall, kein Widerspruch.

*Bad Driburg, Reha Caspar-Heinrich-Klinik,
Samstag, 12. März*

Kapitel 9

Jutta, Petra und Margret frühstückten in aller Herrgottsfrühe zusammen. Sie waren alleine im Speisesaal, niemand sonst war so früh aufgestanden. Eine der freundlichen Bedienungen, Frau Keil, lief hin und her, um die Plätze für das Frühstück vorzubereiten, und wunderte sich schon, zu dieser Uhrzeit bereits die ersten Patienten zu sehen.

»Na? Sind Sie aus Ihren gemütlichen Betten gefallen?« Sie erwartete aber hierauf keine Antwort, sondern wuselte auch schon wieder weiter durch den Raum und brachte den Damen warme, ofenfrisch duftende Brötchen; Kaffee und heißes Wasser für Wunschtees standen schon auf den Tischen.

»So, wie Sie aussehen, planen Sie doch irgendetwas? Na dann wünsche ich Ihnen viel Spaß.« Flott, wie sie war, reichte sie all das, was Margret und Jutta sich vom umfangreichen Büfett wünschten. Ihnen fehlte einfach die dritte Hand, denn ihre zwei brauchten sie ja für die Stöcke.

Als die lustige Frau Keil nicht mehr benötigt wurde, war sie auch schon wieder auf dem Weg in die Küche, um die nächsten Köstlichkeiten vorzubereiten.

»Frau Keil hat da ganz richtig vermutet, ja, wir sind bald unterwegs nach unserer Planung«, bemerkte Jutta und biss herzhaft in ihr Körnerbrötchen.

»Ich bin echt gespannt, was wir gleich erfahren werden. Übrigens, unser Taxi habe ich schon bestellt, und zwar für neun Uhr. So haben wir noch ausreichend Zeit zu frühstücken und uns dann startklar zu machen. Wir treffen uns dann wieder vor dem Haupteingang.« Margret und Petra nickten nur, mit vollem Mund soll man ja nicht sprechen.

Die Stadt begann zu erwachen, erste Autos fuhren, Fußgänger waren nur wenige zu sehen. Am Samstagmorgen hatten die Menschen noch keine Lust, früh aufzustehen – das Wochenende konnte auch langsam beginnen, ohne Hektik. Sie blieben länger in den Betten oder saßen lange am Frühstückstisch.

Doch Margret, Jutta und Petra waren bereits unterwegs mit ihrem Taxi zum Bad Driburger Krankenhaus, das malerisch an einem Berghang lag. Es war zufällig derselbe Fahrer, der sie vor einer Woche in das Café mit dem Wasserspiel gebracht hatte. Und so kam man während der Fahrt schnell ins Plaudern, allerdings nur kurz, denn schon waren sie am Eingang des Krankenhauses angekommen. Nach dem Bezahlen und einer freundlichen Verabschiedung – »Dann bis zum nächsten Mal« – betraten sie das Krankenhaus und wandten sich an die Information. Im Nu wussten sie, auf welcher Station und in welchem Zimmer Daggi lag.

Da Wochenende war, gab es wie in allen Krankenhäusern auch hier nur eine kleine Besetzung im pflegerischen und ärztlichen Bereich. Auf Daggis Station schienen alle sehr beschäftigt zu sein. Ein Arzt, Oberarzt oder Stationsarzt, lief mit einigen Patientenakten über den Flur, eine Krankenschwester holte eine neue Infusion, eine zweite telefonierte gerade wegen einer neu angekommenen

Patientin.

Es gab eine gemütliche Sitzecke, in der ein Patient mit seinen Besuchern saß und sich lautstark unterhielt. Zwei Seniorinnen, beide an Gehstöcken, machten nach dem Frühstück Gehübungen auf dem Stationsflur.

Es war gar nicht lange her, dass Margret, Jutta und Petra ebenfalls im Krankenhaus gelegen hatten, weswegen alle drei interessiert waren, sich die Betriebsamkeit auf der Station anzuschauen. Aber dann waren sie am vorletzten Zimmer auf dieser Etage angekommen, das musste Daggis Zimmer sein.

Petra klopfte an, nicht zu kräftig, sie wollte ja niemanden erschrecken, öffnete die Tür und schaute, ob es tatsächlich Daggis Zimmer war. »Ja«, sagte sie zu Margret und Jutta, »Daggi ist da.«

Daggi lag im Bett – angeschlossen an eine Infusion – und machte einen richtig zerschlagenen und abgekämpften Eindruck, was Petra stark berührte. Sie ging zu ihr hin und streichelte ihr sanft über die Wangen, wie sie es gestern auch getan hatte, als Daggi in ihrem erbärmlichen Zustand in der Kinderhütte lag.

»Hallöchen, Daggi, wie schön, dass wir dich wieder gefunden haben …«

Jutta und Margret begrüßten sie ebenso liebevoll, und auch die beiden anderen Patientinnen, die mit Daggi im selben Zimmer lagen, begrüßten sie mit einem »Schönen guten Morgen«. Eine der beiden lag noch im Bett, während die andere auf einem Stuhl saß und zum Fenster hinausguckte und nun den Dreier-Besuch neugierig beäugte.

Petra organisierte schnell drei Stühle und platzierte sie um Daggis Bett herum; die drei setzten sich und sahen Daggi erwartungsvoll an. Die hatte gar nicht mit ihrem Besuch gerechnet, aber sie freute sich, die lieben Gesichter zu sehen. Dankbarkeit und Freude gingen ihr an die Nieren. Große Kullertränen liefen ihr über Gesicht und Hals, ihre fieberheißen Hände ruhten auf Petras und Margrets Händen.

Weinend und stockend begann sie zu reden. »Wie schön, dass ihr bei mir seid.« Mit einer Hand wischte sie ihre Tränen weg und versuchte zu lächeln. »Mit einem Krankenwagen wie ich seid ihr bestimmt nicht gekommen, aber bestimmt mit dem Taxi?«

»Ja, sicher doch«, antwortete Petra, »und wir möchten endlich erfahren, was du für einen Scheiß gebaut hast. Daggi, Daggi, was ist da bloß geschehen? Wir hatten echte Angst um dich und haben uns große Sorgen gemacht.« Dabei klopfte sie ziemlich hart auf Daggis Hand.

Daggis Lächeln erstarb, und ihr Gesichtsausdruck verdüsterte sich wieder. Margret, Jutta und Petra blieben still und warteten einfach ab, um Daggi nicht zu bedrängen. Nach einer Weile fuhr Daggi dann auch fort: »Der Dienstag war so schön, endlich, nach langer Zeit, fühlte ich mich befreit. Das Reden mit euch hatte mir gut getan. Glücklich war ich auch am Mittwoch noch, zwar ein ganz normaler Vormittag, aber meine Gefühle und Empfindungen meinten, es wäre sogar ein schöner Feiertag. Ich durfte wie im siebten Himmel schweben. Auch die Arbeit mit den Therapeuten machte riesigen Spaß. Ich konnte mich kaum daran erinnern, Beschwerden, insbesondere Bauchschmerzen, gehabt zu haben. Ich hätte alle Leute umarmen können, nicht nur euch drei. Was waren wir doch für ein vielversprechendes Quartett und freuten uns über alles. Unsere Gespräche liefen fast von alleine.«

Daggi holte tief Luft. »Das, was ich euch gleich erzählen will, kennt ihr noch nicht. Keine von euch war dabei, als ich eine spannende Herausforderung annahm, Klettern unter Anleitung einer Therapeutin an der Kletterwand im Sportzentrum, die habt ihr ja schon gesehen. Alle können da mitmachen, natürlich nur Leute ohne Gelenkprobleme. Toll! Ein Riesenspaß! Und eigentlich paradox – ich hing an den Sicherungsseilen, fühlte mich aber trotzdem befreit. Weit weg von Sorgen und Bedrückung. Und ihr könnt euch das gar nicht vorstellen, welches Glücksgefühl ich da oben hatte. Frei! Sieg! Selbstständig! Grenzenlos!«

Nach einem glückseligen Lächeln wurde sie wieder ernster. »Ihr alle drei schaut mich fragend an, warum ich es euch am Mittwoch nicht erzählt habe, aber an diesem Tag passierte zu viel Gutes, ich hatte tatsächlich *zu viel* Freude. Auch so was kann furchtbar anstrengend sein. Ich bin mir nicht ganz sicher, ob ihre meine Gedankengänge verstehen könnt, aber über meine Klettergeschichte wollte ich euch am nächsten Tag berichten. Sozusagen als mein Highlight. War leider nichts, Pech gehabt!« Und ihre Bedrückung war wieder da.

Natürlich freuten sich Margret, Petra und Jutta über Daggis Erfolg – das war wirklich etwas Besonderes. An die Kletterei in der Klinik wagten sich nur wenige Patienten, und Daggi als kompletter Laie konnte zum ersten Mal in ihrem Leben diese schwierige Sportart meistern – dafür bekam sie großes Lob von den drei Frauen.

»Ja, Daggi, das war ganz sicher ein besonderer Tag für dich. Und am frühen Abend warst du noch mit uns beim Basteltreff mit mehreren Mitpatientinnen«, erklärte

Margret. »Ich kann mich gut erinnern, dass wir alle vier richtig Spaß hatten. Gegen neun Uhr verabschiedeten wir uns mit Witzchen und Lachen und verschwanden in unsere Zimmer – es war doch ein langer Tag gewesen. Aber, sag mal, Daggi, was ist denn danach noch geschehen?«

Daggi sah ganz konzentriert aus, ein leichtes Zittern ihres Körpers war zu sehen, auch ihre Angst war in ihrem Gesicht zu lesen. Sie schaute ziemlich erleichtert, als in diesem Moment eine Krankenschwester das Zimmer betrat, um die Patientin, die neben Daggi lag, zum Röntgen abzuholen. Die Mitpatientin verließ ihren Fensterplatz und folgte den beiden nach draußen auf den Flur.

Das war sehr freundlich von ihr, denn nun war das Quartett unter sich. Daggi hätte zwar auch kein Problem damit gehabt, wenn beide Mitpatientinnen im Zimmer geblieben wären, trotzdem war es angenehmer, nur zu viert zu sprechen.

Margret schaute sich um und beobachtete, wie sich die Tür schloss. Sie sah Daggi aufmunternd an.

Für Daggi war es schwer, nach der Unterbrechung den richtigen Anfang zu finden, aber auf einmal fiel alles von ihr ab und sie konnte frei reden, ohne ins Stottern zu geraten. Sie machte ihrem Herzen Luft.

»Zu eurer Frage, wann bei mir die Kacke anfing, ja, das war Mittwochabend nach dem gemütlich Basteln und unserer Verabschiedung, hatte ich doch einen merkbar ausgeglichenen Tag gehabt. Mein Hochgefühl bekam allerdings schnell ein abruptes Ende, als mein Alex noch am Abend etwa um halb zehn anrief. Seine Stimme hörte sich anders an als sonst, irgendwie belegt, er konnte erst auch gar nicht zügig reden … Er war so seltsam! Wie schnell war doch mein Glücksgefühl verschwunden, und furchtbar rasant bekam ich wieder meine Panikattacke.« Ihr Gesicht zeigte erneut einen gehetzten Ausdruck.

Petras warme Hände beruhigten sie nicht, dafür ihr ein spezieller Rat: »Schön ruhig bleiben, liebe Daggi, hab keine Angst mehr, wir sind ja bei dir.«

Daggi wollte versuchen, alles zu berichten, woran sie sich erinnern konnte, während ihre fiebrigen Wangen noch heißer und röter wurden.

»Das Telefongespräch am Mittwochabend war sehr bedrückend. Alex … Alex redete ziemlich durcheinander, so schlimm, dass ich nur Bruchstücke verstehen konnte. Er merkte es dann aber selbst, holte mal tief Luft und redete dann klar und verständlich. Ja, und da habe ich es kapiert. Also, an diesem Tag hatte es den lieben, langen Tag geregnet, genauso wie bei uns, ein fieser Dauerregen. Oliver, unser Sohn, hatte am Nachmittag seinen Leistungskurs Sport, das war was für ihn, und hier insbesondere das Fechten mit dem Degen. Alex bot ihm an, ihn zuhause abzuholen und per Auto zur Schule zu bringen – dann würde er nicht so nass werden. Es waren immer dunklere Wolken aufgezogen, so dass alle Autos mit Licht fuhren. Die beiden fuhren auf einer verkehrsreichen Straße und wurden sowohl von den Scheinwerfern als auch durch die Lichtspiegelung vom nassen Asphalt geblendet. Alex ist ein guter Fahrer und fährt ganz sicher, achtet auch stets auf die anderen Fahrer. Aber du kannst noch so gut fahren, es gibt leider auch Idioten oder unaufmerksame Fahrer. Und so passierte es trotz aller Vorsicht doch. Es gab einen heftigen, grässlichen Unfall.« Daggi musste bei ihrer bitteren Darstellung nicht mehr weinen, dafür hielt sie einen Moment inne und schwieg.

»Verdammte Scheiße!« Die anderen schauten erschreckt auf, als Petra plötzlich laut fluchte. »Mensch Daggi, das ist ja schrecklich, an so was habe ich ja überhaupt nicht gedacht. Nee, nee!« Sie kratzte sich zornig am Kopf.

Daggi war stolz auf sich, bisher nicht geweint zu haben, aber durch Petras Reaktion öffneten sich die Schleusen. Schluchzend sprach sie weiter.

»Es ist einfach ein Drama, was Alex da am Telefon berichtete. Schlimm, ganz schlimm! Es gab nach dem Crash reichlich Blechschäden, aber noch übler, Alex' Taxi hatte Totalschaden. Aber wenn es doch nur das gewesen wäre … Alex und Oliver haben Verletzungen erlitten.« Ihre Augen drohten schon wieder überzulaufen. »Oh Mann, hoffentlich übersteht Oliver alles gut. Verletzungen bei Kindern finde ich ganz scheußlich.«

Eine diensthabende Krankenschwester war am Morgen in die Reha-Klinik gefahren und hatte die nötigsten Dinge für Daggi geholt, Pflegesachen, Nachthemd und Hemd und Hose, ein Paar Schuhe, leider keine Hausschuhe oder Sandalen – alles passte in eine kleine Tasche. Darüber hinaus gab sie ihr noch einen kleinen Herzenstrost, ein Schokolädchen. Dies musste Daggi unbedingt loswerden und erzählte es den drei Frauen. Dabei liefen die Tränen weiter – wie gut, dass sie genug Tempotücher hatte

»Wie genau ist denn der Unfall passiert?«, wollte Margret wissen.

Daggi hatte sich gerade die Nase geschnäuzt und zerknubbelte das Taschentuch zwischen den Fingern. »Ein scheiß Unfall! Da fährst du ganz konzentriert, weil es auf der Straße hektisch zugeht und man wegen des schlechten Wetters auch nicht gut sehen kann. Ein unruhiger Fahrer kam ihm auf der Gegenfahrbahn entgegen, als ihm seine glühende Zigarette auf die Hose und dann auf den Wagenboden fiel. Und was machte dieser Kerl? Ihr ahnt es bestimmt schon, er beugte sich nach vorne, um die blöde Zigarette aufzuheben. Ich hätte ihm gewünscht, dass er sich so richtig verbrannt und richtige Schmerzen gehabt hätte. Ehrlich! Das, was dann passierte, musste ja so kommen. Der Unglücksfahrer passte nur den Bruchteil einer Sekunde nicht auf, gab aus Versehen beim Vorbeugen auch noch Gas und geriet auf die Gegenfahrbahn. Alex hatte keine Chance, ihm auszuweichen, und so krachten sie fast ungebremst frontal gegeneinander. Ob oder welche Verletzungen dieser Übeltäter davongetragen hatte, konnte Alex nach dem Unfall nicht mehr in Erfahrung bringen.

Alex und der kleine Oliver wurden im Rettungswagen mit Martinshorn in ein Unfallkrankenhaus gebracht. Alex hat keine ernsthaften Verletzungen erlitten, eine relativ große Platzwunde an der Stirn, kleinere und größere Schnittwunden, einige Blutergüsse und ein Schleudertrauma. Oliver allerdings hat es heftig erwischt, er saß ja auf der Beifahrerseite, er hat sich schwer verletzt. Sein Gesicht hat wohl stark entstellt ausgesehen, blutüberströmt mit größeren und kleineren Verletzungen. Alles, was es so gibt, Platz-, Schnitt- und Schürfwunden. Sein rechtes Handgelenk hatte er sich heftig verstaucht – er hatte sich am Armaturenbrett abstützen wollen, um sich trotz Gurt zu schützen. Warum sein rechtes Bein so entsetzlich schmerzte, wusste er nicht mehr, da fehlte ihm die Erinnerung. Nach dem Unfall war er eine Zeitlang bewusstlos gewesen. Die Ärzte in der Unfallambulanz stellten aufgrund der Röntgenbilder fest, dass er einen waschechten Wadenbeinbruch hatte. Operiert zu werden brauchte das aber Gott sei Dank nicht. Er braucht allerdings für die nächste Zeit stützende Plastikstiefel zur Ruhigstellung und dazu noch entzündungshemmende und schmerzlindernde Medikamente.

Für einen kleinen Jungen hatte er bereits reichlich Verletzungen, aber das schien noch nicht genug zu sein. Oliver hat noch eine größere und gefährliche Verletzung erlitten – eine Milzruptur. Der Riss muss durch eine stumpfe Gewalteinwirkung gegen den Bauch passiert sein. Nach der Diagnose, einem CT und einer Sonographie wurde er auf der Stelle operiert. Alex berichtete mir über Olis langsame Erholung und dass er erfreulicherweise wieder voll ansprechbar ist. Natürlich wurde er stationär aufgenommen, Alex ebenso. Durch die Kopfverletzung kam es noch zu einer Gehirnerschütterung – das muss beobachtet werden. Bis alle Untersuchungen und Behandlungen erledigt waren und die beiden auf der Station lagen, war es Abend geworden. Wie schlimm es auch war, so gab es doch noch was Schönes, Alex und Oli lagen gemeinsam auf einem Zimmer.«

Der Patient Alex Dreyfuß, der zwar starke Kopfschmerzen hatte bis hin zur Übelkeit, beruhigte seinen ernsthaft verletzten Sohn, tröstete ihn und half ihm endlich in einen tiefen, heilenden Schlaf zu sinken. Ganz sicher beruhigen musste er ebenso seine Töchter, die bereits am frühen Abend ihren Bruder suchten; er sollte eigentlich nach seinen Sportstunden wieder zuhause sein. Egal ob per Bus oder per Taxi mit ihrem Vater. Es wurde immer später, nichts tat sich, der ungemütliche starke Regen ließ es schnell dunkel werden – all das verhieß nichts Gutes. Je später es wurde, umso größer wurde ihre Unruhe. Dass der Vater öfter länger von zuhause weg war, waren die Mädchen gewöhnt, wegen ihm machten sie sich keine Sorgen. Aber Oli … Er musste doch längst zuhause sein. Wo blieb er bloß? Ob ihm was passiert war? Ihre Beklemmungen wurden heftiger und heftiger. Erst als Alex seine Töchter anrief, beruhigten sie sich etwas, auch wenn die Nachrichten alles andere als erfreulich waren. Einerseits waren sie erleichtert zu erfahren, wo Bruder und Vater waren, andererseits doch sehr erschrocken über den Unfall und die Verletzungen. Sogar Sarah war echt geschockt.

Margret beobachtete Daggi die ganze Zeit, als sie die bedrückende Story erzählte. In Daggis letzten Worten gab es allerdings einen Funken Erfreuliches, und so sagte sie:

»Daggi, es ist ohne Zweifel was Schlimmes, was geschehen ist. Wir drei können dich gut verstehen; Unglücksfälle haben fast immer böse Folgen. Hör zu, Daggi, dein Mann hat mit allem richtig gut reagiert, er liebt seine Frau und seine Kinder! Nach dem Unfall ging es ihm bestimmt nicht sehr gut, heftiges Kopfweh und Übelkeit hatte er, das sagtest du ja bereits. Er lag in der Klinik und tröstete dich und die Kinder. Ist das nicht schön?! Und deine Töchter? Sie litten furchtbare Angst, als sie alleine im Haus waren und noch nicht wussten, was mit ihrem Vater und Bruder passiert war. Liebe Daggi, deine Mädels haben doch noch gesunde Empfindungen für ein gutes Familienleben.«

An Margrets Gesichtsausdruck konnte jede erkennen, wie überzeugt sie von ihren Worten war. Sie schaute die anderen an und redete weiter.

»Ich denke, es ist wirklich fürchterlich, was da geschehen ist. So böse alles war, so gibt es doch auch etwas Gutes zu erkennen: Der Familienclan lebt! Daggi, sei doch froh, bei euch gibt es endlich Bewegung mit richtigen Gemütsregungen. Das ist ein richtig guter Neustart.«

Diese Worte verfehlten ihre Wirkung nicht – Daggis bedrückte Miene hellte sich merklich auf. Nachdenklich schaute sie Margret an, sagte aber nichts.

Die praktische Petra wusste nun das Neueste von Daggi, sie wollte aber noch gern erfahren, welche Handicaps sie erlitten hatte und wie lange sie noch im Krankenhaus bleiben musste.

»Du hast ein hübsch heißes Gesicht, sicher vom Fieber, das du dir durch deinen langen Waldbesuch eingefangen hast.« Bei diesen Worten legte sie eine Hand auf Daggis Stirn, während Daggi sich in ihre Bettdecke einwickelte. »Sag, was hast du nun eigentlich? Wir wissen davon noch gar nichts, komm, berichte!« Selbstredend interessierte das Margret und Jutta natürlich auch brennend.

Langsam und bedächtig ließ sich Daggi ihre Situation durch den Kopf gehen. Vielleicht hielt das Fieber sie auch zurück, gleich zu reagieren, oder es war wieder schwierig für sie, den richtigen Anfang zu finden. Doch allmählich, peu à peu, fing sie wieder an zu reden.

»Bei mir gab es nur Blödes und Unerfreuliches. Ihr kennt doch bestimmt auch Situationen, wo alles schiefläuft ohne eine Perspektive. Und man kann sich gar nicht, aber auch gar nicht dagegen wehren oder etwas verhindern. Davon habe ich in meinem Leben leider Gottes zu viel gehabt. Und doch – das Negative scheint immer noch nicht am Ende zu sein.« Kopfschüttelnd raufte sie sich die Haare, wobei ihr Infusionsschlauch schwer in Schwingungen versetzt wurde.

Daggi schnaufte tief durch. »Ja, ja, wie verdammt schlimm es doch am Mittwochabend geworden war. Und ich? Hilflos in der Reha und weit weg von meinen Lieben. Die Nacht zum Donnerstag zog sich und zog sich, schlaflos wälzte ich mich hin und her … und mein Bauch rebellierte wieder gehörig. Ganz übel ging es mir, Kopfschmerzen kamen auch noch dazu. Ich konnte überhaupt keinen klaren Gedanken mehr fassen. Ich versuchte morgens zu frühstücken, bekam aber keinen Bissen runter. Trotzdem ging ich noch zu meiner Einzelgymnastik bei Nina Storm. Allerdings war ich mit meinen Gedanken nicht bei der Sache, ich quälte mich nur. Meine Therapeutin merkte das natürlich sofort und versuchte mir zu helfen und mich zu schonen.«

»Das ist richtig«, bestätigte Jutta, »Frau Storm berichtete gestern von deinem schlechten Zustand, du hättest überhaupt nicht gut ausgesehen. Dein Zimmernachbar, der Herr Grauer, hatte die gleiche Beobachtung gemacht. Auch Schwester Karin hattest du verschreckt. Da wussten wir, dass es dir ziemlich schlecht gehen musste. Herr Grauer erzählte uns noch, dass er dich zuletzt in der Cafeteria gesehen hatte, du hattest zwar einen Anorak an, bist aber in Sandalen – ohne festes Schuhwerk bei dem Wetter – wie ein zerstreuter Professor nach draußen gestürmt in Richtung Wald. Dein Zimmernachbar fand das alles sehr auffällig.«

»Hm …«, bemerkte Daggi nur.

Margret ließ sich in ihrem Bericht nicht stören. »Herr Grauer war wirklich besorgt um dich, Daggi. Und wir hatten immer mehr Bammel, und auch unsere Sorgen wuchsen.«

Brühwarm erzählte Margret ihr von den Beobachtungen und angestellten Vermutungen. Sie erinnerte Daggi daran, dass sie, Jutta und Petra ihr jederzeit helfen würden.

Und erst da raffte sich Daggi auf, über ihre Zeit im Wald zu reden. Sie erkannte, dass die drei Frauen gespannt und neugierig auf das warteten, was ihr widerfahren war.

»Das ist alles sicher richtig, was ihr gerade gesagt habt. Es stimmt auch, dass es mir gar nicht gut ging. Ich musste aus der Enge der Klinik raus, ich brauchte Freiheit und frische Luft zum Durchatmen. Aber was dann passierte, war für mich schier unerträglich, einfach grauenhaft. Es fing damit an …«

»Mein lieber Herr Gesangverein«, sagte Margrets Mann Wölfi, der sehr glücklich war, nach fast zwei Wochen langen Alleinseins endlich wieder mit seiner Frau zusammen zu sein. Selbstverständlich hatte Margret ihn auf den aktuellsten Stand, auch in Sachen Daggi, gebracht. »Mann, Mann, Mann, was ihr so alles erlebt!«

Seine Fahrt von Wuppertal nach Bad Driburg war nicht so erfreulich gewesen, es gab eine Menge Staus und dazu auch noch einen Unfall mit den altbekannten Folgen – erst einmal ätzend lange stehen bleiben und irgendwann dann stockend im Schritttempo weiterfahren. Wie froh war er, diese Horrorfahrt glücklich überstanden zu haben und endlich bei seiner Frau zu sein.

Beide saßen nun in Margrets Reich und tranken zur Erfrischung ein Glas Orangensaft. Etwas später überlegten sie, was sie an diesem Nachmittag anstellen könnten.

Durch den wunderschönen Kurpark spazieren zu gehen, war wenig reizvoll, denn es regnete immer noch in Strömen. Da war es doch viel gemütlicher, sich in eine heimelige Ecke des Speisesaals zu setzen, heiße und kalte Getränke gab es aus dem Automaten, bei Kuchen und Gebäck durfte man eifrig zugreifen.

Ohne Eile gingen Margret und Wölfi in die Sitzecke und waren nicht sonderlich überrascht, dass auch andere diese Idee hatten.

»Ach, nee, wen haben wir denn da?«, lachte Margret und freute sich, Jutta mit ihrem Mann zu sehen, »dürfen wir uns dazusetzen?«

Es folgte eine warmherzige Begrüßung, so fremd war man sich ja nicht mehr. Und wer kam noch hinzu, als Wölfi und Margret gerade Platz nahmen? Es war keine Überraschung mehr, die Sitzecke war offensichtlich ein magischer Anziehungspunkt. Es war die couragierte und schneidige Petra mit der besonnenen, seelenruhigen Anne, ihrer Freundin.

»Toll, dass wir nun hier gemeinsam hocken.« Den Spruch ließ sich Petra nicht nehmen. Sie holten sich zwei Stühle und setzten sich zu den anderen. Petra hüpfte aber gleich wieder hoch und holte für Anne und sich selbst ihren heißgeliebten Kuchen, zwei Tassen ihres ebenso geliebten Käffchens folgten. Und schon begann sie wieder darafloszuplaudern. Margret und Jutta, die ihre Petra ja nun schon ziemlich gut kannten, bremsten sie unauffällig aus und lenkten den sich anbahnenden Smalltalk geschickt in einen tieferen zwischenmenschlichen Austausch.

Es war gang und gäbe, ihren Lieben das Wichtigste und Schönste mitzuteilen, per Festnetztelefon oder Handy.

Doch wie wohltuend war es, endlich wieder vis-à-vis beisammen zu sein!

Gerne berichtete Anne das Neueste aus Duisburg und bestellte schöne Grüße von der vielen Kundschaft, die natürlich wissen wollte, wie es ihrer Frisörin ging.

Danach wollten Anne und Petra wissen, warum Hoffmanns Zwillinge nicht mitgekommen waren, sie kannten die flotten Mädels ja bereits. Pit, der Vater, erzählte, dass die Mädchen zu einer Geburtstagsfeier einer Schulfreundin eingeladen seien und dort übernachten dürften. Anschließend berichtete er von seiner Arbeit. Vom Rathaus in Düsseldorf, wo Juttas Mann schon lange tätig war, gab es täglich Aktuelles, und mit amüsanten Episoden und Gags konnte er vor seinen Zuhörern glänzen.

Nur Wölfi, Margrets Mann, hatte keine Lust, von Wuppertal oder seinem Betrieb zu erzählen. Das könne man später nachholen. Er wollte viel lieber über Daggi und ihre Familie reden und warum sie in der Klinik war, da war sein Interesse geweckt.

Selbstredend berichteten auch Jutta und Petra ihren Leuten von Daggis Problemen. Infolgedessen gab das angesagte Thema einen aufregenden Redestoff her.

Der leckere Nachmittagsschmaus war wie üblich, besonders bei Petra, in kürzester Zeit verputzt und dazu so manche Tasse Tee oder Kaffee getrunken worden.

Margret, die ihre Tasse mit beiden Händen umschlossen hielt, machte einen Vorschlag.

»Es wäre doch sicher schön, wenn wir uns alle«, sie beschrieb mit dem Zeigefinger einen Halbkreis, »gemütlich in einem Restaurant zusammensetzen würden. Dort könnten wir dann in munterer Runde auch Daggis Probleme erörtern. Unser Abendessen hier in der Klinik könnten wir gleich abbestellen. Was haltet ihr davon?«

»Wow, klasse, klar doch, meine Anne und ich sind sofort dabei.« Petra erhob sich hoppla hopp und räumte schon mal den Tisch ab. »Komm, Anne, wir machen uns chic.«

»Es gibt noch Zeichen und Wunder«, stellte Jutta fest, als sie alle aus dem Haus gingen und zum Parkplatz wollten. »Seht doch, es regnet nicht mehr. Die dicken, schwarzen Wolken haben sich verzogen und regnen sich woanders ab. Nach dem Wetterbericht sollte es ja auch am späteren Tag freundlicher werden. Wie schön, dass wir diesmal keine nassen Schuhe und keine nassen Klamotten kriegen. Übrigens«, sie sah Margret an, die direkt neben ihr ging, »meine pitschnassen Sachen lagen bis eben noch auf der Heizung. Und meine Schuhe? Wie gut, dass ich eine starke Bürste dabei habe. Sind eure Sachen denn trocken geworden?«

Margret bejahte die Frage. Nach den wolkenbruchartigen Regenfällen der letzten Tage war es schön, endlich wieder trockene Kleidung zu haben.

Nun saßen sie in zwei Autos; Petra und Anne saßen auf der Rückbank von Wölfis Wagen. Die Fahrt zum Rosenberg kannte er noch gut. Er fuhr voran, Pit und Jutta folgten ihnen. Pit, Wölfi und Anne wollten bis Sonntagnachmittag bleiben, so konnte es noch ein prima Samstagabend werden.

An dem reservierten großen, runden Tisch in dem romantischen und beschaulichen Restaurant nahmen die

Quartettdamen mit ihren Partnern Platz. Das Restaurant und Hotel lag am Ende einer ruhigen Straße am Waldrand des Rosenbergs, von hier ging es nur noch zu Fuß über einen Wanderweg weiter. Zu Fuß kam man auch durch den Kurpark am Fuße des Hügels entlang zum Restaurant, ohne über den Hügel zu müssen. Rund um den Rosenberg gab es drei Reha-Kliniken, deren Patienten und Besucher die Ruhe und die Schönheit der Natur genießen konnten.

»Ist das wundervoll hier«, schwärmte Pit, der seinen Blick über den Restaurant-Garten schweifen ließ und bemerkte, dass schon eine Reihe Frühblüher da war, Blumen und einige zeitig blühende Sträucher. Bis zur nächsten Hügelkette erstreckte sich eine weite, grüne Landschaft – große, freie Wiesen, Äcker und mehrere kleine Haine und Wäldchen.

»Einfach schön«, wiederholte Pit und ließ seine Augen über die Gruppe an dem großen Tisch schweifen. Die freundliche Bedienung reichte den sechs Gästen Menükarten und fragte nach den Getränkewünschen. Als sie die Bestellungen erledigt hatten, plauderten sie zunächst über dies und jenes und verputzten ihre Vorspeisen. Von den Hauptgängen waren sie begeistert, sie waren einfach exquisit. Auch der Seele tat es gut.

Erst danach hatten sie die Möglichkeit, das problematische Thema Daggi zu besprechen. Margret war die Erste, die das Thema aufgriff und überlegte, wie man Daggi helfen könnte. Sie sprach Daggis bewegte Stunden und Tage an, die Folge ihrer desolaten Gesundheitsverfassung, insbesondere aber ihren trostlosen Seelenzustand, der hauptsächlich in Alex' Arbeitslosigkeit begründet lag. Das bestätigten auch Jutta und Petra und schilderten die näheren

Einzelheiten, die ihnen bekannt waren.

»Es ist schon furchtbar, keine Beschäftigung mehr zu haben. Unser Deutschland ist zwar gesund und stabil, in anderen EU-Staaten sieht das zum Teil viel schlechter aus«, erklärte Wölfi. »Aber auch bei uns gibt es jede Menge Erwerbslose und Hartz-IV-Empfänger. Und dann noch mit Familie? Ist schon alles traurig. Das bisschen Knete … Die Leute ecken schnell an bei der misslichen finanziellen Lage. Auf so manches muss verzichtet und Vertrautes geopfert werden. Leidtragende sind vor allem die Kinder, die das bitterböse Wort ›verzichten‹ kennen lernen müssen, sie sind für ihr ganzes Leben geprägt. Und das ist sicher nichts Gutes! Nach dem, was ihr uns berichtet habt, hat Daggi mit ihrer Familie das klassische Problem und muss auch ihr trauriges Schicksal tragen.«

Wölfi schaute in die Runde, alle ließen sich die Problematik durch den Kopf gehen, eine Ruhepause trat ein. Er nahm einen Schluck Wein und sprach weiter. »Wir wissen nun, dass die Familie Dreyfuß nicht nur ein Problemchen und eure Daggi natürlich die komplexesten Probleme hat. Wie lieb von euch, dass ihr ihr helfen wollt.« Gerührt hielt er lächelnd Margrets Hand.

»Ihr könnt eure Daggi so prima aufmuntern und wie ganz selbstverständlich Trost spenden.« Automatisch duzte er die anderen, was er erst jetzt merkte, und machte einen Vorschlag. »Oh, ganz gedankenlos duzte ich euch. Aber ehrlich, es redet sich leichter und lockerer, wenn man sich duzt … Was meint ihr?«

Seine Idee fiel bei den anderen auf fruchtbaren Boden. Auch wenn die Clique noch nicht so lange zusammen war, sollten doch aus dem frischen Bekanntenkreis Duzfreunde werden. Und so bot es sich an, auf diese neue Situation das Weinglas zu erheben.

Nach dem nicht so langen lockeren Gespräch war es Zeit, wieder zum Hauptthema zurückzukehren.

Petra schlug vor, sie sollten Daggi nochmals intensive Unterstützung anbieten. »Sagt mal, Daggi hat ja jetzt keine Jesuslatschen mehr, eine davon konnten wir im Wald noch finden, aber die andere … Wir könnten doch noch mal in den Wald gehen, diesmal aber ganz gemütlich, frische Luft schnappen und vielleicht die zweite Sandale finden. Anfang der Woche könnten wir dann ins Städtchen gehen und neue Sandalen für sie besorgen. Den einen Schuh können wir ja mitnehmen wegen der Größe.

»Das ist ein guter Gedanke, das machen wir. Und nach dem Schuhkauf suchen wir für sie noch einen guten, warmen Anorak. Ihr eigener sieht nicht mehr so toll aus. Sie wird sich bestimmt darüber freuen.« Auch Jutta war begeistert von der Idee. Sie gaben sich die Hand, die Sache war gebongt.

Über das unendliche ›Aber‹, diese Krux mit der Arbeitslosigkeit, wollte Wölfi weiterreden. »Meine Idee, die ich euch gleich erklären werde, hat im Prinzip Margret losgetreten.« Liebevoll sah er seine Frau an. »Vor kurzem telefonierten wir mal wieder, diesmal ziemlich lange. Meine liebe Margret wollte mich dazu bewegen, etwas zu tun. Ergo, ich erkläre es euch. Die Entfernung zwischen Wuppertal und Köln ist bekanntlich nicht besonders groß. Ich bin, das wisst ihr ja bereits, selbstständig, und viele meiner Kontakte gehen in Richtung Köln. Dort kenne ich viele Firmen, die Elektroniker, Elektrotechniker oder Elektromonteure beschäftigen. Ich kann mir gut vorstellen, dass Daggis Mann große Schwierigkeiten hat, die für ihn richtige Anstellung zu finden – das ist verdammt schwer. Als guter Meister eine Stelle zu finden … Seine alte Firma war pleite, alle Angestellten waren arbeitslos geworden. Ich werde Kontakt aufnehmen zu meinen Kunden, muss ja nicht unbedingt in Köln sein. Vorteile, die einem geboten werden, sollte man auch nutzen. Mal sehen, ob wir die Familie Dreyfuß von den allergrößten Sorgen befreien können.«

Er nahm einen kleinen Schluck und sprach weiter. »Ja, und dann noch die fürchterliche Angst wegen der Schulden – die Belastung wurde größer und größer. Die Belastung durch ihre Grundschulden für ihr Häuschen sind zwar von ihrem Kreditgeber human für eine Zeit ausgesetzt worden, aber bald werden Zins- und Tilgungszahlungen wieder einsetzen. Was dann?«

»Wie schnell können schlimme Sorgen größer und größer werden«, nickte Pit.

»So ist es«, bestätigte Wölfi, »und nur mit Angst und Sorgen leben? Das ist ja nervenaufreibend! Sie wohnen zwar in ihrem neuen Haus, aber glücklich können sie dort nicht sein. Wie kann es da schöne Tage geben? Wirklich schlimm!«

»Und folglich wurde Daggi mit allem zugeschüttet und war völlig überlastet und überfordert und wurde infolgedessen echt krank. Unsere arme, traurige Daggi!« Jutta fühlte mit ihr.

»Ja, okay, wir kennen ja jetzt alle Daggis schlimme Erlebnisse«, meinte Pit ein wenig kiebig, »das Punctum saliens, der springende Punkt, wurde bis jetzt noch nicht angesprochen.«

Das war Pit, wie er leibte und lebte – jeder Zoll ein überzeugter Staatsdiener, der sich bei der Erörterung eines Sachverhaltes stets auf das Wesentliche konzentrierte. Jutta kannte ihren Mann lange genug und musste über seinen Hinweis einfach nur schmunzeln – beruhigend streichelte sie seine Hand.

»Na gut«, erwiderte Wölfi, dessen zuckende Mundwinkel verrieten, wie amüsant er die Szene fand, »endlich arbeiten wir jetzt sachlich und objektiv.«

Auf jeden Fall war dieses Thema so brennend wie dringend. Die wirklich nicht alltägliche Situation mit der wichtigen Zielsetzung war relativ schnell abgehandelt. Alle sechs am runden Tisch waren sich einig und zufrieden mit dem, was sie der Familie Dreyfuß anbieten wollten.

Margret, Jutta und Petra würden morgen, wenn ihr Besuch nach Hause gefahren war, Daggi wieder besuchen und ihr von dem eben beschlossenen Plan berichten. Sie waren sich sicher, dass Daggi sich bis dahin wieder erholt haben würde. Aber wie würde Daggi auf ihre Vorschläge reagieren? Würde sie sich helfen lassen?

*Bad Driburg, Reha Caspar-Heinrich-Klinik,
Sonntag, 13. März*

Kapitel 10

Margret, Jutta und Petra saßen an Daggis Bett und wollten wissen, ob es ihr inzwischen besser ging als gestern. Ihre erhöhte Temperatur war gesunken und fast wieder normal, eine Hyperthermie hatte sie, dem Himmel sei Dank, nicht mehr. Ganz allgemein fühlte sie sich schon wesentlich besser. Auch in der zweiten Nacht im Krankenhaus konnte sie wenigstens ein paar Stunden schlafen.

Alex hatte angerufen, auch ihm ging es mit seinen Verletzungen besser, selbst die Kopfschmerzen von seiner Gehirnerschütterung gingen erheblich zurück. Am Montag würde er aus dem Krankenhaus entlassen werden. Sein Schleudertrauma, gegen das er eine schützende Halskrause tragen musste, könnte auch ambulant versorgt werden. Da würden Amelie und Sarah sicher froh sein. Oliver aber musste noch länger im Krankenhaus bleiben.

Daggis Gesichtsausdruck zeigte erfreulicherweise Gelassenheit und Frieden, Ausdruck ihres Gesundheitszustandes.

Petra beugte sich über sie und tätschelte ihre Hand. »Mensch, Daggi, wir freuen uns, dass es dir, deinem Mann und Oliver besser geht. Und du siehst schon wieder richtig klasse aus. Auch wenn du immer noch an den Schläuchen hängst.« Damit meinte sie die Infusion. Sie schaute sich das Fläschchen näher an und sagte: »Oh, nee, das Ding ist ja ganz leer. Und nu?«

»Ziemlich einfach, Petra, wenn die Schwester Zeit hat, wird sie bei mir alles entfernen. Ich brauche keine Infusionen mehr. Mein Kopf ist zwar nicht mehr heiß, aber mein Knie …« Sie schlug ihr Oberbett zur Seite, damit ihre Freundinnen das dicke Knie anschauen konnten.

Petra, die wie gestern ganz nah an Daggis Bett saß, konnte leicht erkennen, dass das Knie stark angeschwollen war. Jutta und Margret mussten aufstehen und sich am Bett abstützen, um das Knie näher in Augenschein nehmen zu können.

»Oh, oh«, stellte Jutta fest, die mit Knieproblemen genug Erfahrungen hatte, »wann wird denn dieser Fußball punktiert? Hier im Krankenhaus oder bei uns in der Reha?«

Nachdem alle drei das Knie mal befühlt hatten, erklärte Daggi: »Bei der morgendlichen Visite teilte der Arzt mir mit, dass bei allen Untersuchungen keine Verletzungen an dem Knie gefunden worden seien, weder eine Meniskusverletzung noch Bänderrisse. Es könnten Überdehnungen und Zerrungen vorliegen. Aber trotz allem quält mich das Knie stark.« Ob es nun am Knieschmerz oder an ihrer schlimmen Erinnerung lag, sie blieb zwar tapfer und weinte nicht, aber ein leises Schniefen war doch zu hören.

Die Kniefachfrau Jutta diagnostizierte: »Sei froh, dass keine ernsthafte Verletzung festgestellt worden ist. Dein dickes Knie braucht allerdings reichlich Zeit zu heilen – aber Daggi, die Flüssigkeit muss unbedingt aus dem Gelenk entfernt werden. Je dicker das Knie ist, umso schmerzhafter ist es. Denk daran!«, warnend hob sie ihren Zeigefinger, »dabei kann ich gut mitreden.«

»Hört, hört!«, meinte Petra nur.

»Ja, ja, es soll schon punktiert werden, aber man will erst einen Tag abwarten und beobachten, ob die Schwellung bleibt, abnimmt oder noch dicker wird. Auf jeden Fall werde ich morgen Vormittag entlassen, ich komme dann wieder zu euch. Das Punktieren soll dann in der Reha-Klinik gemacht werden, einer der Orthopäden kann es dann machen.«

Die drei Frauen freuten sich, Daggi würde bald wieder bei ihnen sein. An und für sich wollten sie ihr heute schon von ihren Plänen berichten, aber es schien ihnen klüger zu sein, Daggi erst am Entlassungstag davon zu erzählen – das wäre dann doppelte Freude, aus dem Krankenhaus zu kommen und eine freudige Botschaft zu erhalten. Aus dem Augenblick heraus waren die drei sich einig geworden, dass Margret Daggi einen geheimnisvollen Hinweis auf morgen geben sollte, über den sie dann grübeln konnte.

»Hör gut zu, du wirst bald eine freudige Überraschung erleben.« Petra und Jutta begleiteten diese Worte mit einem Honigkuchenlächeln.

Darüber nachzudenken, blieb Daggi im Moment keine Zeit, denn die Tür ging auf und zwei Krankenschwestern betraten den Raum. Eine brachte Kaffee für die Patientinnen und für jede ein Stück Obstkuchen und bot den Besucherinnen an, auf dem Stationsflur in der Sitzecke Platz zu nehmen.

Die zweite Schwester kümmerte sich um Daggi und entfernte den Dauertropf – wieder ein Stück Freiheit mehr für Daggi. Für ihr superdickes Knie hatte sie ihr einen Kühlpack mitgebracht, der die Hitze aus dem Gewebe ziehen sollte.

Wie schon so oft in den letzten Tagen besorgte Petra für sich und Margret und Jutta Kuchen und heiße Getränke. Die anderen hatten noch nicht einmal ihre Milch im Kaffee verrührt, als Petra bereits den letzten Bissen von ihrem Kuchen verspeist hatte. Als Jutta und Margret sie groß anschauten, hatte sie ein Sprichwort parat, das sie abgewandelt hatte: »Wer sich heute freuen kann, sollte nicht bis morgen warten.« Dabei grinste sie über sämtliche Backen.

Es wurde unruhig im Krankenzimmer, die beiden anderen Patientinnen und ihr Besuch ließen den Lärmpegel steigen. Die Besucher hatten Blumen und Pralinen sowie ein paar Zeitungen und Illustrierte mitgebracht, Begrüßungen wurden ausgetauscht, Dinge beiseite geräumt, Stühle gerückt, und das Stimmengewirr schwoll zusehends an.

Margret, Jutta und Petra rückten näher an Daggis Bett und sprachen leiser als vorher, ein tiefgreifendes Gespräch war allerdings nicht mehr möglich. Sie berichteten nun von ihrem Wochenendbesuch und bestellten schöne Grüße von Wölfi, Pit und Anne, die bereits kurz zuvor wieder nach Hause gefahren waren.

Daggi würde sich richtig freuen, wenn am kommenden Wochenende ihr Alex bei ihr wäre.

»Weißt du«, Margret stand auf, ebenso Jutta und Petra, »in einer Woche kann so manches geschehen, diesmal ganz bestimmt nur was Schönes. Daggi, wir schwören darauf.« Sie streichelte ihr kurz über die Wangen und hatte einen vielsagenden Spruch auf Lager: »Der Mensch ist für die Freude geboren! Wenn du alleine bist, denk mal darüber nach. Das tut gut. Und noch ein Spruch, aber dann gehen wir auch wirklich.« Sie umarmte Daggi und flüsterte ihr ins Ohr. »Vertrauen macht Freunde!«

Natürlich verstand Daggi das sofort, und ihre Augen wurden feucht, diesmal allerdings vor Freude. Margrets Worte taten ihr gut, aber aus ihrer Mimik konnte sie ablesen, dass noch etwas Ungewöhnliches und Schönes auf sie wartete. Sich darüber jetzt großartige Gedanken zu machen, war für Daggi kein Thema. Jetzt, im Moment, war sie einfach nur glücklich.

*Bad Driburg, Reha Caspar-Heinrich-Klinik,
Dienstag, 15. März*

Kapitel 11

Der zweite Tag einer neuen Woche, wie immer war in der Reha Bewegung, Unruhe, ein Kommen und Gehen am späteren Vormittag. Nahe am Haupteingang standen mehrere Autos und daneben kleine und große Koffer und Taschen. Die einen stiegen ein, die anderen aus, einige mit Hilfe von freundlichen Menschen.

Ein Taxi fuhr vor und hielt unmittelbar vor dem Eingang. Der Fahrer stieg schwungvoll aus und öffnete die Beifahrertür. Er half Daggi – sie trug jetzt einen tollen, warmen Anorak – beim sicheren Aufstehen und Aussteigen, nahm dann ihre zwei Stöcke zur Hand, die er auf der Rückbank abgelegt hatte, und reichte sie Daggi. Er nahm noch ihre Tasche und begleitete sie bis zur Information. Die nette Empfangsdame hatte sie schon kommen sehen.

»Warten Sie, Frau Dreyfuß, ich habe Schwester Karin schon Bescheid gesagt, sie kommt gleich und hilft Ihnen.«

Jutta, Margret und Petra hatten Daggi noch am späteren Montagnachmittag nach ihren Therapien im Krankenhaus besucht. Sie lief unsicher und langsam mit ihren neuen Stöcken auf dem Stationsflur, zusammen mit einer Physiotherapeutin, die ihr genau erklärte, wie sie mit ihren Unterarmgehstützen in der richtigen Haltung gehen müsste. Margret und Jutta verfolgten das aufmerksam, da sie ja selbst mit den Stöcken umgehen mussten.

Daggi trug ein buntes Baumwollhemd, eine flotte, schwarze Jogginghose und, was besonders wichtig war, festes Schuhwerk. Das waren die Sachen, die ihr die Schwester aus der Reha-Klinik am Freitag noch ins Krankenhaus gebracht hatte.

Sie schaffte es ohne große Schwierigkeiten bis zur Sitzecke, während die Therapeutin sich mit einem »Tschüs, bis morgen« verabschiedete. Daggi war froh, sich nach den Anstrengungen zu den drei Frauen setzen zu können.

»Mensch, Daggi, schön, dass du wieder gehen kannst. Toll, jetzt habe ich drei Humpler um mich herum. Nee, nee, da bin ich nun sicher die Uninteressanteste unter uns Vieren. Ich arme Petra!«

»Wir sind heilfroh, dass wir dich haben, so kannst du uns immer behilflich sein. Zum Beispiel könntest du uns jetzt für alle was Trinkbares besorgen. Mineralwasser würde diesmal durchaus reichen.« Jutta schaute Petra lächelnd an.

Daggi berichtete, dass ihr Alex inzwischen wieder zuhause bei den Töchtern war. Ganz aufgeregt erzählte sie weiter, dass ihr Mann, bevor er das Krankenhaus verließ, von einer Sozialarbeiterin aufgesucht wurde.

»Sie sprachen intensiv über unsere Probleme, insbesondere über das viele Alleinsein unserer Kinder. Auch aufgrund der Verletzungen von Alex und Oliver hat sie uns dringend empfohlen, eine Familienpflegerin zu engagieren, die Krankenkasse wird die Kosten übernehmen. Gesagt, getan, die Sozialarbeiterin sprang ein und managte alles selbst und ganz schnell, am nächsten Tag sollte die Pflegerin bereits da sein«, freute sich Daggi. »Auch unsere Mütter wollen helfen, so gut sie können. Ihr wisst ja, dass es den beiden Damen gesundheitlich auch nicht so besonders geht. Ich bin richtig froh, dass uns nun endlich geholfen wird. Meine Freundin kann leider nicht so viel helfen, sie hat ja auch Familie. Ich wusste gar nicht, dass es diese Familienpflegerinnen überhaupt gibt, das ist prima, denn wie blöd ist es, wenn Mütter krank sind. Sie fehlen dann an allen Ecken und Enden.«

»Oh ja«, stimmte ihr Jutta seufzend zu, »da kann ich auch mitreden.« Sie umfasste Daggis Arm mit beiden Händen. »Wie schön, dass es dir jeden Tag besser geht und du endlich weniger Probleme hast.«

Dazu meinte Margret treffend: »Daggi, wir freuen uns natürlich mit dir, deinen Tiefpunkt hast du überstanden, halleluja! Schön, dass es jeden Tag besser geht. Trotzdem, Daggi – das Schlimmste kann auch bald vorbei sein.« Sie hielt inne und schaute Daggi an.

Daggi verstand die kurze Pause, sie merkte selbst, dass sie noch nicht mit allem zufrieden sein konnte, und spürte, was Margret ihr sagen wollte. Mit großen Augen fragte sie trotzdem: »Was meinst du denn?«

Margret bemühte sich, nicht oberlehrerhaft zu wirken, sie wollte nur helfen. Jutta und Petra merkten, worauf Margret hinauswollte, hielten sich aber zurück.

»Du weißt, Daggi, dass du immer noch diese Angstzustände hast, etwas, das du nicht mehr alleine beherrschen kannst. Es ist selbstverständlich, dass wir dir weiterhin helfen. Aber du solltest auch bereit sein, hier bei uns in der Klinik zu einer der sympathischen Psychologinnen zu gehen. Du brauchst fachkundige Hilfe. Überleg mal …«

Sie nahm einen Schluck Wasser und sprach weiter: »Wir

alle helfen dir dabei gerne und organisieren für dich auch einen Termin bei einer Seelenhelferin, dabei könnte uns auch deine Schwester Karin helfen. Sie sollten wir mit einbinden. Du hast uns ja endlich deine Probleme gebeichtet, das war der erste Schritt in die richtige Richtung, aber bei dem vielen geballten Mist, da brauchst du professionelle Hilfe. Wir bleiben ja alle noch zwei Wochen hier. Da du wegen deines Knies das therapeutische Klettern vergessen kannst, könntest du doch die Zeit gut damit überbrücken. Wirklich, Daggi, überleg es dir!«

Daggis Gesichtsausdruck hatte wieder friedliche Züge angenommen. »Ich versuche es!« Sie lächelte. »Die Psychologen sind ja Zimmernachbarn auf meinem Flur. Das passt prima, da brauche ich nicht weit zu humpeln.« Sie fühlte sich jetzt ganz sicher. »Ja, ich will und freue mich, dass ihr für mich den Kontakt herstellen wollt.«

Ihr tiefes Durchatmen hatte nicht nur Margret, sondern auch Petra gerührt, die sich bückte und in ihrem Einkaufsbeutel kramte, um die eine oder andere Träne zu verbergen. Sie holte etwas aus dem Beutel hervor. »Ratet mal, was wir für dich haben, Daggi?« Sie hielt den Plastikbeutel hoch. »Du, wir konnten eben im Städtchen was Gutes und Praktisches finden. Was könnte das sein?«

»Hallo, Frau Dreyfuß, schön, dass Sie wieder bei uns sind.« Schwester Karin war schnell durchs Treppenhaus ins Erdgeschoss zur Information gelaufen und musste sich durch die vielen Menschen ihren Weg bahnen, aber dieses Spielchen kannte sie zur Genüge.

Sie nahm Daggis Tasche.

»Kommen Sie, wir gehen zuerst zu einem Orthopäden,

das habe ich schon geregelt, der wird Ihr Knie gleich punktieren.«

»Aha, dann hat der Krankenhausarzt hier schon angerufen … Das ging aber schnell.« Aber ein wenig Angst vor der Punktion hatte sie doch. »Wie geht das? Tut es weh?«

»Aber nein, Sie müssen nur ruhig bleiben, die Beinmuskulatur darf sich bloß nicht verkrampfen, denn dann könnte es doch wehtun. Also keine Angst!«

Sie waren im Gang vor den Orthopäden angekommen, wo es ausreichend Stühle für die wartenden Patienten gab. Auch Daggi setzte sich dankbar hin, denn das Laufen an Stöcken war doch ziemlich anstrengend.

»Der Arzt ruft Sie gleich auf. Nach der Punktion sehen wir uns wieder, ich werde Sie abholen.« Schwester Karin, schon im Weggehen begriffen, kam noch mal zurück. »Hätt' ich doch bald das Wichtigste vergessen. Bitte gut zuhören! Heute um fünfzehn Uhr gehen Sie bitte zu Frau Lessing, der Psychologin. Sie hat ihr Büro auf Ihrem Flur, ein paar Zimmer weiter. Bei ihr sind Sie in guten Händen.« Sie hielt Daggis Hände, sie wusste, dass Daggi das alles akzeptierte. »Toll, Frau Dreyfuß, Sie sind auf einem guten Weg. Nochmals, bis gleich!«

Pünktlich zur Mittagszeit saßen die meisten Patienten an ihren Tischen und ließen es sich schmecken. Jutta und Margret aßen bereits, als Petra hereinstürmte und laut posaunte: »Ich hab Daggi gesehen. Sie ging gerade mit einem Knochendoktor in einen Behandlungsraum. Ich denke, dass sie jetzt wegen ihres Knies behandelt wird.« Sie schob ihren Stuhl zur Seite und nahm Platz.

Petra wollte gerade weitersprechen, als Schwester Bärbel

zu ihnen kam. »Hallo, ich habe eine freudige Nachricht für Sie.« Sie stützte sich mit beiden Händen auf dem Tisch ab.

»Was kann das denn Entzückendes sein?«, wollte Jutta wissen und schob den leeren Teller zur Seite.

»Ihr Tischnachbar, Herr Alkau, Sie erinnern sich, ist noch im Krankenhaus in Hannover, und es geht ihm wesentlich besser. Er rief mich vorhin an und erzählte mir das. Und … ich soll Ihnen ganz liebe Grüße ausrichten. Trotz der kurzen Zeit, die Sie zusammen verbracht haben, kann er sich noch gut an Sie erinnern – es waren schöne Momente. Das sollte ich Ihnen unbedingt sagen. Höchstwahrscheinlich werden Sie sich nicht mehr sehen können, aber im Herzen sollten Sie ihn in guter Erinnerung behalten. Das war's. Das ist doch wirklich schön? Oder?« Mit diesen provozierenden Fragen verließ Schwester Bärbel den Speiseraum.

»Danke«, riefen die drei ihr ganz laut hinterher. »Mann, Mann, und ich dachte schon, Herr Alkau würde nicht mehr leben.« Petra musste ihrer Beruhigung Ausdruck verschaffen. Ihr Mann hatte vor Jahren eine ähnliche Erkrankung gehabt, aber im Gegensatz zu Herrn Alkau hatte er es nicht geschafft.

»Komm, Petra, fang gar nicht erst an zu grübeln.« Jutta gab ihr diesen guten Rat. »Heute an diesem besonderen Tag wollen wir uns alle, auch du, Petra, nur freuen und das Positive genießen. Anderes Thema, du hast Daggi gesehen. Konntest du mit ihr sprechen?«

»Nein, wir konnten uns nur kurz zuwinken, dann ging sie mit ihrem Doktorchen ins Séparée.« Genussvoll schlürfte sie ihr Süppchen.

Margret, die mit ihrem Essen fertig war, setzte das Gespräch fort. »Ich bin wirklich gespannt, ob das mit Daggi und der Psychologin auch klappen wird. Das muss eine durchgreifende Gesprächstherapie werden.«

»Und das kann nur gutgehen«, kommentierte Jutta lächelnd. Sie war schon aufgestanden, ihr Massagetermin stand an.

Margret und Petra hatten noch etwas Zeit. Es war ihnen sehr angenehm, in der Mittagszeit eine längere Ruhepause zu haben. Da konnte man plaudern, quatschen und Spaß haben. Aber dann …

»Ach, so langsam wird es Zeit, wir beide müssen auch ran. Ich hab Einzelgymnastik und du, Petra?«

»Ich?«, fragte sie und machte ihre persönliche Schau, »ich arme Frau! Ich muss wieder nach draußen und darf dort meinen Qigong genießen.«

Sie standen beide auf, holten ihre Stoffbeutel mit ihren Utensilien und schlenderten zum Aufzug. Als sie warteten, meinte Petra: »Du, es wird heute bestimmt ein ganz toller und schöner Quartett-Abend. Ich freue mich schon riesig darauf.« Nun aber trennten sich erst einmal ihre Wege, die Therapien standen an.

Die Psychologin, Frau Lessing, ließ ihre Bürotür offen, sie erwartete die nächste Patientin. Noch war sie allein und hatte so Gelegenheit, ihren Schreibtisch aufzuräumen und Berichte, Briefe und Schreiben in die entsprechenden Ordner zu heften. Gerade hatte sie den letzten Ordner in der Hand und wollte ihn im obersten Regal abstellen, als die verunsicherte Daggi eintrat.

»Darf ich zu Ihnen?«

»Aber sicher«, entgegnete Frau Lessing und schaute sich Daggi an. Der erste Blick war für sie und ihre Arbeit sehr wichtig, sie konnte daraus bereits vieles ableiten.

»Mein Name ist Lessing, und Sie sind bestimmt Frau Dreyfuß?«

Daggi nickte nur.

»Ja, dann nehmen Sie doch bitte Platz.«

Um eine entspannte Unterhaltung zu beginnen, wies sie Daggi nicht den Besucherstuhl vor ihrem Schreibtisch zu, sondern platzierte sie an einem kleinen, bequemen Besprechungstisch, um die Barriere Schreibtisch zu umgehen. Sie nahm Daggis Akte und setzte sich ihr gegenüber hin.

»Ich finde es sehr gut, dass Sie aus eigenem Antrieb zu mir kommen, ganz toll, Frau Dreyfuß! Ich schlage vor, wir beginnen mit dem Sie stark belastenden Thema Psychosomatik, selbstredend zuerst mit dem ganz Neuen. Sind Sie damit einverstanden?«

»Ja. Ganz sicher, ich will hier in Ihrem Hause endlich zu mir finden und mich wirklich erholen. Ich möchte endlich wissen, wie ich meine psychosomatische Erkrankung wieder loswerde, das sollte mir viel bringen. Dann besteht auch die Möglichkeit, die Hintergründe meiner Erkrankung wirklich zu begreifen.«

Sie senkte den Kopf und versuchte, ihre Nervosität in den Griff zu bekommen. Ihre in sich verschränkten, feuchten Hände spiegelten ihre immer noch hektischen und kribbeligen Gefühle wider, was eine Psychologin natürlich sofort sah.

Frau Lessing hatte ihre Beine übereinandergeschlagen, hielt einen Notizblock in der Hand und machte sich zu

Daggis Antworten Notizen. Ihre souveräne Art färbte langsam auf Daggi ab, sie wurde gelassener, ihre Hände ruhten nun auf ihrem Schoß. Frau Lessing war gespannt, wie es weitergehen würde. Ganz konkret wollte sie ihre gezielten Fragen anbringen.

»Frau Dreyfuß, was war denn letzten Donnerstag und Freitag geschehen? Was Schlimmes?«

»Ja, natürlich ... ich ... ich will versuchen, über alles zu berichten.« Ihre Anspannung war wieder zurück. »Das alles war am Mittwoch passiert«, das wollte sie erst einmal richtigstellen, »das, was mein Mann mir am Mittwochabend am Telefon sagte, war einfach zu viel für mich, unerträglich, furchtbar, schlechthin grässlich.« Sie schilderte den Autounfall und, und, und ... »Und ich war schrecklich hilflos, mir konnte auch niemand helfen.«

»Was geschah dann? Wie reagierten Sie?«

Daggi erzählte von ihrer langen Nacht, den Bauchschmerzen und ihrer Übelkeit, am nächsten Tag sei sie zunächst im Bett geblieben, danach aber nach draußen in den Wald gegangen, sie brauchte Luft und Freiheit.

»Und dann ist bei Ihnen was ganz Schlimmes abgelaufen? Können Sie darüber sprechen und mir den Ablauf schildern?« Frau Lessing schaute Daggi sehr interessiert an. Doch Daggi war im Moment nicht in der Lage, über ihr Erlebnis zu sprechen, ihr Kopf rebellierte. Sie atmete langsam tief ein und aus, um sich zu beruhigen, und begann danach leise und stockend zu reden.

»Ich war noch immer außer mir, innerlich furchtbar zerstört. Es muss mich alles wie vom Blitz getroffen haben, so, wie ich reagierte ... Ja, ich wollte nur weg, weg, weg ... Meinen Anorak hatte ich wohl angezogen, aber vergessen, feste Schuhe anzuziehen. Ich raste regelrecht in den Wald, es regnete, nein, es goss aus Kübeln – unwetterartig. Es war egal, ich brauchte Freiheit. Ich war nun ganz alleine im Wald und inzwischen völlig durchnässt. Der Waldweg glich einem kleinen Bach, der Boden konnte das viele Wasser nicht mehr aufnehmen. Und plötzlich zogen pechschwarze Wolken auf, es wurde dunkler und dunkler. Verdammt! Warum bin ich überhaupt nach draußen gegangen? Das Wetter wurde schlimmer und schlimmer, es blitzte und donnerte. Ich lief rasch weiter, so schnell, wie es die Sturmböen, die Regengüsse und das Gewitter zuließen. Und Angst hatte ich, ganz schlimme sogar. Was auf dem Waldboden lag, konnte ich bei diesem Wetter nicht mehr sehen. Und dann passierte es auch schon, ich stolperte über irgendetwas, stürzte heftig auf die Erde und muss mir dabei mein Knie verdreht oder verrenkt haben.

Ja, ich lag dann auf dem völlig vermatschten Boden und konnte nicht mehr aufstehen – und das Unwetter wütete weiter. Was nun? Schon wieder ein furchtbar greller Blitz, direkt über mir, und so war es glücklicherweise im Moment hell genug für mich zu erkennen, dass es da in der Nähe eine Art kleinen Unterstand gab, vielleicht eine Kinderhütte. Langsam kroch ich unter heftigen Schmerzen bis in diesen Unterschlupf. Ich wusste nicht, was und wo mir alles wehtat, aber am schlimmsten war die folgende lange und nasskalte Nacht ...«

Nach kurzem Luftholen lächelte sie müde und sprach weiter. »Ganz ehrlich, Frau Lessing, meine Geschichte passt eher in einen Horrorfilm als in einen Reha-Aufenthalt!«

»Ja, ich kann mir denken, wie grausam das alles für Sie gewesen sein muss. Und, Frau Dreyfuß, wie verlief dann die nicht schöne Nacht?«

»Grauenhaft, ja … Es war fies nass und kalt, meine Kleidung war völlig durchnässt, und je später es wurde, umso kälter wurde es auch. Um mich ein wenig warm zu halten, trommelte ich mit den Händen auf meinen Körper. Aber irgendwann ging das nicht mehr, die Hände waren steif und fühlten sich an wie abgestorben. Ob ich zwischendurch eingenickt war oder bewusstlos, weiß ich nicht. Sehen Sie …«, sie nickte, »ich denke, eine Ohnmacht kann einen schon mal vor Bösem schützen.«

Frau Lessing war von dieser traurigen Geschichte richtig ergriffen, auch eine Psychologin ist nur ein Mensch. Sie fragte weiter ganz gezielt und ließ Daggi jede Menge Zeit, sich alles von der Seele zu reden.

Daggi berichtete vom Freitag und ihren Freundinnen, die ihr die rettende Hilfe gaben, von ihrem folgenden Krankenhausaufenthalt mit den Besuchen ihrer drei Kameradinnen. Bis eben war sie von ihren traurigen Berichten aufgewühlt gewesen, aber danach wurde sie wieder ruhiger.

Frau Lessing registrierte das zufrieden, genau diesen Zustand hatte sie erreichen wollen. Nun war es an der Zeit, sich vorsichtig und langsam an Daggis Knackpunkt heranzutasten.

»Ja, Frau Dreyfuß, in den letzten Tagen haben Sie nun viel erlebt, alles noch in frischer Erinnerung. Wir sollten jetzt aber auch über ältere Erlebnisse sprechen, die Sie ernsthaft krank werden ließen. Wissen Sie, unsere Seele ist etwas ganz Kompliziertes. Während die einen über eine, na ja, ganz stabile Psyche verfügen – sie zeigen nie oder selten Schwächen oder können auch nur exzellente

Schauspieler sein –, hat die überwiegende Mehrzahl der Menschen ein stetiges Auf und Ab ihrer Psyche zu verkraften. Dann rebelliert die leidende Seele.«

Daggi hörte aufmerksam zu.

»Aber unsere Nerven, Psyche und Denken kann man nicht teilen, es gehört alles zusammen und stellt ein höchst sensibles System dar. So kommt es zu Reaktionen an den inneren Organen oder unserem Knochengerüst, besonders an den Gelenken, wenn das Zusammenspiel nicht mehr funktioniert – das kann heute als gesichert vorausgesetzt werden. Lassen Sie uns nun über das Thema Psychosomatik sprechen.«

Daggi vergaß ihre Beschwerden, die Thematik fand sie spannend.

»Das heißt, jemand wie ich, der eine solche fortgeschrittene Erkrankung hat, könnte irgendwann dann auch schwere Depressionen kriegen? Ein wenig Wissen habe ich auch, Psyche heißt ja auf Deutsch Seelenleben, und Soma – glaube ich – bedeutet Körper. Also Psychosomatik?«

Frau Lessing lächelte, sie freute sich über Daggis Aufmerksamkeit.

»Ja, richtig, Ihre Erklärung ist durchaus in Ordnung. Bei Ihnen haben sich nun Seele und Körper gegeneinander und nicht mehr miteinander entwickelt, dadurch sind Sie krank geworden. Sie wie andere auch gehen zum Arzt und klagen über eine ganze Reihe von Symptomen, doch die Mediziner finden keine organische Ursache. Ist ein Mensch ständig mit negativem Stress, Problemen und Störungen belastet, kann sich der Körper irgendwann nicht mehr dagegen wehren, das heißt, der Körper reagiert, die Organe spielen verrückt. Dabei werden die körperlichen

Signale und Warnzeichen dummerweise oft übersehen, der unumgängliche Gang zum Arzt folgt. Die Patienten wissen in den meisten Fällen nicht, welche Ursachen ihre Beschwerden haben können.

Sie, Frau Dreyfuß, mussten erst alle Magen- und Darmuntersuchungen über sich ergehen lassen und feststellen, dass Ihre Organe ziemlich unauffällig waren. Aber Ihre Seele wurde hier nicht berücksichtigt – und die kann sich heftig querstellen mit Magen-Darm-Schmerzen. Psychosomatische Erkrankungen können sich typischerweise in körperlichen Beschwerden bemerkbar machen, zum Beispiel mit Asthma bronchiale, Ulcus pepticum – Magenproblemen – und oft auch mit äußerst unangenehmen entzündlichen Darmkrankheiten.«

Frau Lessing stand auf und holte zwei Tassen, die hatte sie ganz vergessen hinzustellen. Der Kaffeeautomat blubberte schon eine Zeitlang vor sich hin, der Kaffee war längst fertig.

»Frau Dreyfuß, können Sie trotz Magenbeschwerden ein Tässchen Kaffee vertragen?« Daggi nickte nur, und die Psychologin schenkte ihnen das köstliche Gebräu ein. Nach den ersten Schlucken sprach Frau Lessing weiter. »All das Negative, Frau Dreyfuß, endete in körperlichen Schmerzen, bedingt durch Ihre erheblichen Probleme und Störungen.«

Sie blätterte in Daggis Krankenakte und stieß auf den Hinweis zu ihren vielen starken sozialen Störungen. Sie schaute Daggi an und bat sie, über die Entstehung ihrer negativen Erlebnisse zu berichten. Daggi erzählte alles von A bis Z, was sie auch schon im Kreise der Quartett-Frauen gemacht hatte. Dann schwieg sie einen Moment, überlegte und erklärte voller Überzeugung: »Ich denke, Frau Lessing, das Gespräch mit meinen drei Freundinnen hat mir schon beträchtlich geholfen, und Sie werden es auch sicher schaffen, das Zentrum meiner Erkrankung zu finden. Meine Eheprobleme umklammerten mich bis vor wenigen Wochen, und unsere finanzielle Misere wurde ständig größer. Und ich war allein mit meinen Problemen.«

Sie sah die Psychologin mit großen Augen an. »Von all dem Mist bin ich krank geworden und habe immer üblere Schmerzen bekommen.« Daggi umfasste ihre Kaffeetasse mit beiden Händen. Das Reden, das Miteinander tat ihr richtig gut.

Selbstverständlich führte die Psychologin Näheres aus. »Aus verschiedenen Faktoren kann sich eine Störung entwickeln. Sie kennen das auch, die Angst, diese schlimme Angst, die ein Mensch nicht mehr beherrschen kann. Das kann mehr als fatal werden. Irgendwann – früher oder später – produziert dann das Gehirn physiologische Erregungen oder Defekte wie zum Beispiel rasenden Herzrhythmus, viel zu schnelle Atmung oder starke, schmerzende Muskelverspannungen, auch Schwindelgefühle können dazukommen, und, und, und ...« Daggi nickte zustimmend, auch sie konnte davon ein Lied singen.

Frau Lessing beobachtete, ob Daggi ihr folgen konnte. Ja, ihr Gesichtsausdruck bestätigte das, ihre Arbeit schien erfolgreich zu sein. »Wir haben nun lange und viel gesprochen, ich denke, Frau Dreyfuß, wir konnten Ihre Grundproblematik herausarbeiten. Sie verstehen jetzt bestimmt besser, wie kompliziert ein Mensch durch seine Schwierigkeiten werden kann. Überdenken Sie bitte noch mal alles und lassen es erst mal sacken.«

Sie waren beide aufgestanden, Frau Lessing lobte Daggis mitdenkende Art und empfahl ihr: »Wenn Sie wieder Probleme haben sollten, die Sie nicht alleine meistern können, können Sie zu jeder Zeit zu mir kommen. Bitte denken Sie daran!«

»Wisst ihr, dass ein schrecklicher Hunger schnell aggressiv machen kann?«

Petra besorgte sich täglich ein leckeres Stück Kuchen aus der Bufettheke im Speiseraum und setzte sich dann an ihren Tisch. Die Getränke für Jutta, Margret und für sich selbst hatte sie schon vorher hingestellt. Und schwupp hatte sie ihren Kuchen schon halb verspeist.

»Das ist nun mal meine Schwachstelle«, erklärte sie den beiden anderen und schaufelte sich die Bissen hinein. Margret und Jutta, die Petras Laster ja bereits kannten, amüsierten sich.

Jutta wollte zu Petras Hunger mehr wissen, natürlich sollte das eher ein kleiner Zank sein.

»Sag doch, warum wirst du regelrecht angriffslustig, wenn dein Magen knurrt? Erklär das doch mal! Aber verputz erst mal den Rest deines Leckerchens.«

Aber Petra konnte auch zwei Dinge auf einmal – kauen und reden. Und man konnte sogar jedes Wort verstehen.

»Gut, ich erkläre es euch. Ich las mal zufällig in einer Zeitschrift einen interessanten Artikel, ich glaube von amerikanischen Forschern der Akademie der Wissenschaften, die festgestellt hatten, dass Menschen mit Mordshunger einen niedrigen Blutzuckerspiegel haben und infolgedessen sehr angriffslustig werden. Das wurde insbesondere bei Ehepartnern beobachtet.« Petra nahm mit einem feuchten

Zeigefinger auch noch die letzten Krümel vom Teller auf.

Margret und Jutta dachten zuerst, dass dies ein Scherz sein sollte – bei Petra wusste man ja nie. Doch durch das, was Petra weiter erklärte, wurden sie beide aufmerksamer.

»Ach, das ist ja sehr interessant«, meinte Margret, »kannst du uns das näher erklären?«

»Klar doch, ich versuche es. Gott sei Dank habe ich noch meine Erinnerung. Das Vergnügen hat nicht jeder. Also, gut zuhören, unser Blutzucker soll der Treibstoff sein – der Supersaft –-, den unser Kopf braucht, damit er mal hin und wieder arbeiten kann.« Erst schelmisch lächelnd, dann breit grinsend sah sie die beiden an, die nun auf den nächsten Gag warteten. »Ja, ihr Lieben«, sie zog die Augenbrauen hoch, »unser Köpfchen braucht nun mal genug Kohlenhydrate, zum Beispiel zuckerhaltige Futteralien von wegen dem wichtigen Blutzuckerspiegel, diese Stoffe wirken am schnellsten.« Dann gab sie eine höchst persönliche Erklärung ab. »Seht doch mal, ihr Allerliebsten, wenn man reden will, muss unser Köpfchen arbeiten. Ergo brauchen wir dazu den nötigen Brennstoff, äh … diesen Dingsbums, ach ja, den Blutzucker.« Ihr Grinsen wurde breiter und breiter. »Das ist ja schließlich allbekannt, dass meine Wenigkeit gerne und oft klug reden kann. Und deshalb bin ich doch gezwungen, Süßes, sprich Kuchen und Torten, zu konsumieren, sonst rede ich doch völligen Blödsinn. Das ist doch wohl klar wie Kloßbrühe.«

»Aha«, bemerkte Jutta trocken, »wie anders redest du denn, wenn du nichts Süßes gegessen hast? Mal ganz ehrlich, einen Partner hast du nicht mehr, dann wäre es doch von Vorteil, weniger Kohlenhydrate zu dir zu nehmen. Ich denke da an diesen bösen Hüftspeck, den Rettungsring.« Und kniff sich dabei mit Daumen und Zeigefinger in ihre Hüfte.

»Na, du bist ja vielleicht fies«, lachte Petra.

»Ist Daggi eigentlich immer noch bei ihrer Frau Lessing?« Margret wechselte abrupt das Thema, es war genug mit Petras Ulkerei. »Das ist wirklich prima, dass sie aus freien Stücken zu der Psychologin gegangen ist, die ihr bei der Bewältigung ihrer Probleme ganz bestimmt im klärenden Gespräch helfen kann.«

Petra war zwischenzeitlich aufgestanden und räumte das Geschirr ab.

»Ganz ehrlich«, sie lehnte sich an Margret an, »Daggi bleibt unter Garantie länger als andere Patienten bei der Psychologin, und anschließend soll sie ja noch ihr Doktorchen, den langen, äh, Lange heißt er ja, besuchen. Der will ja auch wissen, wie alles abgelaufen ist. Das ist doch logo. Aber heute Abend wird Daggi genug Zeit haben, zu uns zu kommen. Na«, sie klatschte in die Hände, »dann werden wir wie immer genügend Gesprächsstoff haben. Aber jetzt hole ich meine Jacke und geh nach draußen. Kommt ihr mit?«

Bad Driburg, Reha, Dienstagabend, 15. März

Kapitel 12

»Liebe Daggi, wir alle sind uns ganz sicher, dass du nun die Wende zum Guten schaffst.« Margret war richtig erfreut von Daggis gelöstem und lockerem Auftreten.

»Mensch, du, wir freuen uns doch auch.« Petra strahlte besonders über Daggis positiv gestimmten Gesichtsausdruck. »Schieb doch endlich deine Angstgefühle und deinen blöden Bammel und deinen Schiss einfach weit weg.« Sie legte ihre Hand auf Daggis Arm. »Du, es wird schon gehen.«

»Ganz genau«, stimmte Jutta zu, »Petra hat schon die richtigen und treffenden Worte gefunden, das kann sie wirklich gut. Hör mal, Daggi, wir mögen doch alle schöne Zitate und Sprüche. Ich habe da auch noch was Passendes für dich. Der liebe Nietzsche meinte damals und das gilt immer noch: Du sollst dich der Sonne zuwenden, nicht dem Schatten.«

Nach kurzem Schweigen – Daggi war schon beeindruckt von diesen Worten – wollte Margret es noch auf den Punkt bringen. »Tut es nicht gut, mal endlich nach langer Zeit wieder wirklich was Gutes zu spüren, dass es täglich in der Tat besser wird? Und du wirst gleich noch mehr Erfreuliches erfahren. Aber erst erzählst du uns alles, was heute Nachmittag geschehen ist. Machst du das? Wir alle drei sind doch echt neugierig.«

Das Frauenquartett saß gemütlich in Juttas Wohnbereich und trank heißen Früchtetee mit Honig.

Selbst Daggi konnte diesmal die Fruchtsäure gut vertragen, ihr Magen rebellierte nicht. Welch gute Psyche sie doch augenblicklich hatte! Sie stellte ihre Tasse auf den Tisch, fühlte sich in guter gesundheitlicher Verfassung und berichtete detailliert wirklich alles über das Gespräch mit Frau Lessing. Über Margrets Bemerkung, sie werde gleich noch mehr Erfreuliches erfahren, dachte sie gar nicht weiter nach. »Wie gut war es doch, während des Gesprächs auf keine große Wanduhr zu schauen, ich vergaß die Zeit, und die Psychologin konzentrierte sich ganz auf mich. Verdammt, tat das gut!«

Die drei sahen Daggi weiterhin interessiert an, die aber gleich lächelte. »Ich sag's ja, manchmal, dann und wann, ist man dumm und verhält sich unmöglich. Ihr habt mir ja schon länger empfohlen, dass ich hier in dieser Klinik einen Seelenklempner aufsuchen soll. Zunächst konnte ich das nicht. Wisst ihr«, ihr Lächeln war weg, »es war mir schwer genug, euch meine ganz persönlichen Sorgen, Probleme und Nöte zu beichten. Das war verflixt schwer. Mit meiner Freundin über meinen Mist reden? Sicher, schon, aber richtig Zeit hatte sie nicht, sie hat ja auch Familie. Bis dahin hatte ich keine Gelegenheit, mit irgendeinem Menschen darüber zu reden. Und da sollte ich mich gegenüber einem wildfremden Helfer offenbaren und mich über mein tiefstes Innenleben auslassen? So einfach ist das nicht. Ich denke schon, dass jeder so seine eigenen Tabus hat – so auch ich. Seht ihr, das ist die sogenannte signifikante Unantastbarkeit … Über den eigenen Schatten zu springen, ist schon ganz schön schwer.«

Alle vier hingen einen Moment lang ihren Gedanken nach.

»Aber ich hatte bei meiner Beichterei auch noch andere Probleme, der Kloß in meinem Hals wurde ständig größer. Bei unseren blöden Handicaps hab ich irgendwann kapiert, dass es besser ist zu schwiegen. Mit Alex über Probleme reden? Nein, nein, nein! Und mein Bauch rebellierte darauf heftig. Das war echte Kacke! Ja, ihr Lieben, erst jetzt durfte ich kapieren, was und wie alles mit mir geschah.«

»Aber du hast den ganzen Mist ja jetzt abgespült, liebes Hühnchen«, meinte Jutta, »und dir geht es jetzt endlich besser nach dieser bösen Zeit. Deine Psyche und dein Bauch erholen sich, dein Alex bestimmt auch, deine Töchter sind nach langer Zeit wieder netter geworden. Aber wie geht es dem kleinen Oliver? Hoffentlich wieder gut?« Während sie sprach, goss sie den anderen Tee nach.

»Ja, mein kleiner, tapferer Oli …« Ein leicht melancholischer Unterton war zu hören. »Alex berichtete mir, dass der mutige Kerl überhaupt nicht klagt.« Ein Lächeln glitt über ihr Gesicht. »Seine OP war ja nun wirklich nicht harmlos, was ich zuerst gar nicht mitbekommen hatte. Ich sollte mich nicht weiter aufregen, und trotzdem scheint es Oliver gut zu gehen. Ob er mit starken Schmerzmitteln behandelt wird, weiß ich nicht. Ist ja auch egal, er soll keine Schmerzen ertragen müssen. Von Schmerzen verstehe ich was. Hauptsache, Oli muss sich nicht quälen.« Ihr Blick schweifte in die Ferne.

»Ach, wisst ihr, Kinder leiden anders als Erwachsene«, erklärte Jutta, »wir Großen leiden und jammern, wenn wir Schmerzen oder Wehwehchen haben. Bei Kindern wundere ich mich immer wieder, denn wenn ein Kind eine Verletzung hat oder erkrankt ist, tut es ihm im Moment weh, aber nach kurzer Zeit können Kinder alles gut aushalten. Und ich finde es toll, was wir Erwachsenen nicht so einfach können, dass die Kinder dies akzeptieren. Wie gesagt, Kinder schreien nicht lange Ach und Weh. Sie haben auch nicht wie wir Angst davor, eventuell am nächsten Tag immer noch Schmerzen zu haben. Und«, sie sah Daggi warmherzig an, »eine Milzverletzung und die notwendige Operation bei Kindern kann durchaus gefährlich sein, aber sie erholen sich schnell davon. Ich bin mir ganz sicher, dass du hierzu keine Bange haben brauchst. Deinem Sohn wird es von Tag zu Tag besser gehen.«

»Aber jetzt ein ganz anderes Thema«, Margret räusperte sich, »aber ein erfreuliches.« Sie schaute lächelnd Daggi an, Petra und Jutta wussten bereits, was sie ansprechen würde, und lächelten Daggi ebenfalls freundlich zu. »Liebe Daggi, du wirst dich gleich wundern über das, was ich dir erzählen werde. Ich denke, das ist für dich der springende Punkt.«

Daggi schaute die drei Frauen verwirrt an. Ein unsicheres Lächeln machte sich auf ihrem Gesicht breit.

Jutta ließ nun die Katze aus dem Sack. »Wir wissen ja alle, was du und deine Familie für ernsthafte Probleme habt und wie krank man davon werden kann. Deine Bauchbeschwerden wurden im Krankenhaus und hier in der Klinik behandelt, aber deine verletzte Seele hat sich noch nicht so richtig erholen können. Das wird sie auch erst dann, wenn deine ernsthaften Schwierigkeiten sich verabschiedet haben und du tschüs zu ihnen sagen kannst.«

»Ich denke genauso wie Jutta«, unterstrich Petra Juttas Worte, um es Daggi ebenfalls leichter machen.

»Also«, Margret wollte es endlich konkretisieren, »du lagst am Samstag in deinem Bett im Krankenhaus, während wir Besuch von unseren Lieben hatten. Dabei sprachen wir über die vielen Unglücke, die über euch hereingebrochen sind. Und wir waren uns bei unserem gemütlichen Restaurantbesuch ganz klar einig, dir und deiner Familie zu helfen.«

Daggi begriff so langsam, was ihr da gesagt wurde, und war so gerührt, dass ihr die Tränen über die Wangen liefen.

Margret redete behutsam weiter: »Freundschaft, auch wenn sie noch jung ist, ist richtig super, und es ist dann selbstverständlich und noch schöner, einem lieben Menschen helfen zu können, wenn er größte Not hat.«

Daggi umfasste ihre Tasse mit zitternden Händen und beugte tief den Kopf, während der Tränenfluss noch heftiger wurde.

»Nun komm schon, Daggi, du darfst dich diesmal wirklich freuen.« Margrets Hände ruhten auf Daggis Armen, und nun berichtete sie in aller Ausführlichkeit, was die große Runde beschlossen und zum Teil bereits umgesetzt hatte. Daggi staunte nur so mit großen, offenen Augen, aus denen der Tränenstrom versiegt war. Das wäre eine riesengroße Hilfe für sie und ihre Familie, das verschlug ihr glatt die Sprache, sie fand keine Worte und glaubte zu träumen.

Um das Schweigen nicht zu verlängern, musste Petra, wie sie nun mal war, eingreifen. »Ach, ich mag dieses blöde Schweigen im Walde nicht, ihr Lieben«, platzte sie heraus, »ein Schwätzchen zu halten, finde ich tausendmal schöner. Und gerade du, Daggi, sag doch mal was, wir wollen uns doch mit dir freuen.« Ihr aufmunternder, gehöriger

Schubser an Daggis Oberarm war Jutta doch ein bisschen zu hart. »Aber Petra …!« Und mit Petras »Oh, hoppala« war die Ruhe endgültig vorbei.

Nachdem das Gelächter verstummt war, fuhr Margret schmunzelnd fort: »Wir konnten in der Tat was Gutes auf den Weg bringen. Mein Mann war bereits am Montagvormittag sehr fleißig und telefonierte ohne Ende – die Ohren wurden dabei bestimmt rot und heiß. Wenn Wölfi etwas will, dann kann er sich darin verbeißen. Ja, liebe Daggi, nachdem er sein Ziel erreicht hatte, rief er deinen Mann an und berichtete ihm von dem Ergebnis. Also, um's kurz zu machen: Alex hat jetzt bereits drei Möglichkeiten, Kontakt zu verschiedenen Unternehmen aufzunehmen, alle nicht weit weg von euch. Das ist das eine, das andere«, hier machte sie eine Pause, »bezieht sich auf eure Schulden und Belastungen.«

Für Daggi war es schwer, ruhig zu bleiben, liefen die Familienkrisen bei den Dreyfuß' doch nun schon über einen längeren Zeitraum. Auch mit einer Wende zum Guten war es für die unruhegeplagte Daggi nervenaufreibend. Sie atmete tief ein und meinte nach einem stöhnenden Ausatmen: »Mannomann, warum hat mir Alex denn nichts von diesem erfreulichen Anruf gesagt? Und wie soll denn jetzt mit unseren verdammten finanziellen Problemen plötzlich was Gutes passieren?« Mit einem hilflosen Blick hob sie die Arme und erklärte verzweifelt: »Das ist wirklich unglaublich lieb von euch, und ich bin euch von Herzen dankbar. Aber auch wenn Alex schnell wieder eine Stelle findet, wird er sicher nicht ein sehr hohes Gehalt bekommen, um alles, insbesondere die hohen Schulden, zu bezahlen. Wie denn auch? Unser Sparschwein hungert schon seit langem. Und die nächsten Raten für unser Haus stehen auch bald wieder an nach Aussetzung von Zins- und Tilgungsleistungen. Der Aufschub hat im Grunde gar nichts gebracht. Wie heißt es doch so treffend: Aufgeschoben ist nicht aufgehoben. So ist das!«

»Ja, liebes Herzelein, du darfst endlich, endlich deine Sorgen und Ängste vergessen. Wir alle«, sie zeigte mit dem Finger auf Jutta, Petra und sich selbst, »wollen euch sofort auch eine finanzielle Hilfestellung geben. Ihr sollt nach so langer Zeit auch wieder mal Ruhe und innere Geborgenheit genießen. Euch, insbesondere dir, Daggi, wollen wir einen guten Neustart geben. Und, Daggi, du bist die Erste, mit der wir über diese Gelddinge sprechen.«

Ja, das war für Daggi wirklich zuviel des Guten, nun sollte ihnen auch noch finanziell geholfen werden. Sie wollte etwas Nettes sagen, sich bedanken, aber sie brachte kaum ein vernünftiges Wort heraus. Ihre Gesichtszüge wechselten vom Lächeln bis zum Weinen.

Die eigentlich nicht tot zu kriegende Petra wurde in diesem Moment doch tatsächlich von Rührung überwältigt. Sie erinnerte sich auf einmal an die klamme, feuchtkalte Kinderhütte im Wald, die Daggi etwas Schutz gab, als sie sie in ihrer gefährlichen Lage als Erste erkannte, tragisch nach so langer Zeit. All das raste durch ihren Kopf wie im Zeitraffer. Es war anstrengend für sie, nicht zu heulen. Aber sie schniefte extra pathetisch durch die Nase, sagte nur: »Mensch, Daggi!«, und umarmte die verdatterte Freundin.

Spontan standen Jutta und Margret auf, und zu viert lagen sie sich in den Armen. Zuerst war es nur ein verhaltenes Schluchzen, mehr zu ahnen als zu hören, bevor

Daggi in ein Weinen ausbrach, das kaum enden wollte.

Aber ihre Tränen waren diesmal wirklich nur Freudentränen.

Wuppertal/Köln, Mittwoch, 16. März

Kapitel 13

Wölfi, Margrets Ehemann, konnte in den letzten Nächten nicht wirklich gut schlafen. Seine vielen Gedanken und Planungen ließen sich abends nicht so einfach abschalten, er war permanent hellwach und überlegte immer weiter.

Im Bett war es ihm unangenehm warm. Hatte er aus Versehen das Schlafzimmerfenster nicht geöffnet? Ach nein, natürlich hatte er das nicht vergessen. Vor dem Einschlafen sollte man eben nicht mehr so viel überlegen, der schöne Schlaf würde sich dann erst spät einstellen. Infolgedessen stand er früh auf, draußen war es noch stockfinster. Bei den Nachbarn brannte auch noch kein Licht, er war bestimmt an diesem Tag der einzige Frühaufsteher in der Gegend.

Er nahm seine klamme Bettdecke und legte sie schwungvoll auf die Fensterbank zum Ausdünsten, störte dabei aber eine Amsel, die im Birnbaum direkt vor dem Fenster saß und vor Schreck lautstark protestierte. »Ach, du dummer Vogel, ich tue dir doch nichts«, tadelte Wölfi die schimpfende Amsel. Er schlurfte in die Küche, stellte den Kaffeeautomaten an und schmierte sich eine Scheibe Brot. Im Kühlschrank fand er weder Schinken noch Käse – alles weg. Ach du Schreck, er musste wohl doch mal einkaufen gehen. Aber von Margrets selbst gemachter Marmelade war zum Glück noch reichlich vorhanden.

Allein zu frühstücken war sicher nicht der Hit und erst recht nicht gemütlich, er fühlte sich sehr verlassen, also war er damit schnell fertig. Duschen, Pflegen, Anziehen und Aufräumen gingen ebenfalls geschwind vorbei. Es war noch immer dämmerig, als er zur Firma aufbrach. Keiner seiner Mitarbeiter war zu sehen, so früh saßen sie noch zuhause und frühstückten bestimmt in aller Ruhe. So hatte er genug Zeit, seinen lästigen, aber wichtigen Papierkram zu erledigen. Das Telefon blieb zum Glück stumm zu so früher Stunde.

Als er nach einer gewissen Zeit auf die Uhr schaute, war es bereits halb acht, seine Arbeit war so weit fertig, also könnte er doch jetzt seine Frau anrufen. Nach dem Frühstück war sie garantiert wieder in ihrem ›Reich‹. Leise und undeutlich murmelte er vor sich hin und wählte dabei die ihm nun schon so vertraute Nummer.

»Oh, wie schön, mein Schatz, dass du noch nicht unterwegs bist zur Gymnastik, zum Schwimmen und Co. Guten Morgen meine liebe Margret, wie schön, dass ich deine Stimme hören kann. Alles okay mit dir und deinen Mitkämpferinnen?«

»Nanu, Wölfi, bist du aus dem Bett gefallen, um mich am heiligen frühen Morgen anzurufen?! Ist was passiert? Oder bist du plötzlich schon so alt, dass du nicht mehr so lange zu pennen brauchst?«

»Ach, du Liebe, wie schaffst du es immer wieder, mich am frühen Morgen so herausfordernd zu kitzeln?«

»Aber Wölfi!« Sie freute sich über seinen Überraschungsanruf, drängelte aber, da sie nicht viel Zeit hatte, denn um acht Uhr durfte sie bereits ihre erste Behandlung machen und gefrühstückt hatte sie auch noch nicht. »Gibt's bei dir was Neues? Und wenn ja, hoffentlich was Gutes!«

»Sicher doch, mein Schatz.« Er berichtete, was bei ihm geschehen war und was er selbst auf den Weg gebracht hatte, und teilte ihr mit, was er heute noch machen wollte. »Das Wichtigste habe ich schon erledigt, alles andere mache ich später, in der Giftküche können meine Leute auch ohne mich arbeiten. Sehr gut sogar.«

»Du hast wirklich ein gutes und mitdenkendes Team. Aber, mein lieber Mann, was hast du denn nun heute vor? Ich bin doch neugierig, nur habe ich leider nicht sehr viel Zeit, also erzähle es schnell! Nun mach schon, zack, zack!«

Im Telegrammstil erklärte er: »Nach Köln fahren, Kontakt zu Daggis Alex aufnehmen, ihn persönlich näher kennen lernen und so weiter. War das schnell genug? Und ansonsten, mein Schatz, quatschen wir heute Abend weiter. Bis dann.«

Nachdem er seine mittlerweile eingetroffenen Mitarbeiter instruiert hatte, setzte Wölfi sich in seinen Wagen, suchte seine persönlichen Dinge zusammen, die er auf dem Beifahrersitz deponiert hatte, und steckte sie in seine Jackentaschen. Natürlich musste er erst noch Alex anrufen. Es war zwar noch früh am Morgen, aber Alex' Töchter mussten ganz bestimmt bald zur Schule gehen nach einem hoffentlich gemütlichen Frühstück. Er wählte Alex' schon bekannte Nummer und ließ es bimmeln.

In diesem Moment reichte Alex den Töchtern gerade heißen Kakao an, sie hatten genügend Zeit und unterhielten sich nach einer halben Ewigkeit mal wieder unbefangen. Das hatte vor noch gar nicht so langer Zeit ganz anders ausgesehen, da gab es keine freundlichen Unterhaltungen, keinen anheimelnden Start in den Tag.

»Wer ruft denn da schon am frühen Morgen an?«,

wollte die neugierige Sarah wissen, die gerade einen großen Schluck Kakao trinken wollte.

»Das werden wir gleich erfahren«, meinte Alex, aber auch er wunderte sich über den frühen Anruf; Daggi rief ihn doch immer abends an. Er hob den Hörer ab und nannte seinen Namen. Natürlich kannte er den Anrufer, er konnte sich noch gut an den ruhigen Wölfi erinnern, der ihm helfen wollte, der heute aber nur anfragen wollte, ob er gleich vorbeikommen dürfte, so könnten sie sich in persona näher kennen lernen und einige Pläne besprechen. Was für Pläne könnten das sein?, überlegte Alex nach dem Gespräch.

»Schade, dass wir beide gleich in die Schule müssen und so den netten Mann nicht treffen können«, sagte Sarah, als das Telefonat zu Ende war und ihr Vater ihnen den Inhalt des Telefonats erzählt hatte. Alex zuckte kurz zusammen, die Realität war wieder da.

»Wartet ab«, meinte er und legte endlich den Telefonhörer zur Seite, »wir werden uns sicher bald alle treffen.« Sein Gesicht machte einen hoffnungsfrohen Eindruck, das Ferngespräch hatte sich so richtig gut angehört. Vergnügt mahnte er seine Töchter: »Wie schön es auch für uns drei bis eben war, aber leider, leider warten nun die Schulbänke auf euch. Wie ist es, habt ihr fertig gefrühstückt?«

Und etwas später, die Mädels hatten ihre Schultaschen über die Schulter gehängt und standen im Flur, geschah etwas Ungewöhnliches. Ihr Vater ging ihnen nach und drückte ihnen plötzlich ganz spontan auf beide Wangen ein liebevolles Küsschen.

Seine Töchter blieben stehen und waren im wahrsten

Sinne des Wortes sprachlos. Die kleine Amelie sagte gar nichts, doch aus Freude und Dankbarkeit umarmte sie ihren Vater kurz und verschwand schnell zur Tür hinaus; sie brauchte noch Zeit, ihre Gefühle wieder in den Griff zu bekommen. Sarah allerdings, die oft und gerne über ihren Vater meckerte, stand noch länger da wie gelähmt und staunte ihn mit großen Augen an.

Alex streichelte ihr über den Kopf. »Komm, Große, wir wollen alles Schlimme vergessen und endlich wieder positiv in die Zukunft schauen. Aber ich glaube, wir alle werden noch etwas Zeit brauchen, um die Wende zum Guten zu begreifen.« Ernst schaute er sie an und legte ihr beide Hände auf die Schultern. »Liebe Sarah, du hast es ja schon gespürt, dass mit mir eine Veränderung passiert ist, ich werde wieder voll und ganz für euch da sein. Aber«, er senkte den Kopf und sprach leise weiter, »wäre es nicht schön, wenn wir nach so langer Zeit wieder eine glückliche und zufriedene Familie sein könnten? Es wäre toll, wenn du eurer Mama und deinen Geschwistern hin und wieder helfen würdest, damit ich mich um alles Übrige kümmern kann. Und wenn wir wieder einen guten Kontakt miteinander haben könnten. Können wir alle daran arbeiten?«

Natürlich nahm Sarah die Worte ihres Vaters positiv auf, ihre starre Haltung verschwand nach dem guten Gespräch. Sie wurde ganz ernst, fast wie eine mitdenkende reife junge Frau, und trat mit kleinen Schritten ganz nah an ihren Vater heran. Sie schwieg weiter, streichelte aber mit ihrer rechten Hand sanft über Alex' lädierten Kopf; das linderte bestimmt seine Kopfschmerzen. Dann drehte sie sich genau wie Amelie schnell um und lief ihrer Schwester hinterher.

Alex war sich sehr sicher, dass er heute weniger Kopfschmerztabletten brauchen würde.

Er hatte gerade den Frühstückstisch abgeräumt und gesaugt, als sich die Türglocke meldete. Er stellte den Staubsauger weg und eilte zur Haustür.

»Oh, hallo, Herr Groß. Bitte kommen Sie doch herein.«

Das konnte ja nur er sein. Er begrüßte seinen Gast mit einem kräftigen Händedruck, den Herr Groß ebenso erwiderte.

»Ihr Häuschen macht aber einen prima Eindruck, Herr Dreyfuß, es sieht wirklich alles sehr schön aus.« Er hatte sich mit Kennerblick Haus und Garten von draußen angesehen. Mit dem Zeigefinger deutete er auf den Vorgarten. »Auch Ihr Vorgarten sieht ja freundlich aus, richtig einladend. Die blühenden Erikapflanzen und die zarten Farben der Zwiebelgewächse … einfach schön!«

Alex freute sich wirklich über die netten Worte, die jeder Unsicherheit den Wind aus den Segeln nahmen, und bat Wölfi ins Wohnzimmer, wo sie auf den Sesseln Platz nahmen. Hier schaute sich sein Besuch ebenfalls um und taxierte die nicht besonders gut aufgeräumte gute Stube, die aber einen sehr behaglichen Eindruck machte. Auch die diversen Dinge auf dem Couchtisch störten ihn nicht, auch nicht die Kinderjacke auf der Armlehne des Sofas. Ein kleines Eckregal war angefüllt mit Spielen und Puzzles. Auf dem Teppichboden, unter dem Tisch und in den Ecken lagen malerisch verteilt bereits demolierte Legosteinfiguren und eine Reihe von gemalten Kinderbildern, allerdings auch zerstörte. Ein Blatt lag genau vor Wölfis Füßen, er hob es auf und begutachtete das gekritzelte Kunstwerk.

»An Kinderbildern kann man manchmal gut ablesen, wenn man sie deuten kann, was so alles in den Köpfen der lieben Kleinen rumgeht.« Mit diesen Worten reichte er bedeutungsvoll Alex das Blatt.

Sie tranken beide Kaffee, den Alex schon vorbereitet hatte.

»Das muss Amelies Bild sein …« Es war nur ein kurzer Moment des Nachdenkens, was Wölfi aber gleich an Alex' Gesichtsausdruck ablesen konnte. Er wartete geduldig auf Alex' Antwort … Und er brauchte auch nicht sehr lange darauf zu warten.

»Ja, Herr Groß, wenn ich vor kurzem selbst gemalt hätte, dann hätten Sie nur schwarze Blätter sehen können, aber schön gemalt mit schwarzer Deckfarbe.« Wölfi konnte seine bedrückte und verzweifelte Stimmung spüren.

»Herr Dreyfuß, wenn Sie jetzt in diesem Moment malen würden, welche Farben würden Sie dann wählen?« Ein wenig Psychowissen hatte er sich im Laufe der Jahre von seiner Frau angeeignet und konnte es auch anwenden, aber wirklich nur locker vom Hocker.

Alex verstand, worauf er hinaus wollte, und kratzte sich verlegen am Kopf. »Wissen Sie, Herr Groß«, auch er kannte das Farbenspiel, »heute würde ich dominant die grüne Farbe wählen, eventuell mit einigen kleinen schwarzen Klecksen.«

»Wie schön, Grün bedeutet ja Hoffnung«, freute sich Wölfi, das könnte der Start in ein besseres Leben sein, sein zentrales Anliegen. Fachlich und sachlich, dabei immer zuvorkommend, erklärte er weiter. »Aber erst einmal ein ganz anderes Thema«, er nahm einen großen Schluck

Kaffee, »unsere tollen Frauen in der Klinik haben einen sehr guten Kontakt zueinander aufgebaut, sie duzen sich auch schon. Auch wir anderen Männer duzen uns schon, Sie sind der Letzte, der in dieser Reihe noch fehlt. Was meinen Sie, sollten wir uns nach diesen besonderen Taten nicht auch duzen?«

Die beiden Männer sahen sich lächelnd an, Alex wusste das bereits von seiner Daggi, die ihm sofort von den erfreulichen Überlegungen per Telefon berichtet hatte. Er freute sich, in den ›Duz-Kreis‹ aufgenommen zu werden. Mit einem Schluck Kaffee wurde darauf angestoßen.

Sie plauderten über dies und das, ungezwungen redete Alex mit, es tat ihm so gut! Sie kamen auch auf den fiesen Autounfall zu sprechen und die Verletzungen, die sich Vater und Sohn zugezogen hatten. Dass es Alex mit seinen Verletzungen nun schon einigermaßen besser ging, hatte Wölfi schnell erkannt. Alles andere brauchte einfach Zeit. Es interessierte ihn allerdings sehr zu erfahren, wie es Oliver ging.

Alex bestätigte ihm, dass es seinem Sohn mit jedem Tag besser ging. Er selbst fühlte sich momentan richtig happy und nach einer Ewigkeit sogar etwas euphorisch. Das, was Wölfi ihm näher erklärte, ließ ihn doch sentimental werden. Nach kurzer Überlegung wandte er sich auffallend leise und sogar etwas stotternd an Wölfi und fragte ihn, ob denn das alles tatsächlich wahr sei.

»Sie … äh, du willst uns finanziell unterstützen? Du willst uns helfen? Unsere Schulden? Wir sind dann nicht bankrott? Können ewig in unserem Haus bleiben? Unseren Garten weiterpflegen? Und, und, und … Du hast doch schon irrsinnig viel geholfen«, ungläubig schüttelte er immer wieder den Kopf, »und mir einen ziemlich sicheren und garantierten Job besorgt. Wie lange musste ich alleine kämpfen! Oh, Mann, Wölfi, mir fehlen die richtigen Worte. Und nun willst du uns auch noch finanziell helfen? Unfassbar!«

Sein Kopfschütteln dauerte an, die Gedanken schwirrten ihm nur so durch den Kopf, und ein heftiges Schwitzen wich einem unangenehmen Frösteln.

Wölfi konnte diese Empfindungen deutlich spüren. Selbst freudige Erregung konnte bei Menschen einen Schock auslösen, was wiederum zu Kreislaufproblemen führen konnte. Er half Alex, darüber hinwegzukommen und seine Sprachlosigkeit zu überwinden. Er nahm seine Tasse zur Hand, trank genießerisch seinen noch warmen Kaffee und wollte dann wissen, wie Alex mit seiner Stellensuche vorangekommen sei und welche persönlichen Eindrücke er dabei gewonnen habe.

Alex konnte auf Wölfis Frage freudestrahlend wie ein Honigkuchenpferd erklären, wie, wo und bei wem er tatsächlich eine neue Arbeit gefunden hatte. Wölfi war bass erstaunt, dass das doch so flott und leicht gelaufen war.

»Na, wie schön«, freute er sich, während der ziemlich aufgeregte Alex meinte: »Mann, Mann, Mann, ich komme aus dem Staunen gar nicht mehr raus. Wie schnell kann so was doch gehen … Und wie unendlich lange haperte es bei mir, es wollte einfach nichts klappen.« Er sah Wölfi erleichtert an und berichtete ihm das Brandaktuelle. »Ich glaube, ich träume und fühle mich wie im Schlaraffenland … Und trotzdem, die Stelle liegt auch noch nah an unserem Haus, mein neuer Chef möchte wissen, wann ich wieder ganz okay bin, dann darf ich loslegen. Aber die großen Belastungen durch unsere Hypotheken«, er schluckte heftig und redete dann nur noch leise weiter, »und dabei willst du uns auch noch helfen?!« Er nahm Wölfis Hände in seine und schaute ihn mit großen Augen an. »Vielen, vielen Dank. Wie es bei uns weitergehen wird, weiß ich noch nicht, aber meine neuen Gedanken tun mir herrlich gut. Nochmals, Wölfi, ich danke dir …«

Bei so viel Lob wurde es Wölfi nun doch ein wenig unangenehm. Er liebte klare, knappe und schnelle Entscheidungen, aber solche Freudeshymnen war er nicht gewohnt.

»Ach, Alex, komm schon, nun reicht es. Und, mein Lieber, wenn du jemandem danken willst, dann bitte nicht nur mich loben, sondern auch die Hoffmanns und Petra Klein, meine Frau natürlich auch nicht zu vergessen. Wir alle haben unsere Hilfen am letzten Samstag in Bad Driburg besprochen und konnten gemeinsam einen perfekten Plan erarbeiten.«

Alex wurde schon wieder unruhig, die Auswirkungen der Planungen konnte er nicht mehr überblicken. Aber Wölfi, der das bemerkte, beruhigte ihn gleich wieder. »Alex, keine Panik, es wird wirklich alles gut!«

Dann erklärte er Alex im Detail, dass es für die Quartett-Damen und ihre Partner ein Leichtes sei, der finanziell angeschlagenen Familie Dreyfuß aus der Misere zu helfen. Alle hatten mehr als genug flüssiges Kapital und waren bereit, Menschen zu helfen, die die allergrößten Nöte hatten.

Alex hörte gut zu, als Wölfi ihm ganz genau darlegte, wie die Geldtransaktionen ablaufen sollten. Es war so schön, ab jetzt wirklich keine Sorgen mehr haben zu müssen. Andererseits, erklärte er Wölfi mit Nachdruck, könne er das Geld auf keinen Fall als Geschenk annehmen, sondern würde es selbstverständlich, sobald er gut verdiene und die Belastungen wieder selbst tragen könne, ganz schnell in Raten zurückzahlen.

Er kratzte sich wieder an seinem verletzten Kopf, er hatte Probleme, kein Kopfweh oder andere Schmerzen, nein, die vielen guten Gefühle konnte er im Moment nicht verkraften.

»Ich weiß nicht, ob das alles eine Fügung oder ein Zufall ist …« Er sah Wölfi groß an. »Meine Frau musste wohl erst schlimm krank werden und anschließend in eine Reha gehen. Aber wie können bloß vier neue Patientinnen von Anfang an eine so gute Beziehung haben? Ich kann mir gar nicht vorstellen, dass man sich in so kurzer Zeit befreunden kann. Ja«, endlich lächelte er wieder, »wir müssen weiß Gott wahrlich außergewöhnliche Frauen haben!« Klar wusste das Wölfi auch und musste Alex zustimmen.

Nach kurzer Überlegung sprach Alex weiter. »Wie schaffen die drei Frauen das bloß, meine Daggi so sehr zu beeinflussen, dass es ihr trotz der großen Leiden auf einmal so auffallend besser geht? Ich denke, Frauen verfügen über unwahrscheinliche Kräfte.«

»Ja, Alex«, auch Wölfi machte sich so seine Gedanken, »für mich ist das auch immer wieder überraschend und rätselhaft, quasi wie ein kleines Wunder. Wir Männer werden das letztlich nie verstehen. Aber was soll's, schön, dass wir unsere tollen Frauen haben. Ist es nicht so?« Der nun erleichterte und froh gestimmte Alex sagte zwar nichts dazu, nickte aber lächelnd.

Wölfi trank seinen letzten Schluck Kaffee, der mittlerweile kalt geworden war, und musterte gut gelaunt sein Gegenüber, als ihm noch etwas einfiel.

»Du, Alex, so, wie du gerade jetzt aussiehst«, er überlegte noch kurz und war sich dann ganz sicher, »doch, doch, du siehst richtig glücklich aus und scheinst mir trotz allem langsam gelassener zu werden. Es ist sehr schön, lieber Alex, dass du dich offenbar geändert hast und endlich positiv in die Zukunft schaust. Es ist prima, dass du mitdenkst und dich für dich selbst wie für deine Familie engagieren kannst und vor allem auch willst.«

Erwartungsgemäß fühlte sich Alex bei diesen anerkennenden Worten doch gebauchpinselt und einfach happy.

Wölfi ergriff erneut das Wort. »Ich kenne zwar inzwischen dich und deine Frau, aber die Kinder noch nicht.«

Alex freute sich über Wölfis dezenten Hinweis. »Ja, ja, meine Kinder …«

»Richtig, ich möchte die Jugend gerne noch heute kennen lernen. Die beiden Ladys sind ja wohl noch auf der Penne, dann werden wir sie eben später sehen. Aber was hältst du davon, deinen Sohn im Krankenhaus zu besuchen? So ein Männertreff zu dritt?«

Er sah Alex lächelnd und gut gelaunt an, der bei den letzten Worten noch aufgedrehter wurde und über sämtliche Backen strahlte.

»Oh, wie schön, na klar, wir fahren sofort ins Krankenhaus. Oli wird sich bestimmt riesig freuen.«

Die beiden erhoben sich, leicht steif in den Gliedern vom langen Sitzen, und zogen sich ihre Jacken an.

Es war die junge, angenehme Stationsärztin, die gerade Olivers Krankenzimmer mit einem leichten Lächeln auf den Lippen verließ und die beiden Männer traf, die den Jungen besuchen wollten.

»Wie schön, Herr Dreyfuß, dass Sie Ihrem charmanten Knaben einen Besuch abstatten wollen.« Sie begrüßte Alex und auch Wölfi mit einem leicht feuchten Handschlag, sie hatte sich gerade die Hände desinfiziert.

»Wie geht es meinem Jungen?«

»Gut! Er ist bemerkenswert fit. Er klagt nicht, auch seine starke Müdigkeit ist nach Tagen vorbei. Er braucht nur noch wenig Schmerzmittel und bleibt dadurch viel munterer als vorher.«

»Oh, wie schön, dass es ihm immer besser geht. Und was machen die beiden anderen Kinder in seinem Zimmer?«

Die junge Ärztin freute sich über sein Interesse. »Ach ja, meine drei kleinen Kranken, die uns alle von morgens bis abends auf Trab halten. Nein, nicht wegen Schmerzen oder Klagen, sondern sie möchten immer wieder neue Spiele haben oder was anderes oder, oder, oder. Ab und zu müssen wir sie ein wenig bändigen, wenn es zu doll wird. Immerhin sind es ja Patienten. Andererseits ist es das beste Zeichen, dass es bei den Kleinen von Tag zu Tag aufwärts geht. So, die Arbeit ruft«, unterbrach sie sich mit einem Blick auf die Uhr, verabschiedete sich von den beiden Männern und entschwand flotten Schrittes mit den Patientenakten unter dem Arm.

»Na, diese junge Ärztin scheint ja echt schneidig zu sein, sie arbeitet sicher gerne mit Kindern«, merkte Wölfi an und schaute der schlanken und sportlichen Frau nach, die gerade die Tür zum nächsten Krankenzimmer öffnete – die nächsten kleinen Patienten warteten schon auf sie.

Alex lachte. »Die Kinderärztin arbeitet mit viel

Engagement, und alle Kinder auf der Station freuen sich, wenn die Frau Doktor zu ihnen kommt. Was ich selbst bereits sehen und hören konnte. Da fällt mir gerade ein, stell dir vor, was mein Oliver gemacht hat. Es war Visite, die Ärztin öffnete gerade die Tür, als der Junge schnell seine Bettdecke zur Seite klappte und ganz stolz seinen freien Bauch zeigte. Er fühlte sich gefragt, die beiden anderen Jungen taten es genauso.« Er schmunzelte: »Das war ein richtig kleines Theater, das ich da erleben durfte.«

»Ach, wie schön. Egal, wie alt wir sind, die Hoffnung bringt das positive Denken mit.« Wölfi als neuer Besucher musterte die Dreikäsehochs, die nicht wirklich krank aussahen. »Wer ist denn nun dein Oliver?«

Alex ging zu seinem Sohn, dessen Bett direkt am Fenster stand. Er umarmte Oli und begrüßte dann auch die anderen Kinder. Im Flüsterton ging das gar nicht, denn die Kids redeten auf einmal alle gleichzeitig. Die Männer freuten sich, dass die Jungen so munter waren. Danach stellte Alex seinem Sohn Wölfi vor und erklärte ihm kurz, um wen es sich hier handelte.

»Hallo, Oliver«, freundlich lächelnd reichte der ihm noch fremde Mann die Hand, »na, bei euch geht es ja sehr lustig zu. Da habt ihr bestimmt den lieben, langen Tag viel Spaß, was?« Das natürliche, gelöste Reden mit den Kindern war kein Problem, die Geselligkeit schnell hergestellt.

»Ja, klaro«, antwortete Oliver, der noch immer die Hand seines Vaters hielt, »es ist wirklich lustig bei uns, denn wir haben da einen«, er zeigte mit dem Finger auf den kleinsten Jungen im Nachbarbett, »der macht den ganzen Tag nur Unsinn und bringt uns ständig zum Lachen. Mein

Bauch tut mir dann dauernd weh.« Stolz zeigte er seinen operierten Bauch.

Der angesprochene Junge musste natürlich darauf reagieren. »Ja, mir auch, mein Bauch wurde auch operiert, sie haben mir den Blinddarm rausgeschnibbelt.« Und auch er musste seinen Bauch mit dem kleinen OP-Pflaster zeigen. »Ich bin Malte, und der Kleine neben mir, der immer wieder Quatsch macht, ist der Benni.«

Oliver und Malte, beide fast gleichaltrig, schienen kontaktfreudig zu sein, während der kleinere Benni sich zurückhielt und gar nichts sagte, aber aufmerksam zuhörte. Alex kannte die Kinder bereits und auch Bennis eigentlich vorwitziges Mundwerk und versuchte, ihn zum Reden zu bringen.

»Besucht dich deine Mama gleich, Benni?« Benni nickte heftig. »Und wie geht es deinem Bein? Darfst du schon aufstehen und gehen? Und hast du immer noch deinen ganz dicken Verband?«

»Mein Bein tut gar nicht mehr weh …«, nun taute der fünfjährige Kita-Junge langsam auf, schob die Bettdecke weg und zeigte seine Beine.

»Oh, wie toll.« Alex freute sich und begutachtete das verletzte Bein. »Kein Verband mehr und auch kein Pflaster, nur noch ein paar Fäden sind zu sehen. Da kannst du stolz darauf sein, alles gut überstanden zu haben. Ihr drei Kinder macht das wirklich toll, einfach klasse.«

»Das, was Olivers Papa sagte«, warf Wölfi ein, »kann ich nur bestätigen. Wenn ich euch so ansehe, glaube ich auch, dass ihr richtig tapfer seid.«

Bis zum Mittagessen wurde zu fünft erzählt, gespielt und Spaß gemacht. Die ansonsten ziemlich genervten

Krankenschwestern durften sich von diesem Zimmer erholen. Dann ging Wölfi zu Oli, streichelte ihm zärtlich wie ein Vater über den Kopf und fragte: »Hör mal, Oli, darf ich deinen Papa am Wochenende mal entführen?«

Alex war echt erstaunt, von diesem ›Attentat‹ hatte Wölfi ihm gegenüber ja noch gar nicht gesprochen. Er war doch ein wenig erstaunt und verwirrt. »Was hast du denn vor? Was soll denn am Wochenende laufen?«

Alle drei kleinen Patienten wurden hellhörig und neugierig, was denn da wohl kommen sollte. Sie hörten fein zu.

»Ja, mein lieber Alex, ich denke, es wäre sinnvoll und an der Zeit nun zu unseren Quartett-Frauen nach Bad Driburg zu fahren.«

»Aber ich kann doch unsere Kinder nicht schon wieder alleine lassen, insbesondere Oli nicht.«

Der zehn Jahre alte Oliver verstand Wölfi sofort, seine kranke Mama sollte doch in der ihm noch unbekannten Stadt Bad Driburg in einer Reha wieder gesund werden. Er schaute zuerst seinen Papa an, dann auch Wölfi, und redete ihn direkt an.

»Mein Papa soll ganz schnell zu meiner Mama gehen, die hat doch so schlimme Bauchschmerzen. Ihr geht es gar nicht gut, aber wenn du, Papa, bei der Mama bist, geht es ihr ganz bestimmt bald besser.«

Mit großen Augen sah er seinen Vater an, den die Worte seines Sohnes sehr berührten. Alex erinnerte sich an Olis alarmierenden Kassandra-Ruf, der erst wenige Wochen zurücklag. Mein Gott, ein Kind, sein Kind! Im Moment konnte er nicht sagen, ob bei ihm Stolz oder Rührung vorherrschte.

Oli schaute kurz auf seine beiden Mitleidenden, richtete dann den Blick auf seinen Vater und rückte klar, aber leise mit der Sprache heraus.

»Mama hat so oft geweint …« Sein Äußeres spiegelte seine Angstgefühle und Seelenschmerzen wider. Noch leiser, fast flüsternd beschwor er seinen Vater: »Du kannst mit der Mama gar nicht mehr schmusen oder zärtlich kraulen wie früher. Als ich noch kleiner war, hast du die Mama geknuddelt und mich auch, wenn ich auf ihrem Schoß saß.« Er erinnerte sich sehr genau. »Bevor ich ins Bett ging, war ich abends bei euch im Wohnzimmer, wo ihr ganz gemütlich nah nebeneinander auf dem Sofa gesessen habt. Einen Arm hattest du um Mamas Schultern gelegt und mit der anderen Hand hast du uns beide gekrault, Geschichten erzählt oder nur Quatsch gemacht.« Er schwärmte: »Das war sooo toll!«

Aber dann sah er wieder ziemlich mutlos aus. »Es wird schon ziemlich lange nicht mehr gekuschelt, nichts mehr, noch nicht mal lieb in den Arm genommen … wie bei Sarah und Amelie, auch bei euch nicht.« Er zeigte auf Malte und Benni. Er litt und sah die Erwachsenen vorwurfsvoll an. Und dann brach es nur so aus ihm heraus wie eine Explosion. »Benni und Malte werden jeden Tag richtig beschmust und umarmt, und ich!?« Lautstark machte er sich Luft: »Ich will endlich wieder liebe Eltern haben wie die beiden!« Der Ausbruch tat ihm gut, er wurde wieder ruhiger und legte sich ein wenig erschossen zurück auf sein Kopfkissen.

Alex war ziemlich blass geworden, sein Magen verkrampfte sich. Hatte Daggi auch solche Schmerzen gehabt? Schmerzen und Leiden, die nicht geheilt werden konnten?

Mensch, Oli, der kleine Kerl, hatte es geschafft, ihn bis ins Innerste zu treffen. Doch er musste seinem Sohn recht geben, seine Gefühle und Anklagen waren vollkommen berechtigt und auch unbestreitbar. Er hatte ihn aufgerüttelt, aber im Moment sah er nur, dass sich alle Probleme entfesseln ließen. Nach einer halben Ewigkeit, die für einen kleinen Jungen eine stark belastende Unendlichkeit bedeuten konnte, konnte natürlich nicht von jetzt auf gleich alles wieder gut sein. Oli hatte es geschafft, seinen Vater zu wecken, der endlich bereit war, sich zu ändern, für seine Frau, aber speziell auch für seine Kinder. Er musste nach Olivers Ausbruch erst einmal tief durchatmen, dann umarmte er warm und auffallend lange seinen Sohn mit einem »Danke, mein toller Sohn!«.

Wölfi nahm alles in sich auf, es waren vielsagende Beobachtungen – ergreifend, bewegend, anrührend. Auch für ihn sah das, was er sah, sehr optimistisch aus, er achtete dabei allerdings auch auf die zwei anderen Knaben, die die ganze Zeit aufmerksam zugehört hatten.

Alex musste sich ziemlich beherrschen, seine so starken Empfindungen wollte er nicht so offen allen zeigen, schon gar nicht vor den drei Kindern. Er seufzte tief.

»Mensch, Oli«, sagte er ergriffen und strich ihm ein wenig fester über die Haare. Oli – das verletzte und operierte Kind – grinste dabei ganz breit und machte seinem Vater Mut. »Weißt du, Papa, hier in diesem Zimmer bin ich nicht alleine, Malte und Benni sind tolle Kumpels, beide bleiben hier auch noch, und wir haben eine Menge Spaß. Ihre Eltern besuchen sie jeden Tag, meine Omis kommen am Samstag oder Sonntag zu mir.« Er lächelte Alex spitzbübisch an. »Aber rate doch mal, wer mich auch noch besuchen will.«

»Keine Ahnung«, entgegnete sein erstaunter Vater, der langsam zur Ruhe kam, »erzähl!«

Und so plauderte Oli unbekümmert weiter: »Meine Schulfreunde wollen auch noch kommen und, und … Sarah und Amelie wollen mich nach der Schule besuchen. Sarah sagte das der Omi, die mich anrief und mir das erzählte. Da hätte ich doch eine große Überraschung, wenn wir drei wieder zusammen wären. Klasse, was?«

Dem Zwiegespräch zwischen bewegtem Vater und aufgekratztem Sohn, das eigentlich mehr ein Monolog von Oliver war, hörte Wölfi interessiert zu. Nachdem Oliver alles losgeworden war, was ihm auf dem Herzen gelegen hatte, und Alex dies erst noch verdauen musste, hatte er nun die Gelegenheit, alle Absichten näher zu erklären. Malte und Benni hatten von allem genug gehört und beschäftigten sich mit ihren eigenen Vergnügungen.

Während Alex auf der einen Seite des Bettes stand, war Wölfi auf die andere Seite gewechselt.

»Also, noch einmal … das, was Oli eben sagte, war richtig schön, einfach klasse!«

Oli lächelte seinen Vater stolz an. Auch Wölfi schmunzelte.

»Dein Papa hat es verstanden, dass er am kommenden Wochenende auf jeden Fall deine Mama besuchen wird. Weißt du, ich will ihm und euch helfen, und so fahren deine beiden Schwestern und dein Papi mit mir zusammen in meinem Auto nach Bad Driburg. Da kann sich dein Vater auch noch etwas erholen, so ganz gut geht es ihm nach dem Autounfall ja noch nicht.«

Bei diesen Worten beobachtete er Alex, der allmählich

immer glücklicher und zufriedener aussah. Und Wölfi konnte mit sich ebenfalls zufrieden sein. Seine Mühen schienen sich gelohnt zu haben.

Wie jung Oliver auch war, so war er doch sehr interessiert daran, was denn für das kommende Wochenende alles geplant war. Wenn er auch diesmal nicht dabei sein konnte, so wollte er das ganz genau wissen.

Und Wölfi erläuterte seine Überlegungen, was alles werden sollte und auch werden könnte. Und auch wenn Oli diesmal noch nicht mitfahren konnte, war doch ganz klar, dass er beim nächsten Treff mit dabei sein würde.

»Das verstehst du doch sicher, Oli, da du ja noch voraussichtlich eine knappe Woche im Krankenhaus bleiben musst, bis du wieder auf die Beine kommst? Dein Bauch sollte dann ganz in Ordnung sein.«

Just in diesem Moment kam eine Krankenschwester ins Zimmer, sie wollte ›ihren‹ Kindern im Rahmen der alltäglichen Prozedur Fieber und Blutdruck messen sowie den Operationsbereich begutachten; dabei durfte natürlich das eine oder andere Witzchen nicht fehlen.

»So«, forderte die liebe, aber strenge Schwester Alex und Wölfi auf, »jetzt müssen die lieben Kleinen erst mal ein Stündchen ruhen. Bitte verabschieden Sie sich schon mal.« Und schon war sie wieder draußen auf dem Weg ins nächste Krankenzimmer.

Brav folgten die Erwachsenen der freundlichen Aufforderung und verabschiedeten sich von den inzwischen ziemlich erledigten Kids; sie wollten ja noch Olis Schwestern von der Schule abholen, um ein gemütliches Restaurant zu besuchen. Oli rief seinem Vater noch beim Hinausgehen nach, was sie denn gleich essen würden,

Fisch oder Fleisch, und was es denn zum Nachtisch geben würde? Hoffentlich doch ein leckeres Eis?

Alex wandte sich noch kurz um. »Keine Ahnung. Aber wenn ich wieder bei dir bin, werde ich dir alles haarklein berichten, okay? Und jetzt schlummere ein bisschen. Tschühüs …«

Malte und Benni waren schnell eingeschlafen, während Oli nach all den Aufregungen heute kein Mittagsschläfchen machen konnte, er war einfach zu aufgedreht. Endlich, nach einer Ewigkeit, war er wieder richtig glücklich.

Bad Driburg, Samstag, 19. März

Kapitel 14

»Verflixt und zugenäht«, schimpfte Wölfi wie ein Rohrspatz, als er mit seinem gut besuchten VW-Bus auf der ziemlich vollen Autobahn unterwegs war. Obwohl es erst Samstag war, schienen doch schon überwiegend ätzende Sonntagsfahrer unterwegs zu sein. Heilfroh war er, als er von der Autobahn abfahren und auf die beschaulichen Landstraßen überwechseln konnte. »Oh, Mann«, wetterte er, »ich hoffe doch, dass wir morgen bei der Rückfahrt nicht mehr so viele Chaoten auf der Autobahn erleben.«

Er beobachtete im Rückspiegel seine gut gelaunten Mitfahrer, die sich die ganze Zeit nett unterhalten hatten, selbst die zwei Mädels, Amelie und Sarah, worüber ihr Vater mehr als erstaunt war. Die Mädels hatten genug Gesprächsstoff, und neugierig, wie sie waren, fanden sie alles interessant.

Genauso verblüfft war auch Wölfi, der die beiden Mädels von Alex in ihrer Plauderstunde unterbrach.

»Sagt mal, ihr vier, freut ihr euch eigentlich, bald bei euren Mamas zu sein und Bad Driburg kennen zu lernen?«

»Klar doch«, antworteten Sarah und Amelie fast gleichzeitig, aber Sarah als Ältere übernahm das Reden, wobei Amelie sie mit heftigem Kopfnicken unterstützte. »Und es ist einfach cool, hier gemeinsam im Wagen zu fahren. Und die Alten, äh … Erwachsenen, haben ja wohl auch ihren Spaß.«

Die gut gelaunte Sarah legte die Hände auf die

Rückenlehne, schaute ebenfalls in den Rückspiegel und konnte Wölfi direkt ansprechen. »Und, Herr Groß, Sie haben dafür gesorgt, dass wir seit Donnerstag nur echte, megageile Mordsgaudi gehabt haben. Stimmt's, Amelie?«

»Genau. Wie toll war es doch am Donnerstag, dass wir nach der Schule ganz überraschend abgeholt wurden und Sie als tollen, coolen Mann kennen lernen konnten, der uns dann in dem dicken Schlitten durch die Gegend kutschierte. Ey, das war einfach klasse!«

»Na, wie schön«, meinte Anne, die neben Wölfi als Beifahrerin saß. Auch Alex und Pit, die beide auf der ersten Rückbank saßen, hörten interessiert zu, blätterten aber auch einige Driburg-Prospekte durch. Die gute Laune der Mädels steckte alle anderen an, die Stimmung hätte nicht besser sein können.

Der zufriedene Wölfi wollte den Mädels noch stärker den Mund wässrig machen. Es reizte ihn, sie bei aller Euphorie nicht nur auf die positiven Dinge hinzuweisen, sondern auch auf die nicht so erfreulichen, die man akzeptieren, aber auch verstehen sollte. Mit dem Positiven gab es in der Familie Dreyfuß große Probleme. Aber Wölfi staunte schon, was für folgerichtige Überlegungen selbst Halbwüchsige schon anstellen konnten. Die Gespräche liefen gut im gemütlich dahinfahrenden VW-Bus, verstummten dann aber allmählich. Es herrschte Ruhe, jeder hing seinen Gedanken nach. Wölfi sprach dann insbesondere Lebensgefühle und Empfindungen an. Die eingetretene Ruhe, begünstigt durch die nicht stark befahrene Landstraße, ermöglichte ein intensives Reden. Alle hörten aufmerksam zu, besonders Alex.

»Wisst ihr, Sarah und Amelie, euer Papi und ich haben

euren Bruder im Krankenhaus besucht, und es war der kranke Oli, der euren Vater nachdrücklich gebeten hatte, unbedingt eure Mama zu besuchen …«

»Ja, stimmt«, erwiderte die lächelnde Amelie, »Papa hat uns das alles schon erzählt.« Die Gedanken daran ließen sie nicht los, sie senkte den Kopf und sprach fast flüsternd weiter: »Ich habe ziemlich lange nicht mehr mit Oli gespielt oder zusammen gesessen, Spaß gehabt und Quatsch gemacht. Damals – schon lange, lange her – konnte ich mit ihm jeden Bockmist machen. Und jetzt? Oh Mann, unser bedauernswerter Oliver.«

Alex war von Amelies Worten echt von Rührung übermannt, drehte sich nach seinen Töchtern um und streichelte zärtlich ihre Hände.

»Komm, mein Mädchen, wir alle haben uns nicht mit Ruhm bekleckert. Wenn ich nicht so einen Mist gemacht hätte, hättet auch ihr nicht so große Probleme gehabt. Also, Kopf hoch, wir wollen uns alle bessern. Wir haben doch schon etwas Gutes geschafft, und wir machen auch weiter. Wir alle, ja?«

Wölfi unterstützte den nachdenklichen Alex.

»Wir alle machen doch hin und wieder Dinge, die nicht so gut waren, oder Fehler, die dann für andere nicht unbedingt erfreulich sind. Wie schön ist es doch, wenn jeder Mensch, egal ob jung oder alt, seine Fehler korrigieren kann. Seht ihr, das ist dankbare Menschenfreundlichkeit.« Dabei schaute er insbesondere die Dreyfuß-Mädels an und hatte den Eindruck, dass sie bald wieder Stabilität in ihre Kinderseelen bekommen würden, die anderen beiden natürlich auch. »Na, ihr Lieben, bald sind wir im schönen Bad Driburg bei euren lieben Müttern.«

Der Gute-Laune-Bus fuhr zielstrebig weiter.

Auf einmal, ohne jede Vorankündigung, grinste Sarah ganz breit und wandte sich an ihre Schwester: »Kennst du den Begriff ›Latte-Macchiato-Mama‹?« Natürlich kannte Amelie diesen Begriff und erwiderte das Grinsen, die anderen Mädels verstanden ihn natürlich auch. Die Erwachsenen allerdings nicht. Anne fragte nach.

»Ganz einfach, das ist eine Mutter, die nicht isoliert zu Hause bleibt und ihre Kinder nicht unter ihre Fittiche nimmt – Hausfrauendasein ist doch langweilig. Moderne Mamas gehen shoppen, auch mit ihren Kindern, sitzen gerne in Cafés und genießen diese Modekaffees und, und, und ...«

»Ich verstehe das nicht so ganz, warum ist das so lustig?«

»Ganz einfach«, erwiderte Sarah, »Mama geht es bestimmt bald wieder gut, so gut, dass sie all das tun kann, was die geilen ›Latte-Macchiato-Mamas‹ machen.«

Die Vierzehnjährige hatte es geschafft, alle zum Lachen zu bringen, nur Alex musste pro forma erzieherisch eingreifen.

»Meine Güte, Sarah, was sind das für Ausdrücke, in welcher Welt lebst du denn? Solch supermodernes Wissen haben wir Älteren wohl kaum.«

»Siehst du, Papa, jetzt weißt du wieder ein bisschen mehr ...«

Pit, der neben Alex saß, versicherte ihm: »Du, Alex« – man duzte sich bereits, – »wir alle hier haben doch ganz charmante Töchter ...« Und ganz leise fügte er hinzu: »Wir haben Zwillingstöchter, wie liebevoll die sein können ... Aber plötzlich, wie aus heiterem Himmel, kann es heftige Auseinandersetzungen geben. Dann heißt es, sich auseinanderzusetzen, sich zu arrangieren und vernünftige Verabredungen zu treffen.« Theatralisch verzog er das Gesicht. »Aber ach, was haben wir doch für tolle Frauen!«

Wie selbstverständlich kommentierte Lea: »Manno, Papa, wir haben ganz gut zugehört.« Alle Mädels waren sich einig und grinsten. »Wir sind zu jeder Zeit lieb und nett und ohne Hintergedanken, also sehr anspruchslos.« Breit lachend schaute sie ihre Schwester Jana sowie Sarah und Amelie an.

»Ach, du grüne Neune«, Pit musste sich künstlich aufregen und schmunzelte, »wir Männer gewinnen immer, aber bei den Frauen bleiben wir stets zweiter Sieger. Stimmt das so?«

Die vier jungen Damen waren sich natürlich mit den Mannsbildern sofort hundertprozentig einig, sie hatten einen Riesenspaß.

»Ist es nicht schön, gemeinsam so rumzublödeln?«, stellte Wölfi zufrieden fest. Er fuhr gerade über die Nebenstrecke an der Iburg-Ruine vorbei, und in Serpentinen ging es von der Höhe hinunter nach Bad Driburg. »Schön, dass wir gleich am Ziel sind, mein Geburtstagskind freut sich bestimmt ungeheuer, in großer Runde zu feiern.«

Es war eigentlich für die Quartett-Damen nicht besonders glücklich, auch am Samstagvormittag noch Behandlungen zu haben, aber was machte das schon, nach dem Lästigen folgte noch etwas Verheißungsvolles. Und wie Petra nun mal war, hatte sie natürlich für das Geburtstagskind jede Menge Eulenspiegeleien und Schelmenstücke auf Lager. Sie kamen aus dem Lachen gar nicht mehr heraus.

Dadurch war es ihnen richtig heiß geworden, sie dampften alle vier. Und so war es nur logisch, dass sie sich nach längerer Zeit neben dem Klinikeingang auf einer Bank niederließen und ihre Lungen mit frischer Luft füllten.

»Jetzt bleiben wir hier so lange sitzen, bis unsere lieben Leute kommen.« Wie so oft gab Petra die Richtung vor, aber die anderen fanden die Idee ebenso gut – also blieben sie schön auf ihrer Bank sitzen. »Ich hoffe, dass alle unsere lieben Leutchen mit ihren Benzinkutschen etwa zur gleichen Zeit hier sind.«

»Wart's ab, Petra«, Margret lächelte geheimnisvoll, »wer weiß, wir könnten ja mal eine unerwartete, erfreuliche Überraschung erleben.« Sie beäugelte mit Spaß ihre nachdenkenden Mitkämpferinnen, wobei Petra ziemlich ungläubig aussah. Jutta und Daggi sagten nichts – ihre Männer würden garantiert gleich kommen, nur Margret wusste, dass alle gleichzeitig da sein würden, und genoss den Augenblick.

»Glück gehabt, hier sofort einen Parkplatz zu finden«, freute sich Wölfi.

Pit nickte. »Ja, wenn wir hier Samstagmittag einen Stellplatz erhaschen, dann haben wir richtig Glück gehabt. Aber es war doch gut, dass wir so früh losgefahren sind.«

Er löste den Sicherheitsgurt, öffnete seine Tür und stieg, vom langen Sitzen steif geworden, etwas ungelenk aus. Er streckte sich und ließ dann seine beiden Töchter aussteigen, die sich auf das Neue, besonders aber auf ihre Mama freuten. Genauso froh und glücklich waren auch Sarah und Amelie, was Schönes zu erleben und mit ihrer Mama zu reden, vor allem Sarah. Ihnen war bis vor kurzem ihre Mutter noch ziemlich gleichgültig gewesen. Da regierte kalte Abgestumpftheit mit verlogenen und hinterfotzigen Taten in schöner Regelmäßigkeit. Fast wie aus heiterem Himmel hatten sie nun wieder eine heile Beziehung zu den anderen Familienmitgliedern.

Und so standen die zwei Halbwüchsigen und die selbstredend zappeligen Zwillinge aufgeregt vor Wölfis großem Wagen und konnten es kaum erwarten, zur Klinik zu kommen.

Vor dem Eingang war ein lebhaftes Kommen und Gehen von Patienten und ihren Besuchern zu sehen. Die neugierigen vier Mädels beobachteten, wie mehrere Patienten in Autos oder Taxis ankamen, ihre Koffer ausluden und in der Klinik verschwanden. Andere Patienten verließen die Klinik mit ihrem Reisegepäck, das sie im Kofferraum ihrer Autos verstauten.

Im Eingangsbereich standen Menschen in kleinen Gruppen und unterhielten sich angeregt. Die meisten von ihnen trugen bequeme Freizeitklamotten, und mindestens die Hälfte der Patienten stützte sich auf ihren Stöcken ab oder hatte sich auf ihre Rollatoren gesetzt. Andere wollten ganz alleine versuchen, nach ihren langen Leiden endlich mal wieder ein wenig spazieren zu gehen. Menschen, die flott und eilig in die Klinik gingen, konnten nur Besucher sein, die zu ihren lieben Angehörigen wollten.

Während Sarah und Amelie den Blick mal hierhin, mal dorthin schweifen ließen, suchten die Zwillinge gezielt die Umgebung ab. Mit Vollgas rannten die beiden plötzlich los, und Sarah und Amelie, die zwar nicht wussten, warum sie so schnell liefen, rannten hinter ihnen her. Nach einem kurzen Sprint wussten alle, warum – Jana und Lea hatten ihre Mutter gesehen.

»Hallo, Mama!« Die Zwillinge umarmten sie wild. Hätte Petra Jutta nicht geistesgegenwärtig festgehalten, wäre sie glatt umgeworfen worden.

Und was machten die beiden anderen Mädels? Auch sie fanden ihre Mutter, die schon wartete, wenn auch noch ein bisschen ängstlich. Zunächst blieben die beiden stehen, dann wechselten ihre Mienen in freudestrahlend, und sie liefen auf ihre Mutter zu, die sie vor Freude weinend fest umarmte. Die drei hielten sich lange fest umschlungen und schluchzten leise

Margret und Petra beobachteten das Geschehen um Daggi herum und schnieften gerührt. Auch Jutta, die den ersten Ansturm ihrer Kinder überstanden hatte, verfolgte die Szene mit feuchten Augen.

Die zwölfjährigen Zwillinge schauten ebenfalls zu, was Sarah und Amelie mit ihrer Mutter anstellten, und lächelten zufrieden in sich hinein. Sie wussten ja, wie es der Familie Dreyfuß in der Vergangenheit gegangen war und wie es nun aussah. Nicht ganz so laut wie bei dem Ansturm auf ihre Mutter entfuhr es ihnen ganz spontan: »Na bitte, endlich!« Alle mussten über diesen Kommentar unwillkürlich lächeln.

Die Menschen, die diese Szenen mitbekommen hatten, fanden diese wahren Gefühle einfach nur schön, obwohl sie natürlich nicht wissen konnten, aus welchen Gründen die Begrüßung zwischen Mutter und Töchtern so überschwänglich ausfiel.

Wölfi, Pit, Anne und besonders Alex dagegen begriffen, was für ein wunderbares Ereignis sie miterleben durften. Alex richtete den Blick gelöst auf seine Familie, sein Lächeln unterstrich seine Freude. Nun stand er vor Daggi, streckte seine Arme aus und umarmte seine ›drei Frauen‹. Die vier hielten sich minutenlang eng umschlungen, es war ein so schöner, außergewöhnlicher und warmherziger Moment. Zu sagen brauchten sie nichts, sie verstanden sich auch ohne Worte.

Daggi, die sich doch deutlich erholt hatte, war nun wieder innerlich aufgewühlt. Das Weinen, das sie gerade einigermaßen beherrschen konnte, brach jetzt wieder voll durch, sie konnte sich ihrer Tränen nicht mehr erwehren.

»Komm, Daggi …«, sagte Alex mit rauer Stimme und streichelte ihr zart über den Kopf. Einen kurzen Moment waren alle ergriffen, selbst Petra verzog ihre Nase und schniefte laut. »Ach, wie schön! Mensch, ihr seid vielleicht klasse. Nee, nee, nee …« Sie ging einen Schritt auf Daggi zu und klopfte ihr ein bisschen heftig auf den Rücken. Schweigen konnte Petra auf den Tod nicht vertragen, was durchaus doppelsinnig zu verstehen war.

Die stürmische Begrüßung war vorüber, alle hatten glückliche und begeisterte Gesichter und redeten nun alle auf einmal los, so dass natürlich keiner mehr ein Wort verstand. Die hellen, juchzenden Kinderstimmen übertönten alle anderen.

Die Begrüßung war nun ins Stocken geraten, und alle schauten die Dreyfuß' an. Diese Glanznummer neigte sich dem Ende zu, den Empfang mit offenen Armen durften alle genießen.

Auf einmal lachte Jutta auf und meinte: »Na, liebe Margret, da musst du doch sehr zufrieden mit dir sein, du hattest ja schließlich die Idee, unsere Lieben alle zusammen in einem Auto zu uns bringen zu lassen. Du musst sehr von deiner Idee überzeugt gewesen sein.«

»Ganz ehrlich, Jutta«, Margret lächelte zufrieden, »mit nur *einer* Kutsche unterwegs zu sein, spart nicht nur jede Menge Benzinkosten, sondern man kann sich auch während der Fahrt bestens unterhalten. Und wenn alle gleichzeitig da sind, haben wir kostbare Zeit übrig für was Schönes, ist das nicht so?«

Petra verzog wie schon so oft theatralisch das Gesicht. »Warum hatte *ich* nicht so eine tolle Idee? Ich bin gar nicht mit mir zufrieden!« Ihr Grinsen wurde breit und breiter, sie tätschelte Margret leicht an der Schulter. »Aber trotzdem, Margret, mach weiter so!«

»Danke, danke, liebe Petra.«

Das allseitige Schmunzeln war vorbei, die Jugend hatte genug von dem Erwachsenenschwatz und lief hopsend weiter auf Entdeckungstour. Das ältere Semester ging langsam und gemütlich Richtung Klinikeingang.

Alex, der seine gut gelaunten Sprösslinge mit den Augen verfolgte, meinte nachdenklich: »Wisst ihr, ich kann es immer noch nicht glauben, dass unsere Amelie und Sarah …«, er suchte nach der richtigen Formulierung, »… nun, dass die beiden nach der langen, bösen Zeit nun wieder ganz normal sind. Sogar Sarah, die bis vor kurzem nur ein Problemkind war, ist heute wieder nett und liebenswürdig.«

Erschüttert, aber auch traurig schaute er um sich, atmete tief durch und fuhr fort: »Alles, aber auch alles Böse ging von mir aus. Echt schlimm, und meine Lieben mussten dadurch richtig krank werden.« Er sah Daggi mit großen Augen an. »Wir können jetzt endlich wieder in eine gesunde Normalität zurückfinden.« Bewegt sah er die anderen an. »Danke, danke, danke, dass ihr uns alle geholfen habt.«

Alle hörten noch Alex' Dankesworte, aber mitreden konnten sie nicht mehr, denn der Trubel in der Eingangshalle war einfach zu groß. Außerdem musste jeder auf sich selbst aufpassen, damit bloß nichts passierte. Heilfroh waren sie, als sie durch das Gewusel hindurch waren. Sie standen nun in der Cafeteria und planten, was sie als nächstes machen sollten. Die aktive Jugend war in der Nähe, aber überall und nirgends.

Ziemlich mit sich zufrieden waren Lea und Jana, weil sie den beiden anderen jede Menge Neues zeigen konnten. Die erste Runde durchs Erdgeschoss war zu Ende – Inspizierung abgeschlossen –, nun schlenderten sie langsam zurück zu ihren Eltern. Zu suchen brauchten sie diese nicht lange, denn schon von Weitem erkannten sie Wölfis Stimme, der den weiteren Tag verplante. Den Anfang hatten sie nicht hören können, nur noch die letzten Worte: »… pünktlich um zwölf Uhr wollen wir uns hier wieder treffen. Okay?«

Nachdem alle zustimmend genickt hatten, gingen sie zum Aufzug, um sich auf den Zimmern ein wenig frisch zu machen.

Es war Margrets Vorschlag gewesen, gemeinsam etwas Schönes zu unternehmen. Sie selbst und die anderen Quartett-Damen impften ihren Männern und Petras Freundin Anne ein, unbedingt Schwimmsachen mitzubringen.

»Wie sieht es aus?«, wollte Margret nun wissen. Alle

waren ihrer Bitte gefolgt. Also wollte sie nun auch losgehen, als Wölfi sie stoppte.

»Halt, halt, mein Geburtstagskind. Erst einmal feiern wir deinen Geburtstag nach Happy-Birthday-Manier. Wir setzen uns alle ganz gemütlich in die Cafeteria und trinken erst einmal was Gutes. Kommt, lasst uns da hinten in die gemütliche Ecke gehen, die lädt so schön zum Feiern ein.«

Wölfi nahm das Geburtstagskind freudestrahlend in die Arme, nachdem er seine Taschen und Beutel abgestellt hatte.

»Ojemine, Wölfi«, freute sich Margret. Sie stand nun im Mittelpunkt und musste jede Menge Freundlichkeiten über sich ergehen lassen. Es entstand ein lebhaftes Durcheinander, weil alle gleichzeitig gratulieren wollten.

Aber die Ereignisse um Daggi und ihre Familie blieben weiterhin im Fokus.

Wölfi kümmerte sich um Tische und Stühle, die nun die familiäre Ecke ausfüllten, wobei die Jugend sich ganz schnell die besten Plätze sicherte. Als alle saßen, kramte Wölfi die gut gekühlten Sektflaschen aus einem kleinen Beutel und stellte sie auf den Tisch. Anschließend besorgte er auch noch die benötigten Gläser und an der Theke für die Kids ausnahmsweise zur Feier des Tages ein paar Flaschen Cola.

So verging ein wenig ausgelassen die erste halbe Stunde, entspannt und unbefangen. Auf ihr Mittagessen hatten die Quartett-Frauen für heute verzichtet und sich ganz korrekt vom Essen abgemeldet. Anschließend stand der Besuch in der Driburger Therme an.

Als kleine Erfrischung hatten die Frauen jede Menge Obst mitgebracht, in der Klinik gab es ja jeden Tag frische

Früchte genug, damit alle schlemmen konnten, wenn sie sich nach dem Besuch des Thermalbades etwas Ruhe gönnen wollten.

Anstelle des Geburtstagskindes erledigte Wölfi die Eintrittsmodalitäten für alle. Nach dem Umziehen und Duschen waren sie froh, ins angenehm warme Wasser gehen zu können. Die vier Mädels waren mit affenartiger Geschwindigkeit im Thermalbecken unterwegs und tobten mit Riesenspaß, was einigen älteren Besuchern gar nicht so gefiel, was die Mädels dann aber doch etwas ruhiger werden ließ, sie wollten sich keinen Ärger einhandeln.

Die Ehemänner und Anne waren sehr besorgt um die vier Reha-Frauen, damit ihnen bloß nichts zustieß. Die aber freuten sich nur, weil hier weder Herz-Kreislauf-Beschwerden noch Gelenkprobleme zu erwarten waren. Selbst Daggis dickes Knie schwoll langsam ab.

Die Driburger Therme hatte ein angenehm temperiertes Heilwasser, etwa 32 bis 36 Grad. An den Beckenwänden gab es regelmäßig kräftig sprudelnde Unterwassermassagedüsen, die von allen Besuchern gern benutzt wurden. So massierte eine Düse die Unterschenkel, eine andere den Hüft-Becken-Bereich und die nächste den Schulter-Hals-Bereich.

Wer Lust und Laune hatte, konnte auch mal nach draußen gehen und im Außenbecken schwimmen. Das machte natürlich besonders bei tiefen Temperaturen im Winter prickelnden Spaß, wenn der Dampf aus dem Wasser in die kalte Luft aufstieg. Dieses Becken machte insbesondere den Mädchen einen Riesenspaß.

Fast drei Stunden blieben sie in diesem sympathischen Thermalbad. Nach der vielen Bewegung im Wasser waren Erholung und Entspannung angesagt, da konnten sie sich über das frische Obst hermachen. So ein Aufenthalt im Wasser konnte schon richtig Appetit machen. Die verschiedenen Saunaangebote für Jung und Alt waren an diesem Tag allerdings kein Thema.

Unzweifelhaft, das Geburtstags-Wasser-Vergnügen fand große Zustimmung, es war einfach herrlich. Die jungen Mädels hätten natürlich noch jede Menge Energie gehabt, aber die nicht mehr ganz so jungen Erwachsenen spürten schon ihre strapazierten Knöchelchen, in erster Linie Margret, Jutta und Daggi.

Wie angenehm war es da, dass Wölfi die erledigten Patientinnen mit dem Kleinbus direkt bis zum großen Eiscafé am Ende der City-Passage an der Lange Straße bringen konnte. Die lieben Kleinen gingen derweil mit dem Rest der Erwachsenen zu Fuß bis zum Eiscafé und waren fix und foxi, während Wölfi und die drei lädierten Frauen schon mal erfrischende Getränke zu sich genommen hatten. Aber die Jugend wusste ja, was sie hier erwartete.

Ach, du meine Güte, wie schön war das anzusehen, wie alle, sogar Daggi, mit dem größten Genuss ihre Eisbomben vernichteten. Viele Menschen, besonders Kinder und Jugendliche, haben die schöne Gewohnheit, besonders albern und witzig zu sein, wenn sie erschöpft, aber glücklich sind. Und hier war es nicht anders, aber vielleicht lag das ja auch nur an dem super Eis. Ernsthaft konnte allerdings niemand behaupten, dass es in dieser Runde bedrohlich ruhig gewesen wäre.

An und für sich war es ja Margrets besonderer Tag, und zeitweise hatte es sogar Daggi vermocht, sich humorvoll und pfiffig einzubringen. Na bitte, im Speziellen hatten drei Frauen des Quartetts es geschafft, der vierten das Positive zu vermitteln und die Wiederherstellung einer gesunden Psyche zu erreichen. Den Gesichtern des Quartetts war anzusehen, dass alle glücklich und zufrieden waren.

Ihre Männer, die dies alles natürlich auch bemerkt hatten, freuten sich für die Frauen, ein großer Schritt in die Normalität.

Nach dem tollen Eisgenuss überlegten alle, was sie anschließend in der Innenstadt noch so alles anstellen könnten. Alle, auch das ›schwache‹ Geschlecht, wollten zu Fuß gehen, das könnte von Vorteil sein, die leckeren, aber bösen Eiskalorien abzubauen. Außer den Quartett-Frauen kannte ja noch niemand das Städtchen Bad Driburg, außer von Prospekten und Broschüren.

Also, hopp, hopp, hopp, munter vorwärts. Die gehbehinderten Frauen konnten naturgemäß nicht ewig zu Fuß gehen, ihr Aktionsradius war schon noch eng begrenzt. Demzufolge mussten sie sich scharf überlegen, was sie näher in Augenschein nehmen wollten.

Salzgrotte? Nur angucken? Nein! Die Innenstadt unsicher machen? Heute kein Thema!

»Aber ihr Lieben, der Himmel lacht, da können wir doch schnurstracks in den Gräflichen Park, den Kurpark, gehen. Da gibt es viel zu sehen.«

Stellvertretend für alle antwortete Alex: »Schön, Margret, den Park kenne ich und die anderen ›Zugereisten‹ noch nicht. Zum Kennenlernen wäre das doch der richtige Anfang.«

Er war rundum gut drauf, einfach happy über das, was ihm wieder auf die Beine helfen sollte, und das, was an diesem Tag ablief. Sein offenes Lächeln und sein gehobener Kopf zeugten davon, dass nach einer halben Ewigkeit endlich wieder sein Selbstbewusstsein zurückgekehrt war und ihn Glücksgefühle durchströmten.

Alle anderen freuten sich mit ihm und unterstützten sein gutes Gefühl. Nur Petra musste mal wieder ihren Senf dazugeben.

»Mensch, Alex, du schwebst ja echt auf deiner rosa Wolke sieben! Gönn ich dir, aber lass deine Daggi nicht allein gehen, sie braucht dich!«

Sie stand gerade mitten zwischen Daggi und Alex, vorwitzig hatte sie die Arme um beide gelegt, der Schalk guckte aus ihren Augen.

Daggi kannte Petra ja schon länger, von daher musste sie ihren Mann erst einmal über Petras Art aufklären. Alex verstand es, und beide mussten breit grinsen.

»Mensch, Petra«, auch Jutta musste verschmitzt über Petras vorwitzige Bemerkung lächeln, »ja, ja, wenn wir uns nicht hätten ...« Unter fröhlichem Gelächter gingen sie zielstrebig zum Gräflichen Park.

Der riesengroße Park stellte sich mit seinen Blumenrabatten und den toll gepflegten Beeten im schönsten Licht dar. Die vielen uralten Bäume und Gehölze machten auch ohne Laub im März einen hervorragenden Eindruck. Mit ein bisschen Fantasie konnte man sich gut vorstellen, wie toll alles aussehen musste, wenn die Pflanzen ihr grünes Kleid angelegt hatten.

Sie besichtigten die Trinkhalle mit den verschiedenen Heilwässerchen aus drei Thermalquellen – gesund, aber gewöhnungsbedürftig, die Brunnenarkaden –, hörten einen Moment dem Kurkonzert zu und beobachteten die vielfältige Tierwelt. Großen Spaß hatten die Mädels, sich mit den faulen Enten und den stolzen Schwänen zu unterhalten. Die Enten antworteten mit einem lauten »Kwak, Kwak«, während die Schwäne sich nicht aus der Ruhe bringen ließen und sich auf die Mitte eines Teiches zurückzogen.

Doch dann hatten alle genug gesehen, erkannt, gelernt, entdeckt und, und, und ... Es war doch reichlich anstrengend, selbst den Leuten mit gesunden Knochen taten inzwischen dieselben weh.

Den Rückweg in die Reha-Klinik traten die Gehbehinderten mit Wölfis Bus an, die lädierten Frauen dankten es ihm. Ein wenig grummelnd traten die Mädels den Weg zu Fuß an, begleitet von Pit, Axel, Anne und Petra. Nun konnten sich Alt und Jung ein Stündchen Erholung oder Entspannung gönnen und neue Kräfte sammeln.

Punkt neunzehn Uhr trafen sich alle wieder wie am Vormittag vor dem Klinikeingang.

Bad Driburg, Samstagabend, 19. März

Kapitel 15

»Herzlichen Glückwunsch, Frau Groß«, strahlte sie die ideenreiche Restaurantchefin an, reichte ihr die Hand und gratulierte Margret, worüber sich das Geburtstagskind sehr freute. Andererseits, woher wusste sie das nur? Ob Wölfi da nachgeholfen hatte? So war er nun mal. Und ... sein Lächeln erklärte alles.

Die große, zusammengestellte Geburtstagstafel war liebevoll gestaltet und hübsch dekoriert. Für die junge Generation standen auf dem Tisch lustige, kleine Leckereien, was die Mädels natürlich klasse fanden. Sie besetzten blitzschnell ihre Stühle, damit ja nicht jemand anders sich da hinsetzen konnte, und warteten auf das, was da kommen sollte.

In Wölfis Bus und einem Taxi waren sie alle zusammen in Richtung *Hinter dem Rosenberge* zu dem wunderschön gelegenen und ausgestatteten Hotel-Restaurant und Café gefahren.

Ihr separater Sitzbereich wurde an zwei Seiten von einer großen Fensterfront begrenzt, die den Blick freigaben über die schöne Landschaft. Die Fensterbänke waren mit bunten Blumen verziert, alles zusammen ergab eine sehr angenehme Atmosphäre. Die Chefin hatte eben ein gutes Auge und einen guten Geschmack für die Gestaltung der Innenräume.

Die Mädels waren die Ersten, die sich aus der Menükarte das Passende ausgesucht hatten, sie wollten italienisch essen – ›Italienische Gemüse-Nudel-Pfanne‹.

Was gab es sonst noch so alles? Zum Beispiel Steinbutt im Salzteig oder Lachsfilet unter der Kräuterkruste? Die Männer wollten was Fleischiges und überlegten, was ihnen am besten schmecken könnte. Putensteak mit Tomaten und Käse überbacken oder Steaktopf mit verschiedenen Medaillons mit frischen Pilzen oder, oder, oder …

Nachdem auch diese schweren Entscheidungen getroffen waren, war es an der Zeit, endlich auf das Geburtstagskind anzustoßen. Als das erledigt war, standen gute und effektive Gespräche und Diskussionen an.

Beim Verzehr der exquisiten Speisen gab es die sogenannte ›gefräßige Stille‹, nur zeitweise unterbrochen von einer leisen Unterhaltung. Danach wurde, wie es so oft geht, über das Wetter gesprochen, aber eher mehr über das tolle Essen und über die verschiedenen Ernährungsarten.

Die Quartett-Damen erzählten und erklärten, was ihnen im Einzelnen fehlte und welche Therapien ihnen die Gesundheit wiedergeben sollte. In erfreulich kurzer Zeit ging es den Damen wieder besser. Sie alle freuten sich, dass sie noch eine Woche länger in der Reha-Klinik bleiben durften, in der sie sich noch weiter erholen konnten, um wieder auf die Beine zu kommen.

Alle waren sie froh gestimmt. Es war nicht schwer zu erkennen, wie zufrieden sie mit ihren Fortschritten waren, natürlich am ausgeprägtesten bei Daggi. Sie war ja in den letzten Tagen stets im Mittelpunkt gewesen.

Die Erwachsenen wussten bereits das meiste über Daggi, aber die Mädels wollten auch informiert sein. Wie aufmerksam und interessiert die vier auf einmal sein konnten! Mit großen Augen sah Daggi die Mädels an, es fiel ihr im Moment schwer zu reden, sie fand noch nicht die richtigen Worte. Alle blickten sie erwartungsvoll an.

Alex spürte Daggis Unbehagen, schob seinen Teller zur Seite und hielt zärtlich ihre feuchte und kühle Hand. Sicherlich hätte auch Alex reden können, auch er sah die fragenden Augen seiner Mädels, konnte aber im Augenblick nichts sagen, da zwei Bedienungen gerade den Esstisch abdecken wollten. Wie erwartet lobten alle das köstliche Essen. Rasch war der Tisch wieder freigeräumt und die Getränke aufgefüllt oder nachgeliefert, ansonsten wollten sie alle nach dem Nachtisch eine kleine Ruhepause einlegen.

Wölfi, dem die Familie Dreyfuß sehr am Herzen lag, sah in den Augen seiner Frau so aus, als ob er schon wieder neue Überlegungen anstellte. Als sie ihn gerade fragen wollte, woran er im Moment dachte, begann er zu reden.

»Ja«, fing er an, »im Grunde genommen könntet ihr ja, Alex und Daggi, euren Töchtern die vorhandenen Handicaps erklären wie auch die Stolpersteine, die euch in den Weg gelegt worden waren. Ihr zwei seht zwar relativ glücklich aus, allerdings auch noch äußerst dünnhäutig. Wenn ihr wollt, könnte ich die Mädels unterrichten, um es nicht so emotional rüberzubringen.«

Das Mienenspiel aller Anwesenden schien auszudrükken, dass es gleich tatsächlich zu einer tiefgreifenden Aussprache kommen werde.

Wölfi war froh gestimmt, trank mit Genuss noch einen Schluck Wein und wandte sich an die Mädchen.

»Wisst ihr, ihr habt ja schon mittlerweile Erfahrung gesammelt, wie es gehen kann, ganz direkt Probleme anzusprechen. Es ist doch schön, sich gemeinsam an einem freudigen Ereignis zu begeistern und Hand in Hand durch Krisenzeiten zu gehen, um Nöte und Ängste nicht allein bewältigen zu müssen.«

Er beobachtete unauffällig die Mädels, alle waren offensichtlich ganz Ohr. Die Girls konnten an Wölfis Gesicht und seinen Handbewegungen erkennen, dass sicherlich gleich gute Worte folgen würden. Die Gespräche sollten ganz bestimmt keine Ermahnungen darstellen, eine gute und helfende Aussprache dürfte folgen.

Ganz neutral und ohne aufbauschende Face-to-Face-Kommunikation gab er ihnen einen sachlichen Blick auf ihre Vergangenheit. Er erklärte ihnen, wie drastisch einschneidend es werden könnte, wenn ein Elternteil, meistens der Vater, plötzlich arbeitslos würde. Und alles würde noch schlimmer ausfallen, wenn die Arbeitslosigkeit viele, viele Monate oder sogar Jahre dauern sollte. Eine ›brotlose‹ Zeit.

»Das Wörtchen ›brotlos‹ ist in der heutigen Zeit nur im übertragenen Sinne zu verstehen«, fuhr Wölfi fort, »zu essen haben Arbeitslose – heute sagt man Hartz-IV-Empfänger – genug, aber ansonsten sieht die Finanzlage ziemlich düster aus, große Sprünge kann man sich da nicht mehr erlauben.« Das trug er mit sehr ernstem Gesicht vor.

»Ihr wisst bestimmt, dass eure Eltern keine Miete bezahlen, dafür aber eine sogenannte Hypothek – ein Darlehen – abbezahlen. Bis das Darlehen samt der Zinsen getilgt ist, dauert es in der Regel zwanzig bis dreißig Jahre. Ihr habt ein sehr schönes eigenes Häuschen, es ist noch neu, aber eure Eltern konnten die monatlichen Zahlungen nicht mehr aufbringen. Und so wurden die Sorgen und Ängste von Tag zu Tag heftiger. Die Gefahr, ausziehen zu müssen, und dann noch in eine winzig kleine Mietwohnung, war sehr groß.«

Besonders Sarahs Augen wurden bei diesen Worten riesengroß, sie war entsetzt und schüttelte heftig den Kopf.

»Das wussten wir Kinder ja alles gar nicht, und Mama war richtig krank geworden.«

Verstohlen wischte sie sich ein paar Tränen aus dem Gesicht, Wölfi bemerkte es aber trotzdem. Über Sarahs Reaktion freute er sich besonders – das war sicher kein gedankenloses Mädchen.

Ihre Überlegungen gingen schon in die richtige Richtung. »Warum? Aus welchem Grund konnte unser Papi unser Problem nicht ansprechen und uns erklären? Zum Donnerwetter, und wir? Solch wichtige Dinge gehen uns Kinder doch auch an! Warum durften wir nichts wissen?« Ihr vorwurfsvoller Blick traf ihren Vater. »Verdammte Scheiße, was da über eine lange Zeit lief. Und du, Papi? Du warst ein Miesling, ein richtiger Scheißkerl!«

Alle am Tisch erstarrten – auch Sarah selbst. Zu den Vorwürfen gegen ihren Vater stand sie nach wie vor, aber nicht so, nicht in dieser derben Art. Die letzten Worte waren ihr einfach so herausgeglitten. Sie hatte ihren Vater nicht verletzen wollen. Beschämt kaute sie auf ihren Lippen, sah kurz ihren Vater an und senkte den Kopf.

Alex schluckte trocken. Ihn hatten Sarahs Worte sehr getroffen, aber Vorwürfe konnte und wollte er ihr nicht machen. Es tat weh, sicher, aber er konnte sie verstehen, sie hatte ja recht. Er sah Daggi an und ihr Mienenspiel verriet, dass sie wusste, was er dachte, und dass sie mit seiner Auffassung übereinstimmte.

Von Sarahs heftigem Ausbruch waren die Zwillinge berührt, andererseits aber auch bestürzt über ihre drastische Ausdrucksweise. Amelie, die sich so etwas nie getraut hätte, hielt ihren Kopf gesenkt.

Aller Augen waren auf die jetzt schweigsame Sarah gerichtet und auf den gelassenen Wölfi. Der sah, dass Alex gerade antworten wollte, schüttelte kurz den Kopf und machte ihm mit einer Handbewegung klar, dass er schweigen sollte. Beide, Daggi und Alex, verstanden das und nickten kaum merklich.

Wölfi ergriff erneut das Wort. »Deine schlimmen Vorwürfe besonders gegen deinen Vater sind nicht unbegründet. Andererseits, Sarah und Amelie, wann fing denn eure traurige Geschichte eigentlich an?« Die beiden Geschwister sahen sich fragend an. »Für euch war die böse Zeit sicher eine halbe Ewigkeit.«

Er erinnerte sie daran, dass ihr Vater ja unverschuldet arbeitslos geworden war und mit aller Kraft versucht hatte, eine neue Arbeit zu finden. Da das nicht richtig klappte, wurde er immer trauriger – keine Stelle, aber immer mehr Schulden, die die Eltern nicht mehr bezahlen konnten.

»Warum ist er wohl damals immer seltsamer und schweigsamer geworden und Mama andauernd krank?« Mutig warf Amelie ein: »Ich möchte das jetzt auch wissen.«

Wölfi erklärte es ruhig und deutlich. »Euer Papi hatte von Anfang an, als er arbeitslos geworden war, das Prinzip, euch mit diesen Sorgen nicht zu belasten, auch eure Mama nicht. Deswegen konntet ihr sein Verhalten auch nicht verstehen. Viele, viele Monate lang sprach er gar nicht mit euch und eurer Mama. Und eure Mutter wurde psychisch und nervlich mit schlimmem Bauchweh jeden Tag ein bisschen kränker. Schließlich war sie sogar so schwach, dass sie selbst mit euch nicht mehr liebevoll umgehen konnte. Arme, kranke Mutter, unzufriedene und enttäuschte Kinder. Ihr beide habt sicher eine Reihe von Fragen gehabt, egal ob es sich um das Thema Arbeitslosigkeit oder um Schulprobleme handelte, nicht zuletzt auch Fragen in der für jedes Mädel schwierigsten Zeit, wenn es zur jungen Frau heranreift. Ihr hattet in der üblen Zeit sicherlich kaum eine Möglichkeit, darüber groß nachzudenken, besonders du, Sarah. Ihr beide habt es auch geschafft, aggressiv zu werden. Begriffe wie ›kampflustig‹, ›streitsüchtig‹ oder ›provokativ‹ brauche ich euch bestimmt nicht näher zu erklären.« Bei den letzten Worten musste er doch ein wenig schmunzeln.

Die Mädels jedoch bekamen schnell heiße, knallrote Wangen. Und peinlich war es für sie, das doofe Klauen war noch nicht so ewig lang her. Beide reagierten fast gleichzeitig. »So was machen wir nie wieder!«

»Da bin ich mir auch ziemlich sicher. Ihr beide habt ein angenehmes und herzliches Wesen. So habe ich euch kennen gelernt. Kein Mensch kann perfekt sein, wir alle machen Fehler. Wichtig ist nur, dass wir sie einsehen und nicht wiederholen. So, wie ich euch hier erlebt habe, mache ich mir da keine Sorgen. Ihr zwei, Sarah und Amelie, seid vernünftige, klasse Mädels.«

Wölfis Rede hatte den beiden Mädchen tatsächlich sehr gut geholfen. Das Wichtigste, die Familienstruktur zu erfahren und zu verstehen, war nun erreicht. Sie waren bereit, die erbitterte Blockade und Ausgrenzung endlich abzubauen. Die Familie Dreyfuß war wieder eine intakte Gemeinschaft. Mono- und Zwiegespräche gab es nicht mehr, nun herrschte gelöste und zwanglose Plauderei. Neugierige Fragen gab es natürlich noch, besonders von der Jugend.

Die aufmerksamen Bedienungen merkten, dass die durchgreifenden Aussprachen vorbei waren und die Stimmung wieder gelöst war. Und prompt wollte die Jugend noch einen besonderen Nachtisch haben, wie immer gern ein leckeres Eis. Die Großen ließen sich Kaffee oder Tee bringen.

Als es gerade wieder die ›gefräßige Stille‹ gab, klingelte auf einmal Margrets Handy. Es waren ihre Kinder, Christian und Sabine, die ihr ganz herzlich zum Geburtstag gratulierten.

Als das Gespräch beendet war, meinte sie: »So einen besonderen und herausragenden Geburtstag wie heute hier in Bad Driburg wird es bestimmt nicht mehr oft geben.«

Wuppertal, Ende Mai

Kapitel 16

Ganz entspannt saß Margret zuhause auf ihrer Wohnzimmercouch und erinnerte sich gedankenverloren an die bewegende Zeit in Bad Driburg im März – voller Erlebnisse, bewegend, dramatisch, abenteuerlich. Langweilig und eintönig war es zu keiner Zeit gewesen.

Ihre Therapien dort waren wieder sehr erfolgreich gewesen, das Gleiche galt für die anderen Quartett-Freundinnen. Es waren schöne, hilfreiche Momente mit den Medizinern und den Therapeuten sowie mit allen anderen in der Klinik gewesen.

Sie, aber auch Jutta und Daggi, brauchten keine Stöcke mehr – ab damit in den Keller! Nee, diese tollen Quartett-Damen!

Auch Petra ging es wieder gut, nach längerer Wartezeit waren ihre Kundinnen ganz versessen darauf, sich von ihr wieder chic machen zu lassen.

Und Jutta? Sie konnte wieder mit den Zwillingen stramm spazieren gehen und ganz vorsichtig traben. Doch ihr war schon bewusst, dass irgendwann die nächste Operation anstand.

Ja, und die Problem-Daggi? Kaum zu glauben, wie gut es ihr und ihrem Familien-Clan ging. Margret lächelte und war zufrieden mit dem Quartett-Ergebnis: endlich eine glückliche Familie.

Alex hatte sich nach dem Autounfall ganz gut erholt. Den erheblichen finanziellen Schaden des Totalschadens von

Alex' Taxi musste die Versicherung des Unfallverursachers begleichen. Der Unglücksrabe dürfte unter Garantie versicherungsmäßig zurückgestuft worden sein und damit höhere Beiträge zahlen. Pech gehabt!

Alle freuten sich riesig, als Alex mit der neuen Familienkutsche Frau und Kinder abholte. Auch ihr Sohn Oli war mit von der Partie, er war, kurz bevor seine Mutter wieder zuhause war, aus dem Krankenhaus entlassen worden. Es war schon erstaunlich, wie schnell sich Kinder nach körperlichen Attacken erholen konnten. Oli konnte in der Zeit jede Menge neuer Erfahrungen machen. Daggi und Alex hatten schon großartige Kinder.

Margrets Gedanken gingen zurück zu ihrem Geburtstag. Am Tag darauf, dem Sonntagvormittag, waren alle gemeinsam spazieren gegangen, bei bestem Wetter, nicht zu vergleichen mit dem Wetter an dem Tag, als sie Daggi gesucht hatten bei Gewitter und furchtbarem Dauerregen. Alle wollten doch die Stelle sehen, an der die verletzte Daggi gefunden worden war.

Daggis zweite Sandale war zunächst nicht auffindbar gewesen. Die vier Mädels veranstalteten ein Such-Wettspiel: Wer als Erste Daggis zweite Sandale findet, bekommt ein besonders großes Eis ausgegeben. Die Gewinnerin war Amelie, und die drei anderen Mädels freuten sich mit ihr. Daggis Sandale lag versteckt zwischen einem verwilderten Grashaufen und einem Lehmknubbel. Die Kinder wollten den total kaputten Schuh mitnehmen, reinigen und als Andenken an diese Geschichte aufheben.

Das Wochenende war einfach schön gewesen.

Die Quartett-Clique und auch die anderen überlegten, was man in Bad Driburg und Umgebung alles besichtigen könnte, auf jeden Fall gab es diverse Möglichkeiten zu wandern. Auch Sehenswürdigkeiten gab es in dieser Region genug.

Ja, Margret erinnerte sich bis jetzt nur an Gutes.

Aber wie ging es eigentlich mit dem Mitpatienten weiter, der an ihrem Esstisch gesessen hatte und plötzlich wieder zurück in die Klinik nach Hannover gemusst hatte? Gesehen hatten die Quartett-Damen ihn nicht mehr, aber angerufen hatte er mal und mit der Stationsschwester gesprochen. Danach ging es ihm relativ gut, und er wollte wieder zurück in die Reha kommen.

Plötzlich kramte Margret in ihrem Reha-Ordner und fand ein Blatt mit einem Zitat von Peter Schott, das Herr Alkau ihr gegeben hatte.

Für Daggi!

Stärkung
Was auch immer das Schicksal dir zufügt, du bist mehr, als es dir antun kann.
Was auch immer Schlimmes mit dir passiert, in dir steckt mehr Leben, als du denkst.
Was auch immer Schweres auf dir lastet, in dir steckt mehr Kraft und Mut, als du glaubst.
Gib dich nicht auf, zähle auf dich.
Glaub an dich. Halte zu dir, egal was geschieht.
Und du wirst leben.

Recht hatte der nette Mann gehabt, positiv denken! Margret freute sich, dass sich alle an diesem Wochenende

wieder treffen wollten.
Diesmal würde es nur um was Schönes gehen!!!

Ende